名家选评
中国文学经典

唐宋散文举要

王水照 著

中国古典文学研究名家
精选精注精评　精心结撰
带您走进中国古典文学的艺术殿堂
感悟经典文学作品的隽永意味和永恒魅力

安徽师范大学出版社

策　　划：侯宏堂
责任编辑：潘　安
责任印制：郭行洲
装帧设计：杨　群　欧阳显根

图书在版编目（CIP）数据

唐宋散文举要/王水照著.—芜湖:安徽师范大学出版社，2014.12
（名家选评中国文学经典丛书）（2021.2重印）
ISBN 978-7-5676-1733-9

Ⅰ.①唐… Ⅱ.①王… Ⅲ.①古典散文–注释–中国–唐宋时期 Ⅳ.①I264

中国版本图书馆 CIP 数据核字（2014）第 293597 号

TANG SONG SANWEN JUYAO

唐宋散文举要

王水照　著

出版发行:安徽师范大学出版社
　　　　芜湖市九华南路 189 号安徽师范大学花津校区　　邮政编码:241002
网　　　址:http://www.ahnupress.com/
发 行 部:0553-3883578 5910327 5910310(传真)　　E-mail:asdcbsfxb@ 126.com
印　　　刷:三河市嵩川印刷有限公司
版　　　次:2014 年 12 月第 1 版
印　　　次:2021 年 2 月第 3 次印刷
规　　　格:700 mm×1000 mm　1/16
印　　　张:15.5
字　　　数:185 千
书　　　号:ISBN 978-7-5676-1733-9
定　　　价:30.50 元

目　　录

1

前　言

以"古文八大家"为重镇的唐宋散文,在我国散文史上具有里程碑式的地位。前人把韩愈、柳宗元、欧阳修、苏洵、苏轼、苏辙、曾巩、王安石合称"八大家",这一作家群实际上代表新的散文流派,形成以篇什体裁为主的散文传统,与先秦两汉以著述体裁为主的散文(诸子散文和历史散文)相区别,并成为以后元明清散文作家取径研习的主要对象。

唐宋散文的特点和风格的形成,与唐宋古文运动的发生和发展密切相关。以韩愈、柳宗元为首的唐代古文运动,是借助儒学复古旗帜而推行的文体、文风和文学语言的革新运动。韩愈反对六朝以来所盛行的以辞藻、对偶、用典、声律为特征的"骈文",要求恢复先秦两汉时散句单行的"古文";但他提出"惟陈言之务去",着力于语言的新颖独创,又标举"文从字顺各识职",追求文句的妥贴和流畅,这就从词汇和语法两方面建立起新型"古文"的标准,就不是先秦两汉"古文"的简单还原了。我们读他的《进学解》这篇不到七百五十字的文章,竟出现了"业精于勤荒于嬉,行成于思毁于随""爬罗剔抉,刮垢磨光""贪多务得,细大不捐""补苴罅漏,张皇幽眇""回狂澜于既倒""沉浸酏郁,含英咀华""佶屈聱牙""跋前踬后,动辄得咎""俱收并蓄"以及"提要钩玄""焚膏继晷""旁搜远绍""闳中肆外"等极富创辟的语言,以致成为现代汉语中的成语或常用词汇。此篇原滥觞于东方朔《答客难》、扬雄《解嘲》,但与之相较,不能不说是创新之作,体现了韩愈以复古为革新的实绩。

唐代古文运动对文体的革新还表现在体裁方面。它一方面致力于旧体裁的改造和拓展，如在传统序类中别出赠序（《送孟东野序》《送李愿归盘谷序》等），杂记类之有山水记（柳宗元《永州八记》）；一方面又努力于新体裁的创造，如寓言（柳宗元《三戒》）及寓言式的杂说（韩愈《杂说》）等。以后宋代散文家循此精进，更有多方面的发展。如杂记文中议论说理成分的加重（王安石《游褒禅山记》、苏轼《石钟山记》）；笔记小品的大量涌现，书简、题跋等随笔之作，信手拈来，脱口说出，常于绝不经意中活现一片心境；特别是散文赋的产生（欧阳修《秋声赋》、苏轼前后《赤壁赋》），更为赋的发展开辟新路。这样，终于使唐宋散文达到众体皆备的境地。体裁的革新创造，意味着散文的使用范围、功能和形制的扩展和变化，同时它又与风格、文学语言的丰富和发展是同步的，促进了散文文学性的加强和美学价值的提高。

唐代古文运动的成就突出却后继乏人，降及五代和宋初，靡丽浮泛的骈文重又统治文坛，由此又引发出以欧阳修、苏轼为先后领袖的宋代古文运动。欧、苏虽直承韩、柳，却又有自己的时代特点：其重点并不在打击骈文本身，而是致力于文风的改革。宋代古文运动经历过反对浮艳空洞的"五代体"和藻饰丰赡、典重华贵的"西昆体"骈文，又吸取宋初古文简古奥涩、学古不化的失败经验，摒斥僻涩怪诞的"太学体"古文，才奠定了平易自然、流畅婉转这一宋代散文的群体风格。严格地说，唐代散文尚未形成群体风格。韩愈的刚健雄肆、奥衍宏深，柳宗元的清峻峭刻、简洁凝炼，均达于散文艺术的极诣，但从学者未能承响接流而形成强大的风格流派。韩愈的文风实有"难"（奇崛）、"易"（平易）两种，其门下两大弟子李翱、皇甫湜，一得其"易"，一得其"难"，而韩愈自己的主要美学趋向则在"难"的一面。刘熙载

《艺概·文概》说:"韩(愈)文出于《孟子》,李习之(翱)文出于《中庸》;宗李多于宗韩者,宋文也。"这从历史渊源上指出了宋文平易风格的成因,也揭示出宋文与韩(包括柳)文基本风格的异趣。

当然,宋六家的散文也是各具面目的。如欧阳修、苏辙的纡余平和、温醇厚重,苏洵、苏轼的汪洋恣肆、雄健奔放,曾巩的严谨平实、细密峻洁,除王安石以逆折拗劲、斩截有力而深得韩、柳真髓外,其余五家的个体风格实只表现为群体风格基础上的多样性,"平易"始终是他们风格中稳定的共同因素。

南宋的文风也基本上承袭欧、苏的传统。一般说来,南宋散文向加强说理和思辨的方向发展,欧氏的影响似更大些,风格更趋明畅,文字更为醒豁。但像陆游、文天祥、谢翱等爱国志士的文字,雄赡豪迈,挥洒自如,则与苏轼为近。

唐宋散文是一个绚丽多彩的复杂存在,人们完全可以从不同目的、需要和角度,进行各自的选择。本书选文六十二篇,均按作家生年先后排列,同一作家的多篇作品,则参照其文集的通行本所列次序编排。这些作品都是历久传诵不衰的精品,我们着眼于描写叙述较为形象生动,抒情色彩较为浓烈,或富有理趣的名篇,也就是说,偏重于散文的文学性方面,以期这一普及读物更能得到一般读者的欢迎。我们的注释力求准确简明,而品评则是编者对作品的一份体会和解读,谨与读者交流。"开卷有益",最重要的是反复吟诵原作。尝脔一鼎,以蠡测海,愿这一小小的选本能帮助读者去叩启唐宋散文百花园的大门。

本书得以编成,王宜瑗君助力为多,特此说明并致谢。

魏徵（580—643）

　　字玄成，巨鹿（今属河北）人，后迁居相州内黄（今属河南）。隋末参加瓦岗义军，后降唐。唐太宗时任谏议大夫、尚书左丞、检校侍中等职。主持《周书》《隋书》等史书的修撰。封郑国公，官至太子太师，谥"文贞"。他为唐初名相，秉性耿介，敢于直谏，唐太宗视为"人镜"。言论散见于《贞观政要》，另有《魏郑公集》。

谏太宗十思疏①

　　臣闻求木之长者，必固其根本；欲流之远者，必浚其泉源②；思国之安者，必积其德义。源不深而望流之远，根不固而求木之长，德不厚而思国之理，臣虽下愚，知其不可，而况于明哲乎③！人君当神器之重④，居域中之大⑤，将崇极天之峻，永保无疆之休。不念居安思危，戒奢以俭，德不处其厚，情不胜其欲，斯亦伐根以求木茂，塞源而欲流长者也。

　　凡百元首⑥，承天景命⑦，莫不殷忧而道著⑧，功成而德衰。有善始者实繁，能克终者盖寡，岂取之易而守之难乎？昔取之而有余，今守之而不足，何也？夫在殷忧，必竭诚以待下；既得志，则纵情以傲物。竭诚则胡越为一体⑨，傲物则骨肉为行路⑩。虽董之以严刑⑪，震之以威怒，终苟免而不怀仁⑫，貌恭而不心服。怨不在大，可畏惟人，载舟覆舟，所宜深慎，奔车朽索⑬，其可忽乎！

　　君人者，诚能见可欲则思知足以自戒，将有作则思知止以安人⑭，念高危则思谦冲而自牧⑮，惧满溢则思江海下百川⑯，乐盘游则思三驱以为度⑰,忧懈怠则思慎始而敬终⑱,虑壅蔽则思虚心以纳下⑲,想谗邪则思正身以黜恶⑳,恩所加则思无因喜以谬赏㉑,罚所及则思无因怒而滥刑。总此十思,弘兹九德㉒,简能而任之㉓,择善而从之,则智者尽其谋,勇者竭其力,仁者播其惠㉔,信者效其忠。文武争驰,君臣无事,可以尽豫游之乐,可以养松、乔之寿㉕,鸣琴垂拱㉖,不言而化㉗。何必劳神苦思,代下司职,役聪明之耳目,亏无为之大道哉!

【注释】

①疏:奏疏,古时臣下向君主陈述意见的一种文体。

②浚(jùn):疏通水道。

③明哲:明智而洞察事理的人,这里指唐太宗。

④神器:帝位。

⑤居域中之大:古人以为域中有"四大",帝王居其一。

⑥元首:指帝王。

⑦景:大。

⑧殷忧:深忧。道著:道行显著。

⑨胡越:胡地在北,越地在南,比喻相距遥远。

⑩骨肉为行路:同胞至亲成为陌路人。

⑪董:督察。

⑫句谓最终只图免于刑罚而不会怀念君上的仁德。

⑬奔车朽索:用朽烂的缰绳驾驭着奔跑的马车,比喻危险。

⑭作:兴建。安人:使百姓得到安宁。

⑮念高危:想到居高位的危险。谦冲:谦虚。自牧:自我修养。

⑯江海下百川:包容巨大的江海是因为处于百川的下游。

⑰盘游:打猎游乐。三驱:一种围其三面、网开一面的打猎方式,表示有好生之德。度:限度。

⑱慎始而敬终:从始到终,谨慎恭敬。

⑲雍蔽：受到蒙蔽。

⑳谗邪：邪恶的人或事。黜恶：斥退坏人。

㉑谬赏：奖赏不当。

㉒弘：扩大、发扬。兹：这。九德：指古书所载的九种德行，这里泛指一切德行。

㉓简能：选拔有才能的人。

㉔播：施播。

㉕松、乔：赤松子、王子乔，古代传说中长寿的仙人。

㉖垂拱：指君主垂衣拱手，比喻无为而治。

㉗不言而化：不用说话而百姓即受教化。

【品评】

"思"是本篇的中心内容，也是结构全文的关捩。作者首先提出"居安思危"的治国方针。他不局限于一时一事，而是以整个国运朝政为计，反映出一位封建政治家的战略眼光；在当时唐王朝正处在蓬勃向上的形势下，作者及时而又尖锐地提出这个方针，又表现出他非凡的政治洞察力。接着他总结历朝善始不能善终的教训，分析"取易守难"的原因，并提到"载舟覆舟"、关乎国脉存亡的高度，突出强调了"居安思危"这一方针的重要性。然后才从正面阐述"十思"，作为"居安思危"的具体内容，这实是本文的主旨所在。最后说："总此十思"，即能"不言而化"，也就不用"劳神苦思"了。从"思"始而以"无思"结，含意无穷。全文围绕一个"思"字，正说反说，前呼后应，条理清晰，逻辑严密，议论誾切精辟，文风平实明快，不愧为谏疏名篇。

本文通行者均为节本，颇称简洁；今从《贞观政要》录出，多出近百字，似比节本文气更酣畅，说理更周详。

王勃(650—675 或 676)

字子安,绛州龙门(今山西河津)人。幼善文,未冠即应试及第,授朝散郎。曾任虢州参军,因事获罪,革职。其父亦受牵连,贬官交趾。他前往省亲,渡海落水,惊悸而死。他才华横溢,辞情英迈,与杨炯、卢照邻、骆宾王齐名,时称"四杰"。他诗文并擅,均开初唐新风。骈文尤工,博渊精切,铿锵酣畅,震烁一时,"四杰"之称原本主要指骈文而言,后遂兼指诗文。有《王子安集》。

滕 王 阁 序①

豫章故郡②,洪都新府③,星分翼轸④,地接衡庐⑤。襟三江而带五湖⑥,控蛮荆而引瓯越⑦。物华天宝,龙光射牛斗之墟⑧;人杰地灵,徐孺下陈蕃之榻⑨。雄州雾列⑩,俊采星驰⑪。台隍枕夷夏之交⑫,宾主尽东南之美⑬。都督阎公之雅望,棨戟遥临⑭;宇文新州之懿范,襜帷暂驻⑮。十旬休暇,胜友如云⑯;千里逢迎,高朋满坐。腾蛟起凤,孟学士之词宗⑰;紫电青霜,王将军之武库⑱。家君作宰,路出名区⑲。童子何知,躬逢胜饯⑳?

时维九月,序属三秋㉑。潦水尽而寒潭清㉒,烟光凝而暮山紫。俨骖騑于上路㉓,访风景于崇阿㉔。临帝子之长洲㉕,得天人之旧馆㉖。层台耸翠,上出重霄;飞阁流丹,下临无地㉗。鹤汀凫渚,穷岛屿之萦回㉘;桂殿兰宫,即冈峦之体势㉙。

披绣闼㉚,俯雕甍㉛,山原旷其盈视㉜,川泽纡其骇瞩㉝。闾阎扑地,钟鸣鼎食之家㉞;舸舰迷津,青雀黄龙之舳㉟。云销雨霁,彩彻区明㊱。落霞与孤鹜齐飞㊲,秋水共长天一色。渔舟唱晚,响穷彭蠡之滨^㊳;雁阵惊寒,声断衡阳之浦^㊴。

遥襟甫畅^㊵,逸兴遄飞^㊶。爽籁发而清风生^㊷,纤歌凝而白云遏^㊸。睢园绿竹,气凌彭泽之樽^㊹;邺水朱华,光照临川之笔^㊺。四美具^㊻,二难并^㊼。穷睇眄于中天^㊽,极娱游于暇日。天高地迥,觉宇宙之无穷;兴尽悲来,识盈虚之有数^㊾。望长安于日下,目吴会于云间^㊿。地势极而南溟深^{�51},天柱高而北辰远^{�52}。关山难越,谁悲失路之人^{�53}?萍水相逢,尽是他乡之客。怀帝阍而不见,奉宣室以何年^{�54}?

嗟乎!时运不齐,命途多舛^{�55}。冯唐易老^{�56},李广难封^{�57}。屈贾谊于长沙,非无圣主^{�58};窜梁鸿于海曲,岂乏明时^{�59}?所赖君子见几^{�60},达人知命^{�61}。老当益壮,宁移白首之心^{�62}?穷且益坚,不坠青云之志^{�63}。酌贪泉而觉爽^{�64},处涸辙以犹欢^{�65}。北海虽赊,扶摇可接^{�66};东隅已逝,桑榆非晚^{�67}。孟尝高洁,空怀报国之情^{�68};阮籍猖狂,岂效穷途之哭^{�69}?

勃三尺微命^㊀,一介书生^㊁。无路请缨,等终军之弱冠^㊂。有怀投笔,爱宗悫之长风^㊃。舍簪笏于百龄^㊄,奉晨昏于万里^㊅。非谢家之宝树^㊆,接孟氏之芳邻^㊇。他日趋庭,叨陪鲤对^㊈;今兹捧袂,喜托龙门^㊉。杨意不逢,抚凌云而自惜[㊊];钟期既遇,奏流水以何惭[㊋]?

呜呼!胜地不常,盛筵难再。兰亭已矣[㊌],梓泽丘墟[㊍]。临别赠言,幸承恩于伟饯[㊎];登高作赋,是所望于群公[㊏]。敢竭鄙怀,恭疏短引[㊐]。一言均赋,四韵俱成[㊑]。请洒潘江,各倾陆海云尔[㊒]!

【注释】

①题一作《秋日登洪府滕王阁饯别序》。滕王阁:唐滕王李元婴所

建,故址在今江西南昌。序:原是著作或一篇诗文前的说明性文字,即序跋之序;后发展有宴集序、赠序等类。古人宴集时,常同赋诗,诗成后推在场一人作序,是为宴集序(如王羲之《兰亭集序》);后虽无聚会,亦作文相赠,以表示惜别、祝愿、劝勉之意,是为赠序(如本书所选韩愈《送孟东野序》)。本篇是作者为自己所作饯别诗而写的序文。

②豫章:汉郡名,郡治在今南昌。

③洪都新府:唐代改豫章郡为洪州,设大都督府,故称。

④星分翼轸(zhěn):古代根据天上星宿位置来划分地面相应的区域,叫分野。豫章、长沙等郡为翼、轸两星宿的分野。

⑤衡庐:衡山、庐山。

⑥句指南昌处于江、湖环抱的地形大貌,以三江为襟边,以五湖为佩带。三江、五湖,说法不一。一般三江指松江、娄江、东江,五湖指太湖、鄱阳湖、青草湖、丹阳湖、洞庭湖。

⑦句指与楚、越两地相连。蛮荆:古楚地,今湖北、湖南一带。瓯越:古地区名,指今浙江温州等浙东南一带。

⑧据说晋时,牛、斗两星宿之间常现紫气,有人说是宝剑精气上射的缘故,后在豫章丰城县地下果然掘得一对宝剑,紫气便消失了。宝剑最终没入水中,化为龙。墟:区域。“龙光”句以名剑为例,说明豫章的物有精华,天有珍宝,承上“物华天宝”。

⑨东汉豫章太守陈蕃不喜宾客,只为豫章名士徐稺(字孺子)特设一床榻接待,徐去,即悬挂不用。“徐孺”句以陈蕃、徐稺为例,说明豫章的人有英杰,地有灵秀,承上“人杰地灵”。

⑩雄州:指洪州。雾列:形容洪州繁盛。

⑪俊采:有才华的人。星驰:形容人才之多如繁星飞驰。

⑫台:城楼。隍:城壕。枕:据。

⑬羙:俊才。

⑭阎公:未详。旧说指阎伯玙,不确。雅望:崇高的声望。棨戟(qǐ):有衣套的戟,为官员的仪仗。

⑮宇文新州:姓宇文的新州(今广东新兴)刺史。懿范:美好的风范。

6

襜(chān)帷:车上的帐幔,代指车子。

⑯十旬休暇:十天为一旬,唐代官员每至旬日休假一天,称旬休。胜友:才俊异常的朋友。

⑰腾蛟起凤:比喻文采斐然。孟学士:名不详,学士是掌管著述之官。词宗:文词的宗师。

⑱紫电:孙权宝剑名。青霜:原为形容汉高祖宝剑之锋刃,此亦指剑。王将军:名不详。武库:兵器库。

⑲家君作宰:指作者之父王福畤任交趾县令。路出名区:指路过洪州。

⑳童子:自谦后生小辈,不作孩童讲。时作者已二十多岁。胜饯:盛宴。

㉑三秋:指秋季的第三个月,即季秋九月。

㉒潦(lǎo)水:雨后积水。

㉓俨:通"严",整治。骖騑(cānfēi):拉车的马(古时马车一辕四匹,居两侧者为骖騑)。

㉔崇阿:高高的丘陵。

㉕帝子:指滕王李元婴,唐高祖之子。

㉖天人:亦指滕王。旧馆:指滕王阁。

㉗流丹:形容丹漆色彩鲜艳欲滴。下临无地:形容飞阁高不着地。

㉘汀:水边平地。凫(fú):野鸭。渚:水中小洲。穷岛屿之萦回:极尽岛屿纡曲回环之情状。

㉙句谓排列成山峦高低起伏之体势。

㉚披:开。绣闼(tà):雕饰华美的门。

㉛甍(méng):屋脊。

㉜盈视:极目所见。

㉝骇瞩:看了惊奇。

㉞闾阎:里门,指房舍。扑地:满地。钟鸣鼎食之家:指世家大族。

㉟迷:通"弥",塞满。青雀黄龙之舳:指船头饰制成鸟头形、龙头形的船。

㊱彩：阳光。区：天空。

㊲鹜(wù)：野鸭子。

㊳穷：直达。彭蠡：鄱阳湖古名。

㊴衡阳：今属湖南。浦：水滨。

㊵遥襟：远大的胸怀。甫：才。

㊶逸兴：飘逸的兴致。遄(chuán)：急速。

㊷爽籁：由长短不一的管子所编成的排箫。爽：参差不齐。

㊸凝：指歌声缭绕不止。遏：停止不动。

㊹睢园：西汉梁孝王的睢阳(今河南商丘南)兔园，以产竹闻名，为梁孝王召集文士饮酒赋诗之地。这里喻指滕王阁集会。彭泽：指晋朝诗人陶渊明。他曾任彭泽令。

㊺邺水：指邺下，在今河北临漳，为曹魏都城，曹氏父子于此宴集文士。这里亦喻指滕王阁集会。朱华：芙蓉，语出曹植《公宴诗》："朱华冒绿池"。临川：指谢灵运。他曾任临川太守，并作《拟魏太子邺中集》诗八首，表示对曹氏的追慕。

㊻四美：良辰、美景、赏心、乐事。

㊼二难：贤主、嘉宾，两者不易同得。并，读平声。

㊽穷睇眄(dìmiǎn)：极目。中天：长天。

㊾盈虚：盛衰。有数：有定数。

㊿日下：指京师。吴会：吴郡、会稽郡的合称，今江浙一带。云间：吴地松江的古称。这两句实谓远望长安，遥指吴会。按：以上均叙宴游之"兴"，以下则写被饯别者(宇文新州及作者)南行之"悲"。

51南溟：南海。

52天柱：古代神话中的支天铜柱。北辰：北极星。

53失路：比喻不得志。

54两句谓怀念天子而不得朝见，何时才能被召到宫殿侍奉天子？帝阍：本来指天帝的守门人，这里代指朝廷。宣室：汉未央宫前殿正室，为议政之所。

55舛(chuǎn)：不顺利。

㊞冯唐：西汉人，汉武帝时求贤良，冯唐被荐，但年过九十，已不能任职。

㊟李广：西汉名将，虽有军功而终身没有获得封侯。

㊞贾谊：西汉文帝时人，因受排挤，被贬为长沙王太傅。

㊞梁鸿：东汉章帝时人，因作《五噫歌》得罪朝廷，逃隐于齐鲁滨海一带。窜：驱逐，这里作逃匿讲。海曲：海角。

㊿所赖：所依靠的。几：几微的迹象。

㊞达人：通达事理的人。

㊞句谓难道能在白头时改变心愿？

㊞句谓不丧失高尚的志节。

㊞贪泉：相传广州城外有贪泉，人饮此水必起贪心；但晋代廉吏吴隐之饮后，清操愈厉。

㊞涸辙：积水干涸的车辙，比喻处境窘困。

㊞两句谓北海虽远，乘着大风即可到达。赊(shē)：远。扶摇：自下而上的暴风。

㊞东隅：日出东南角，比喻早年的时光。桑榆：指日落处，比喻未来的晚年时光。

㊞孟尝：东汉人，志行高洁，但不被重用。

㊞阮籍：魏晋名士，任性不羁，常驾车出游，漫无目的，路断车阻，便痛哭而返。猖狂：任性狂放。

㊞三尺微命：一命之士，比喻身份低微。三尺：古代士的礼服下垂三尺长的带子。微命：一命，周代任官自一命至九命，一命的品位最低。

㊞一介：一个。

㊞两句谓自己跟终军年龄相似，而没有请缨报国的机会。汉武帝时，派终军前往南越和亲。终军请求给他长缨（长绳），必缚南越王回朝廷，时年二十岁左右(一说二十七岁)。弱冠：古代男子二十岁行冠礼，故用以指二十岁左右的年龄。弱：年少。

㊞投笔：指汉代班超投笔从军。宗悫：南朝宋人，少时自述志向说："愿乘长风破万里浪。"

⑭簪笏：古代官员用的冠簪和手版，代指官职。百龄：百年，一生。

⑮奉晨昏：早晚向父母请安。

⑯句谓自己不像东晋谢家子弟的才华出众。宝树：谢安之侄谢玄曾以"芝兰玉树"比喻好子弟。

⑰孟氏之芳邻：孟轲之母为选择好邻居曾多次迁居。这里指宴会上的嘉宾。

⑱两句谓不久要到父亲那里像孔鲤那样聆听教诲。趋：古人在尊长前必快步走过，以示恭敬。叨：惭愧地承受。陪：比附。鲤：孔子之子孔鲤，曾在孔子面前趋庭应对受教。

⑲捧袂(mèi)：举起双袖作揖。指拜谒阎公。龙门：东汉李膺位高声隆，受到他接待的士人，称为"登龙门"。这里亦喻指得到阎公接待，得以抬高自己身价而高兴。

⑳两句谓没有碰到像杨得意那样肯推荐的人，只得手抚《大人赋》那样的文章而自惜。杨意：杨得意的简称。他曾向汉武帝推荐司马相如。凌云：汉武帝读了司马相如的《大人赋》后，"飘飘有凌云之气"。这里代指自己的文才。

㉑两句谓既然遇到像钟子期那样的知音，不妨奏一曲《高山流水》又有何羞惭！钟期：钟子期，春秋时人，善听琴，为琴师伯牙之知音。这里喻指阎公。奏流水：指伯牙奏流水之曲。这里喻指自己的写赋作诗。

㉒句谓兰亭聚集的盛事已成陈迹。兰亭：在今浙江绍兴，以东晋王羲之与友人宴集于此而闻名。

㉓句谓金谷园也成了废墟。梓泽：即西晋石崇的金谷园，故址在今河南洛阳。

㉔赠言：指诸宾客作诗赠别。伟饯：盛大的饯宴。

㉕句谓指望在座的诸公。

㉖恭疏短引：恭敬地写了这篇短文。

㉗两句指席间每人分得一个韵字，据以作诗；而我的一首四韵八句诗已经写成。一言：指作诗时用来限韵的字。赋：分取。

㉘潘江、陆海：喻指像晋代潘岳、陆机那样的横溢诗才。钟嵘《诗品》

有"陆才如海,潘才如江"的评语。最后两句是请诸宾客各展才华,挥洒作诗。

【品评】

我国江南三大名楼之一的滕王阁,近年来得以重建,全赖王勃此序的深远影响力,可谓楼以文存;而此序的隆盛声名,除其本身高度的艺术成就外,还跟一个动人的文学故事相关。据《唐摭言》《新唐书》《唐才子传》的记载,"阎公"在重阳节大宴宾客,原属意其婿写序,使其扬名,不料"时年十四"的王勃不期而至,公然操觚而"不辞让"。阎公初未许其才,至"落霞"一联,才"矍然而起曰:'此真天才,当垂不朽矣!'"终于"极欢而罢"。这个故事以其戏剧性、趣味性而家喻户晓,极大地提高了此序的声誉,但也导致了对此序的不少误读,甚至影响到对主旨的正确把握。一是王勃作序时,据史料年已二十五六岁,序中亦明言"等终军之弱冠"。十四岁云云,大概是附会杨炯《王子安集原序》说王勃"年十有四,时誉斯归"而来,或是曲解序中"童子何知"一句以增加传奇色彩。但如出孩童之手,就不能真切了解序中深刻的人生不偶之感。二是此次聚会虽在"九月",却绝非重阳。序中明言"十旬休暇",当在九月十日、二十日、三十日旬休之日,且文中无一笔涉及节事,亦未见孟嘉落帽、王弘送酒、佩茱萸、饮菊酒以及龙山、戏马台等重阳常用的事典语典,这对满纸典故铺排的此序而言,真不可思议了。如果把此序看成为重阳宴集而作,这就掩盖了它的"饯别序"的性质,特别是忽略了被饯别者宇文新州的存在,对全文脉理和主旨必然得不到真正的理解。

全文共七段,第四段中间"兴尽悲来,识盈虚之有数"是全文结构转折的关捩;而两位被饯别者宇文新州和作者则是体现本篇主题的中心人物。作为饯别序,本篇不可避免地带有应酬目的:首先是主人阎公及其文武陪客孟学士、王将军等人,作者倍致颂美仰望之忱;其次是对洪州地势和高阁景观、"胜饯"、"伟饯"的赞扬夸说,也是对主人的另一形式的称颂。——这就是前半幅所写的"兴"。从"望长安于日下"以下的后半幅,则主要写"失路之人""他乡之客"宇文新州和作者之"悲"。不少注家把这半段和第四段文字仅仅看作作者一人的自悲和自勉,这是不准确的。至少是兼指两人,或者毋宁说主要是指宇文新州(细玩冯唐、李广诸典和"老当益壮""桑榆非晚"等语,似与作者年龄不切)。只有到第六段"勃三尺微命"以下,才单指作者自述了。仕途多舛的共同遭遇,客中送客的特殊感受,使王勃在寄情抒怀时显得更为投入,尽情地发泄了怀才不遇的人生悲慨,表达了济世的渴望和志节自守的坚贞。失落、追求,怨恨、勉励,种种矛盾复杂的感情交织在一起,使本篇超越了应景酬世的目的,而成为表现主体情性的真正文学作品。

唐初的骈体文承袭六朝余风,在对偶、辞藻、声律、用典方面有着严格的规范。王勃此文完全满足了这四项要求,但同时开始了新的转变:以充实的内容、丰富的感情矫正六朝骈文末流的柔而无骨、华而不实,以散行的气势运用偶句,以清新、流利、自然的语言风格改造辞藻,与他的诗歌"调入初唐,时带六朝锦色"(陆时雍语)一样,其骈文也处于过渡阶段。本文除"嗟乎"等九个字外,全为偶句,又大都是四六句型,对仗中又多当句对(如"襟三江、带五湖"等),足见遵守体制之严。但整篇文气腾涌,不可遏止,先从建阁之地落笔,叙及洪州地势形胜而及于饯宴,继写时序及高阁状貌,又转述阁外之景,再回到饯宴而兴起身世之感,转入后幅抒怀,络绎而下,一气呵成。尤对自然景观的描写,远近、高低、声色、虚实,多角度、多层面地刻画出秋日的壮丽风光。即如"落霞"一联,其句型为前人所习用,如王俭《太宰褚彦回碑文》:"风仪与秋月齐明,音徽与春云等润",庾信《华林园马射赋》:"落花与芝盖同飞,杨柳共春旗一色",唐武德时《长寿寺舍利碑》:"浮云共岭松张盖,明月与岩桂分丛"等,但细作比较,仍不难看出"落霞"联的动静相配,色彩明丽,具见推陈出新之功。因而难怪这篇骈文也会得到古文家韩愈的推崇和认同(见其所作《新修滕王阁记》)。

王维（701—761）

字摩诘，太原祁（今山西祁县）人。唐玄宗开元时进士，历任大乐丞、右拾遗等职，后官至尚书右丞，故世称王右丞。他多才多艺，是著名田园诗人、文人画代表，又擅长书法，精通音乐。其诗体物精细，清丽如画，又充满禅意机趣。散文也有特色。有《王右丞集》。

山中与裴秀才迪书①

近腊月下②，景气和畅③，故山殊可过④。足下方温经⑤，猥不敢相烦⑥。辄便往山中⑦，憩感配寺⑧，与山僧饭讫而去⑨。

北涉玄灞⑩，清月映郭⑪，夜登华子冈⑫，辋水沦涟⑬，与月上下⑭；寒山远火，明灭林外；深巷寒犬，吠声如豹；村墟夜舂，复与疏钟相间⑮。此时独坐，僮仆静默，多思曩昔携手赋诗⑯，步仄径⑰，临清流也。

当待春中，草木蔓发，春山可望，轻鲦出水⑱，白鸥矫翼⑲，露湿青皋⑳，麦陇朝雊㉑：斯之不远㉒，傥能从我游乎㉓？非子天机清妙者㉔，岂能以此不急之务相邀㉕？然是中有深趣矣。无忽㉖！

因驮黄檗人往㉗，不一㉘。山中人王维白。

【注释】

①山：指蓝田县（今属陕西）东的蓝田山（今属终南山）。王维有别墅在蓝田的辋川。裴迪：关中（在今陕西一带）人，能诗，为王维好友。

②腊月下：农历十二月下旬。

③景气：景色气候。

④故山:旧居之山,即指其隐居之山。殊可过:值得一访。

⑤温经:温习经书。

⑥猥:自谦之词,辱。

⑦辄便:就。

⑧感配寺:疑应作化感寺,在辋川别墅附近。

⑨讫:完毕。

⑩玄:水色深青。灞:灞水,源出蓝田东,流入渭河。

⑪郭:城郭。

⑫华子冈:地名,辋川胜景之一。

⑬辋水:源出蓝田南,北流入灞水。沦涟:水上波纹。

⑭句谓月影随水波而晃动。

⑮两句谓村中夜间的舂米声,又与稀疏的佛寺钟声交错相间。

⑯曩昔:从前。

⑰仄径:狭窄的小路。

⑱鲦(tiáo):白鲦鱼,体狭而长,色白。

⑲矫翼:举开翅膀。

⑳皋:水边的高地。

㉑朝雊(gòu):清晨雄雉的鸣声。

㉒句谓这些景色离现在不远了。

㉓傥:同"倘",或许。

㉔天机:天性。

㉕不急之务:不急需的事。

㉖无忽:不要忽视。

㉗句谓托运送黄檗药的人给你捎信。

㉘不一:不一一细说。书信中套语。

【品评】

此信是王维为邀请好友裴迪结伴同住而写的,情意深长,清隽有味。作者对邀请之意的表达颇堪玩索。一是文情多作顿挫,几经转折,始吐本

14

意。文中先提及旧居之地。裴迪曾与王维一起住过辋川,度过一段"弹琴赋诗,啸咏终日"的相得相乐时光;而此次独游,无知己相伴,兴味索然,废然而返。所以,起笔的语气虽较平缓,实则想以旧地来唤起故友的记忆;明说故友忙于正事,不敢相烦,实则隐含相邀之意。欲邀先止,故作一顿。继则描写山中冬夜,对景思友,"邀请"二字虽未出口,而其意正待蓄满而发了。最后才直言相邀,约其明春来游。二是用山中佳景深趣来逗引故友的游兴,邀其同赏。裴迪与作者均为"天机清妙"之人,王维以疏朗的笔致描绘山中的冬景春色,景与趣合,足以打动对方。全文在"邀请"上用足了功夫,而字面上平平叙来,不露声色,但殷盼之情却宛然文字之外。

王维兼擅诗画,有"诗中有画,画中有诗"之称,这封短简也充满了诗情画意,有声有色。状写眼前冬夜,作者运用声响的动静关系,在犬吠声、舂米声、疏钟声的交织中,烘托出整个夜境的静谧和清幽;描绘预想的春晨,又利用色彩的互衬关系,春山对白鲦,白鸥对青皋,活显出早春那份鲜灵和明丽。同时,在这声响、色彩所组成的一实一虚的画面中,有着作者对自然机趣的领悟。

李白（701—762）

字太白，号青莲居士，祖籍陇西成纪（今甘肃天水），生长于绵州昌隆（今四川江油）。少时即豪放不羁，习剑学道，喜游名山大川。天宝初年，任翰林学士，不久被逸去职。安史之乱时，为永王李璘幕僚，乱平后因此获罪，放逐夜郎（今贵州桐梓一带），途中赦回。晚年流寓东南。他诗才横溢，感情强烈，挥洒自如，形成飘逸、奔放、雄奇的风格，与杜甫齐名并为我国伟大诗人。有《李太白集》。

春夜宴从弟桃花园序①

夫天地者，万物之逆旅也②；光阴者，百代之过客也。而浮生若梦，为欢几何？古人秉烛夜游，良有以也③。况阳春召我以烟景④，大块假我以文章⑤。会桃花之芳园，序天伦之乐事⑥。群季俊秀，皆为惠连⑦；吾人咏歌，独惭康乐⑧。幽赏未已，高谈转清。开琼筵以坐花⑨，飞羽觞而醉月⑩。不有佳咏，何伸雅怀⑪？如诗不成，罚依金谷酒数⑫。

【注释】

①从弟：堂弟。序：本篇为宴集诗序，文体与《滕王阁序》相同，参看该文注①。

②逆旅：旅舍。

③两句原出曹丕《与吴质书》，意谓古人手持灯烛作长夜之游，确实有道理啊！

④召：召引、吸引。烟景：指朦胧氤氲的春景。

⑤大块：天地。假：提供给。文章：指文采。

⑥序：叙谈。

⑦群季：诸弟。惠连：谢惠连，南朝诗人。少时聪慧，极受族兄谢灵运的喜爱。

⑧咏歌：作诗吟咏。独惭康乐：自愧比不上谢灵运的诗才。谢灵运曾袭封康乐公。

⑨琼筵：华美的筵席。坐花：坐在花丛中。

⑩飞羽觞：快速地递送酒杯。羽觞，古时酒器。醉月：酣醉于月下。

⑪伸：表白。

⑫晋朝石崇常在其金谷园中设宴聚会。宴席上须赋诗，如有不能者，"罚酒三斗"。

【品评】

这篇百来字短文，洋溢着明朗欢快的情绪。作者在"烟景""芳园"之中，与兄弟们开筵飞觞，坐花醉月，畅叙亲情，幽赏雅怀，真是"良辰美景赏心乐事"四美并具，欢莫大焉。但这种欢快并不单一。发端数句关于"浮生若梦"的感慨，没有引发为低沉颓废的情绪，反而激起作者对生命的深深依恋和执着追求，因而其欢快被赋予了人生观方面的内涵，也给文章凭添一层洒脱高旷的气韵。有人却认为"识度甚浅"，其实此序本来就不以追求议论的高深为目的，而只是即事抒怀，兴发感动，触绪纷来，让情绪自由自在地徜徉于天地人生、良辰亲情之间，从而显现出豁达轻快、萧散自然的心境。

此序的结构颇为精巧紧凑。全文一句一意，"转落层次，语无泛设"（吴楚材语）；同时又紧扣题意，题目中的每个字在文中都有着落，一一呼应。内容的丰富，衔接的灵巧，文气的流走，无不显示出作者散文艺术的高超，难超前人有"短文之妙，无逾此篇"的极誉（李扶九语）。

李华(715—766)

字遐叔,赵州赞皇(今属河北)人。唐玄宗开元时进士。历任监察御史、右补阙等职,官至吏部员外郎。他与萧颖士同为唐代古文运动的先驱人物,世号"萧李"。史称其"文辞绵丽",仍带有较多骈偶成分,显示出由骈入散过渡时期的文风特征。有《李遐叔文集》。

吊古战场文①

浩浩乎平沙无垠,敻不见人②。河水萦带,群山纠纷③。黯兮惨悴④,风悲日曛⑤。蓬断草枯,凛若霜晨。鸟飞不下,兽挺亡群⑥。亭长告予曰⑦:"此古战场也,尝覆三军⑧。往往鬼哭,天阴则闻。"伤心哉!秦欤汉欤?将近代欤?

吾闻夫齐魏徭戍,荆韩召募⑨。万里奔走,连年暴露。沙草晨牧,河冰夜渡⑩。地阔天长,不知归路。寄身锋刃⑪,腷臆谁恕⑫?秦汉而还,多事四夷⑬,中州耗斁⑭,无世无之。古称戎夏,不抗王师⑮。文教失宣⑯,武臣用奇⑰。奇兵有异于仁义,王道迂阔而莫为⑱。呜呼噫嘻!

吾想夫北风振漠⑲,胡兵伺便⑳。主将骄敌,期门受战㉑。野竖旌旗,川回组练㉒。法重心骇,威尊命贱㉓。利镞穿骨,惊沙入面㉔,主客相搏,山川震眩。声析江河㉕,势崩雷电。至若穷阴凝闭㉖,凛冽海隅㉗,积雪没胫,坚冰在须。鸷鸟休巢㉘,征马踟蹰。缯纩无温㉙,堕指裂肤。当此苦寒,天假强胡㉚,凭陵杀气㉛,以相剪屠㉜。径截辎重㉝,横攻士卒。都尉新降㉞,将军复没。尸踣巨港之岸㉟,血满长城之窟。无贵无贱,同为枯骨。可胜言哉!鼓

18

衰兮力竭㊱,矢尽兮弦绝,白刃交兮宝刀折,两军蹙兮生死决㊲。降矣哉,终身夷狄;战矣哉,暴骨沙砾。鸟无声兮山寂寂,夜正长兮风淅淅。魂魄结兮天沈沈㊳,鬼神聚兮云幂幂㊴。日光寒兮草短,月色苦兮霜白。伤心惨目,有如是耶!

吾闻之:牧用赵卒,大破林胡,开地千里,遁逃匈奴㊵。汉倾天下㊶,财殚力痛㊷。任人而已,其在多乎!周逐猃狁,北至太原㊸。既城朔方㊹,全师而还。饮至策勋㊺,和乐且闲。穆穆棣棣㊻,君臣之间。秦起长城,竟海为关㊼,荼毒生民㊽,万里朱殷㊾。汉击匈奴,虽得阴山㊿,枕骸遍野[51],功不补患[52]。

苍苍蒸民[53],谁无父母?提携捧负,畏其不寿。谁无兄弟?如足如手。谁无夫妇?如宾如友。生也何恩,杀之何咎?其存其殁,家莫闻知。人或有言,将信将疑。悁悁心目,寤寐见之[54]。布奠倾觞[55],哭望天涯,天地为愁,草木凄悲。吊祭不至,精魂无依。必有凶年,人其流离[56]。呜呼噫嘻!时耶命耶?从古如斯?为之奈何?守在四夷[57]。

【注释】

①吊文:凭吊死者的一种文体,多自致伤悼之意,与"祭文"仅对死者而言有所不同。以吊人为主,也用于吊物吊事。

②夐(xiòng):远。

③纠纷:重叠交错。

④悴:忧愁。

⑤曛(xūn):日色昏暗。

⑥挺:通"铤",快速奔跑。亡群:失群、分散。

⑦亭长:秦汉时农村每十里为一亭,设亭长一人,掌管治安、民政。东汉后废。唐代亭长职掌不同。这里指地方小吏。

⑧三军:军队的通称。

⑨两句指战国时各国或征集壮丁服徭役以守边(义务兵),或召募兵员(雇佣兵)。荆:指楚国。

⑩两句谓早晨在沙草地上放牧,晚上渡过结冰的河流。

⑪此句比喻处境危险。

⑫腷(bì)臆:苦闷的心情。愬:同"诉"。

⑬句谓与四方外族作战频繁。

⑭中州:中原。耗斁(dù):损失破坏。

⑮句谓不敢与天子的军队为敌。

⑯文教:典章制度,礼乐教化。

⑰用奇:使用奇诡之计。

⑱迂阔:形容不切实际。莫为:没有人愿意执行王道。

⑲振漠:掀起沙漠。

⑳伺便:乘便入侵。

㉑两句谓中原的主将骄惰轻敌,敌人袭击至营门才仓促应战。期门:军营营门。

㉒句谓平川上来回奔驰着士兵。组练:"组甲被练"的简称,兵士所穿两种衣甲。这里指兵士。

㉓两句谓军法峻兵士惧,军威尊生命贱。

㉔镞(zú):箭头。入面:扑面。

㉕句谓声音响如江河断裂。析:分离、断开。

㉖至若:至于。穷阴凝闭:冬天阴云密布。

㉗海隅:海角,指西北瀚海边远之地。

㉘鸷鸟:一种鹰类猛禽。

㉙缯纩:用丝绵做成的衣服。

㉚假:借,这里指借以方便。

㉛凭陵:凭仗……以侵扰。杀气:指寒气。

㉜翦屠:斩伐杀戮。

㉝径截:拦路截击。

㉞都尉:武官名。

㉟巨港:大河。

㊱鼓衰:鼓声微弱。

㊲蹙(cù):迫近。

㊳结:凝结。

㊴幂幂:阴森惨淡的样子。

㊵战国时赵国名将李牧曾大破匈奴,降伏了匈奴的林胡部族,单于(首领)远逃。

㊶句谓汉朝竭尽全国所有。

㊷殚:尽。痡(pū):病。

㊸周宣王时,北方少数民族猃狁(Xiǎnyǔn)入侵,尹吉甫率兵出击,追逐至太原(今宁夏固原一带)而归。

㊹朔方:古地名,在今宁夏灵武地区。

㊺饮至:古时一种礼仪,军队凯旋,到宗庙告祭祖先,然后设宴饮酒。策勋:记功。

㊻形容仪态端庄和顺。

㊼竟:到。

㊽荼(tú)毒:残害。

㊾朱殷:指鲜血。

㊿阴山:山名,在今内蒙古中部。

51枕骸:尸骨相叠。

52句谓得不偿失。

53蒸民:众民。

54两句谓心忧面愁,只能梦中见他。

55布奠:摆下供品祭奠。倾觞:洒酒于地。

56其:将。

57四夷:代为帝王守卫疆土的,就是"四夷"。句谓要像上古帝王那样施行王道,使四方外族驯服,边疆自然安宁。

【品评】

此文虽为骈文,但并不仅仅以文辞华赡、铺陈繁缛见长,还以气势充沛、感慨深沉取胜。就主题而言,作者饱蘸感情,用笔浓重,借凭吊古战场,极写战祸之惨,从而传达出人们对和平的渴望,警诫现实中仍在穷兵黩武的统治者,提出了"重守不重战"这一处理边境关系的方针。借古喻今,用心良苦。就行文而言,跌宕激越,处处显示出一种力度。比如发端突起,结尾斩截,是一种大开大阖的起结法;摹写昔日战场的惨酷和战后的死寂,则浓彩重墨,写得惊心动魄,酣畅淋漓,"利镞穿骨,惊沙入面""尸踣巨港之岸,血满长城之窟"等,用字不避狞厉;论史时,褒贬分明,不假掩饰;末段写家属对战亡者的哀悼,吐词酸苦,气结情郁,感人肺腑。

此文另一特点是章法灵活,富有韵味。如借亭长之口来点题,小用手段,以避平板;多用"吾闻""吾想"等设想之辞,以虚写实;在通篇的四言句中,穿插一段骚体文字以加强渲染,句法多变。再加上段段用韵,琅琅上口,一直为人所乐诵。

元结(719—772)

字次山,号漫郎,河南府(今河南洛阳)人。唐玄宗天宝时进士,历任监察御史、道州刺史等职,官至容管经略使,卒赠礼部侍郎。其诗多以反映民瘼、议论时政为主,内容充实,诗风质朴。致力于古文写作,简洁有致,力矫骈俪绮靡之习,为韩愈、柳宗元之前的著名古文家。有《元次山集》。另编选其友人沈千运等诗为《箧中集》。

右 溪 记①

道州城西百余步②,有小溪。南流数十步,合营溪③。水抵两岸,悉皆怪石,欹嵌盘屈④,不可名状。清流触石,洄悬激注⑤。佳木异竹,垂阴相荫⑥。此溪若在山野,则宜逸民退士之所游处⑦;在人间,则可为都邑之胜境⑧,静者之林亭。而置州已来⑨,无人赏爱;徘徊溪上,为之怅然!乃疏凿芜秽⑩,俾为亭宇⑪;植松与桂,兼之香草,以裨形胜⑫。为溪在州右⑬,遂命之曰右溪。刻铭石上,彰示来者⑭。

【注释】

①记:一种记述人事、山水、景物的文体,本以叙述为主,后亦多议论。
②道州:治所在今湖南道县。
③营溪:营水,发源于湖南宁远南。
④欹(qī):倾斜。
⑤指水流遇阻后回旋冲荡飞溅。
⑥阴:指树阴。荫:遮蔽。
⑦逸民退士:指隐居之人。

⑧人间:指人烟稠密的地方。胜境:风景优美之处。

⑨句谓而从此地被设置为州的治所以来。

⑩疏凿:疏通开凿。芜秽:杂草丛生。

⑪俾(bǐ):使。

⑫裨(bì):增添。形胜:优美的景色。

⑬为:因为。右:西边。

⑭彰示:明示,明白地告知。

【品评】

右溪是作者主持疏浚并亲自命名的一条小溪。作者用笔简洁,着力突出小溪特点:一是岸生怪石,倾斜嵌叠,曲折盘旋;二是溪流清澄湍急;三是竹木茂盛。三笔两笔,就勾勒出一种雅趣盎然的清幽境界。文章似无过深的寄托,但慨叹右溪长期"无人赏爱",流露出淡淡的惆怅。这份惆怅恰与清丽幽静的景色交融有致,相得益彰。

全文仅一百三十九字,但记叙、写景、寄情,一应俱全,已具备唐代山水游记即事记叙、兼抒情愫的体制。前人称元结"开子厚(柳宗元)先声"(吴汝纶语),是不错的。

韩愈（768—824）

字退之，孟州河阳（今河南孟县）人，自谓郡望昌黎（今属河北），世称"韩昌黎"。唐德宗贞元时进士，任监察御史、国子博士等职。因谏阻唐宪宗迎佛骨，被贬为潮州（今属广东）刺史。后官至兵部、吏部侍郎。卒谥"文"。他是诗文大家，尤以散文成就而成为一代宗师。倡导古文运动，排斥六朝以来骈偶靡俪浮艳的文风，主张恢复秦汉的古文传统。其文刚健雄肆，奥衍宏深，富有独特个性，为"唐宋古文八大家"之首。有《韩昌黎集》。

杂　　说①其四

世有伯乐然后有千里马②，千里马常有，而伯乐不常有；故虽有名马，祇辱于奴隶人之手③，骈死于槽枥之间④，不以千里称也⑤。

马之千里者，一食或尽粟一石⑥。食马者⑦，不知其能千里而食也；是马也，虽有千里之能，食不饱，力不足，才美不外见⑧，且欲与常马等，不可得⑨，安求其能千里也？

策之不以其道⑩，食之不能尽其材⑪，鸣之而不能通其意⑫，执策而临之曰："天下无马。"呜呼！其真无马邪⑬？其真不知马也！

【注释】

①杂说：一种论辩性的文体。汉以后常用以托物寄意，类同寓言。

②伯乐：孙阳，字伯乐，春秋秦穆公时人，善相马。千里马：日行千里

的好马。此句"千里马"指"名",与下句"千里马"指"实",含意不完全相同。

③祇(zhī):适。奴隶人:指地位卑贱的马伕、仆役。

④骈:并、接二连三。槽:盛饲料的器具;枥(lì):马厩。

⑤句谓不被称为千里马。

⑥一食:一顿。或:或许。

⑦食(sì):同"饲",喂养。

⑧见:同"现",显露。

⑨两句谓要求它发挥跟平常马一样的能力,尚且不可能。

⑩策:马鞭,这里用为动词,驾驭。道:正确的方法。

⑪尽其材:指满足它的食量。材:本能。

⑫通:了解。

⑬其:岂。

【品评】

《杂说》由四篇寓言性杂文组成,本文为第四篇。通篇用千里马作喻,阐述识拔和使用人才问题。文章以"世有伯乐然后有千里马"一句领端,显示作者观察人才问题的独特视角:在识才者与人才关系上,前者更为重要。不善识士("千里马常有,而伯乐不常有")、不能养士(喂马不尽其食量)、不会用士(策马不以其道)、随意诬士(面对良马而感叹天下无马),便是人才遭摧残、被埋没的原因。作者抒发了对压制人才的愤慨,表达了对"伯乐"的企盼。

本文篇幅短小,而句法多变,对文势的伸缩蓄泄,控制自如。一、二两段讲知马、养马,都是先正说,后反说,然后指出结果。但同中有异,结果处写法不一:知马段用陈述句作结,养马段则用反问句。最后一段连用排比句,把情绪推到愤激的顶点。结束两句,一问一叹,稍作盘旋停瀦即直白揭明本篇主旨:"真不知马"!但末尾"也"字,也可作"邪"解(有的本子亦作"邪"),则为两个反问句(选择问句),承上将愤激的情绪陡然压住,而主旨始终含而不露。两说似皆可通,足供揣摩,但都体现了韩文劲峭拗折的风格。

师　说①

　　古之学者必有师。师者,所以传道受业解惑也②。人非生而知之者,孰能无惑?惑而不从师,其为惑也终不解矣。生乎吾前③,其闻道也固先乎吾,吾从而师之;生乎吾后,其闻道也亦先乎吾,吾从而师之。吾师道也④,夫庸知其年之先后生于吾乎⑤?是故无贵无贱、无长无少,道之所存,师之所存也。

　　嗟乎!师道之不传也久矣!欲人之无惑也难矣!古之圣人,其出人也远矣⑥,犹且从师而问焉⑦;今之众人,其下圣人也亦远矣⑧,而耻学于师⑨。是故圣益圣,愚益愚。圣人之所以为圣,愚人之所以为愚,其皆出于此乎⑩?爱其子,择师而教之;于其身也,则耻师焉;惑矣⑪!彼童子之师,授之书而习其句读者⑫,非吾所谓传其道解其惑者也。句读之不知,惑之不解,或师焉,或不焉⑬,小学而大遗,吾未见其明也⑭。巫医乐师百工之人⑮,不耻相师。士大夫之族⑯,曰师曰弟子云者,则群聚而笑之⑰。问之,则曰:"彼与彼年相若也⑱,道相似也。位卑则足羞,官盛则近谀⑲。"呜呼,师道之不复可知矣!巫医乐师百工之人,君子不齿⑳,今其智乃反不能及,其可怪也欤!

　　圣人无常师㉑。孔子师郯子、苌弘、师襄、老聃㉒。郯子之徒,其贤不及孔子。孔子曰:"三人行,则必有我师。"是故弟子不必不如师,师不必贤于弟子,闻道有先后,术业有专攻,如是而已。

　　李氏子蟠㉓,年十七,好古文,六艺经传皆通习之㉔,不拘于时㉕,学于余。余嘉其能行古道,作《师说》以贻之㉖。

【注释】

①说:一种论辩性的文体。

②传道:传授道理(儒家之道)。受业:即"授业",授与学业。解惑:解答疑问。

③乎:同"于"。

④句谓我学习的是道理呀。

⑤庸知:岂知、哪管。

⑥出人:超出常人。

⑦犹且:尚且。

⑧下圣人:低于圣人。

⑨句谓而以问师求学为耻。

⑩句谓大概都由于这个缘故。

⑪惑:糊涂。

⑫句读(dòu):即"句逗",断句。

⑬四句谓不懂句逗,就去请教老师;有不能解答的疑问,反倒不去请教老师。

⑭两句谓小问题学习,而大问题反被丢弃,我看不出来他们明白道理。

⑮巫医:古时巫医并称,指以招鬼祈神来禳灾除祸的人。百工:泛指各种工匠。

⑯句谓读书做官的这类人。

⑰两句谓说起老师、弟子等等时,就聚在一起取笑。

⑱相若:相似。

⑲两句谓向地位低者求教,很觉羞耻;向官位高者求教,又感到近于奉承。

⑳不齿:不屑与之同列。

㉑常师:固定的老师。

㉒郯子:郯国国君,孔子曾向他请教上古官名之事。苌弘:东周大夫,孔子曾向他请教古乐。师襄:鲁国学官,孔子曾向他学琴。老聃:即老子,楚国人,道家创始人。孔子曾向他问周礼。

㉓句谓李家的孩子叫李蟠。

㉔六艺经传:指六经的本文和注释。六经即《诗》《书》《礼》《乐》《易》《春秋》六部儒家经典。

㉕句谓不受时风的影响。

㉖贻:送。

【品评】

本文就从师这一中心问题,从各个侧面展开充分的论析。首先以古为鉴,开宗明义提出"学者必有师"的主张;继而论述师的作用在于"传道受业解惑",因而择师的标准是"道之所存,师之所存"。这是正面的总论。第二段揭出当前的"师道不传",运用对比手法(古人与今人、童子学句读与成人不学道、百工互学与士大夫耻师),力斥今人不从师之非。这是反面的驳论。最后以孔子拜师为例,又从正面提出学无常师、能者为师的命题,归结到从师是手段、学道受业是目的这一主旨,与开端"道之所存,师之所存"相呼应。赠言李蟠云云,则是尾声。全文有破有立,立"师"的定义,破其神秘性;主张不论贵贱长少,人人皆可为师,破"师"的封建等级性;倡言学无常师,师生关系是相对的,破"师"的绝对权威性,从而成为我国教育思想史上极富民主性精华的名篇。

本文在内容上注意说理的深入浅出,比类相较,易见主旨;在结构上,一波三折,正反交替,回思有味;在文笔上,气势充沛,文意络绎而下,层层展开,且时夹唱叹,使行文收放有节,不致一泻无余。

进 学 解①

国子先生晨入太学②,招诸生立馆下,诲之曰:"业精于勤荒于嬉,行成于思毁于随③。方今圣贤相逢④,治具毕张⑤,拔去凶邪⑥,登崇畯良⑦。占小善者率以录⑧,名一艺者无不庸⑨,爬罗剔抉,刮垢磨光⑩。盖有幸而获选,孰云多而不扬⑪?诸生业患不能精⑫,无患有司之不明⑬;行患不能成,无患有司之不公。"

言未既⑭,有笑于列者曰⑮:"先生欺余哉!弟子事先生于兹有年矣⑯。先生口不绝吟于六艺之文⑰,手不停披于百家之编⑱,记事者必提其要,纂言者必钩其玄⑲;贪多务得⑳,细大不捐㉑,焚膏油以继晷㉒,恒兀兀以穷年㉓:先生之业可谓勤矣。觝排异端㉔,攘斥佛老㉕,补苴罅漏㉖,张皇幽眇㉗;寻坠绪之茫茫㉘,独旁搜而远绍㉙,障百川而东之,回狂澜于既倒㉚;先生之于儒,可谓有劳矣㉛。沉浸酝郁㉜,含英咀华㉝,作为文章㉞,其书满家。上规姚、姒,浑浑无涯㉟;周《诰》、殷《盘》,佶屈聱牙㊱;《春秋》谨严,《左氏》浮夸,《易》奇而法,《诗》正而葩㊲;下逮《庄》《骚》,太史所录㊳,子云、相如㊴,同工异曲:先生之于文,可谓闳其中而肆其外矣㊵。少始知学,勇于敢为;长通于方,左右具宜㊶:先生之于为人,可谓成矣㊷。然而公不见信于人,私不见助于友,跋前疐后㊸,动辄得咎㊹。暂为御史㊺,遂窜南夷㊻;三年博士㊼,冗不见治㊽;命与仇谋㊾,取败几时㊿;冬暖而儿号寒,年丰而妻啼饥;头童齿豁○51,竟死何裨○52。不知虑此,而反教人为○53?"

先生曰:"吁,子来前!夫大木为杗○54,细木为桷○55,欂栌侏儒○56,椳闑扂楔○57,各得其宜,施以成室者○58,匠氏之工也○59;玉札丹砂,赤箭青芝○60,牛溲马勃○61,败鼓之皮,俱收并蓄,待用无遗者○62,医师之良也;登明选公○63,杂进巧拙○64,纡余为妍○65,卓荦为杰○66,校短量长,惟器是适者○67,宰相之方也。昔者孟轲好辩,孔道以明○68,辙环天下○69,卒老于行○70;荀卿守正○71,大论是弘,逃谗于楚,废死兰陵○72:是二儒者,吐辞为经,举足为法,绝类离伦○73,

优入圣域⁷⁴,其遇于世何如也⁷⁵?今先生学虽勤而不繇其统⁷⁶,言虽多而不要其中⁷⁷,文虽奇而不济于用,行虽修而不显于众⁷⁸,犹且月费俸钱,岁靡廪粟⁷⁹;子不知耕,妇不知织,乘马从徒⁸⁰,安坐而食,踵常途之促促⁸¹,窥陈编以盗窃⁸²;然而圣主不加诛,宰臣不见斥:兹非其幸欤?动而得谤,名亦随之⁸³,投闲置散,乃分之宜⁸⁴。若夫商财贿之有亡⁸⁵,计班资之崇庳⁸⁶,忘己量之所称,指前人之瑕疵⁸⁷:是所谓诘匠氏之不以杙为楹,而訾医师以昌阳引年,欲进其豨苓也⁸⁸。"

【注释】

①解:对疑难问题进行辨析一种文体。

②国子先生:即国子博士,韩愈自称。唐代国子监是设在京城的最高学府,下分国子学、太学、广文学、四门学、律学、书学、算学等七学,各置博士为教官。太学:这里即指国子监。唐代国子监相当于汉代的太学。

③随:不经意、随便。

④圣贤:圣君贤臣。

⑤治具:法令。张:设立、确立。

⑥拔去:除掉。

⑦登崇:推崇、提拔。畯良:才能杰出之人。畯:通"俊"。

⑧句谓略具优点者都予录用。

⑨名一艺者:称有一技之长者。庸:用。

⑩两句指对人才的搜罗选择和磨砺培养。

⑪两句谓只有学问不足而侥幸中选的,谁说还有才学广博而不被举拔的呢?

⑫业患不能精:只怕学业不能精进。

⑬有司:负有专责的部门及其官员。

⑭既:完毕。

⑮列:指诸生行列。

⑯句谓子弟跟随先生学习到现在已有好几年了。

⑰六艺:即《诗》《书》《礼》《乐》《易》《春秋》六部儒家经典。

⑱披:翻阅。百家之编:指先秦诸子百家的著作。

⑲两句谓对记述史事之书一定撮取其纲要,对立论之书一定探究其深奥的含义。

⑳务:力求。

㉑句谓小的大的都不放弃。

㉒句谓夜以继日之意。膏油:指灯烛。晷(guǐ):日影。

㉓恒:经常。兀兀:勤苦不懈的样子。穷年:经年。

㉔异端:古时指非儒家的学说、学派。

㉕佛老:佛教和道教。

㉖苴(jū):填塞。罅(xià):裂缝。

㉗皇:大。幽眇:幽深微妙。

㉘坠:失落。绪:前人留下的事业,这里指儒家的道统。茫茫:久远。

㉙绍:继承。

㉚两句谓摒挡百川的泛滥,使之东流入海;把已经倾泻的狂涛怒澜挽转过来。

㉛劳:功劳。

㉜酿郁:这里指儒家典籍意味浓厚。

㉝句谓咀嚼儒书中的精义。

㉞作为:写作。

㉟规:取法。姚、姒:姚是虞舜的姓,姒是夏禹的姓。这里代指《尚书》中的《虞书》《夏书》。浑浑:深广的样子。

㊱周《诰》:《尚书·周书》中有《大诰》《康诰》《酒诰》《召诰》《洛诰》等篇。殷《盘》:《尚书·商书》中有《盘庚》三篇。佶(jí)屈聱(áo)牙:指文章艰涩难读。

㊲四句谓《春秋》简约精确,《左传》文辞繁富夸张,《易经》奇妙而有法则,《诗经》雅正而华美。

㊳指太史公司马迁的著作《史记》。

㊟子云:扬雄,字子云;相如:司马相如。均西汉辞赋家。

㊵闳其中:内容宏大。肆其外:文辞奔放。

㊶两句谓长大后通晓道理方法,处理各种事情,无不适宜。

㊷成:备、完美。

㊸跋前踬(zhì)后:老狼向前走踩着颔下的悬肉,后退时又绊倒在尾巴上,形容进退两难。

㊹句谓动不动就惹祸获罪。

㊺御史:监察御史。韩愈在贞元十九年(803)曾任此职。

㊻指韩愈曾被贬往连州阳山(今属广东)。

㊼韩愈在元和元年至四年(806—809)第一次任国子博士三年。元和七年第三次任此职后,作本文。

㊽句谓职位闲散,表现不出吏治成绩。

㊾句谓命运与仇敌相伴。

㊿几时:不时。

�51童:秃发。齿豁:牙齿脱落。

�52竟:到。裨:补益。

�53句谓为什么反而教诲他人?

�54亲(máng):大梁。

�55桷(jué):方形的屋椽。

�56欂栌(bólú):斗拱。侏儒:即椳櫃,梁上短柱。

�57椳(wēi):门枢。闑(niè):门中央所竖的短木,用于止门。扂(diàn):门闩。楔(xiè):门两旁的木柱。

�58施:用。

�59工:技巧。

�60四者均为中药。丹砂:朱砂。赤箭:天麻。

�61两者均可入药。牛溲:牛尿。马勃:一种菌类植物。

�62无遗:没有遗漏。

�63句谓提拔人才眼光明亮,选用人才态度公正。

�64句谓灵巧者和拙朴者一起引进。

㊻纡余:指委婉谦和的人。

㊼卓荦(luò):指超绝出众的人。

㊽两句谓比较人才的优劣,全据人的才能安排其合适的职位。

㊾以:因而。

㊿句谓周游列国之意。

⑰句谓最后在奔走中终老一生。

⑪荀卿:荀况,战国末期儒家代表人物。守正:恪守儒家学说。

⑫荀卿在齐国时,遭人谗毁,便逃到楚国,初为兰陵(今山东枣庄)令,后被削职为民,老死于兰陵。

⑬绝:超出。类、伦:同辈。

⑭句谓优秀到进入圣人的境地。

⑮句谓他们在世上的遭遇又怎样呢?

⑯繇:同"由"。统:指儒家的道统。

⑰要:求取。中(zhōng):切合要旨。

⑱修:美好。

⑲靡:通"糜",耗费。廪(lǐn):米仓。

⑳从:跟随。徒:奴仆。

㉑踵常途:指循规蹈矩。促促:拘谨的样子。

㉒陈编:旧书。盗窃:指抄袭。

㉓句谓名声也受到诽谤的影响。

㉔两句谓被放置在闲散的位置上,是理所应当的。

㉕商:计较。财贿:财货、利禄。

㉖班资:官品资格。庳(bēi):同"卑",低下。

㉗两句谓忘了自己的才能和什么地位相称,却去指摘上司的缺点。

㉘诘:质问。杙(yì):小木桩。楹:柱子。訾(zǐ):诋毁。昌阳:昌蒲,传说服之能健身延年。引年:延年。进:推荐。豨(xī)苓:猪苓,只可作泻药,不能延年益寿。三句承上以"杙""豨苓"自比,表面上自谦才小不足大任,实含怨愤不平之意。

34

【品评】

此文用笔巧黠,堪称一绝。文章借用汉赋主客对答的形式,首段先生劝学,中段学生驳难,末段先生解答。主旨在于阐明"业精于勤""行成于思"的"进学"要义的同时,着重发泄自己遭遇不公的愤懑之情。但是种种不满,尽借学生之口说出,而自己却泰然处之。以他人之口,一吐心中块垒,无牢骚之迹,而实有牢骚之心,这是借用法。学生驳难时,先铺叙先生的品学才能,可谓淋漓尽致,推扬到极点;然笔锋一转,先生的处境却是尴尬困顿、狼狈不堪的。前扬后抑,对比鲜明,这是反差法。先生解答时,极力自我贬抑,而实际上暗讽执政者择人不公,因而越是谦退知足,就越是衬出朝廷的用人不当。正意反说,反意正说,这是反语法。全文不直扑主题,不直抒胸臆,巧于避借,庄谐间作,真真假假,虚虚实实,波诡云谲。林纾称"文心之狡狯,叹观止矣",是不过分的。

此文点画人物言行,时有《论语》中师弟对答的白描笔法,简洁生动。而大段的铺写,气势酣畅,文采飞扬。造语的精粹独创,尤为世所称。此文虽属赋体,而笔致灵巧,"骨力仍是散文"(林纾语)。

张中丞传后叙①

元和二年四月十三日夜②,愈与吴郡张籍阅家中旧书③,得李翰所为《张巡传》④。翰以文章自名,为此传颇详密。然尚恨有阙者:不为许远立传⑤,又不载雷万春事首尾⑥。

远虽材若不及巡者,开门纳巡,位本在巡上⑦,授之柄而处其下⑧,无所疑忌,竟与巡俱守死、成功名⑨;城陷而虏,与巡死先后异耳⑩。两家子弟材智下,不能通知二父志,以为巡死而远就虏,疑畏死而辞服于贼⑪。远诚畏死⑫,何苦守尺寸之地,食其所爱之肉⑬,以与贼抗而不降乎?当其围守时,外无蚍蜉蚁子之援^⑭，所欲忠者，国与主耳；而贼语以国亡主灭^⑮，远见救援不至，而贼来益众，必以其言为信。外无待而犹死守，人相食且尽，虽愚人亦能数日而知死处矣^⑯，远之不畏死亦明矣！乌有城坏其徒俱死^⑰，独蒙愧耻求活，虽至愚者不忍为；呜呼！而谓远之贤而为之邪^⑱？

说者又谓远与巡分城而守，城之陷，自远所分始，以此诟远^⑲。此又与儿童之见无异。人之将死，其藏腑必有先受其病者；引绳而绝之，其绝必有处^⑳：观者见其然，从而尤之^㉑，其亦不达于理矣。小人之好议论，不乐成人之美^㉒，如是哉！如巡远之所成就，如此卓卓^㉓，犹不得免，其他则又何说！当二公之初守也，宁能知人之卒不救，弃城而逆遁^㉔？苟此不能守，虽避之他处何益；及其无救而且穷也，将其创残饿羸之余^㉕，虽欲去必不达。二公之贤，其讲之精矣^㉖。守一城捍天下，以千百就尽之卒^㉗，战百万日滋之师，蔽遮江淮，沮遏其势^㉘，天下之不亡，其谁之功也！当是时，弃城而图存者，不可一二数^㉙；擅强兵坐而观者，相环也^㉚。不追议此，而责二公以死守，亦见其自比于逆乱，设淫辞而助之攻也^㉛！

愈尝从事于汴、徐二府^㉜，屡道于两府间^㉝，亲祭于其所谓双庙者^㉞；其老人往往说巡远时事，云：南霁云之乞救于贺兰也^㉟，贺兰嫉巡、远之声威功绩出己上，不肯出师救。爱霁云之勇且壮，不听其语，强留之，具食与乐^㊱，延霁云坐。霁云慷慨语曰："云来时，睢阳之人不食月余日矣^㊲！云虽欲独食，义不忍；虽食，且不下咽。"因拔所佩刀，断一指，血淋漓，以示贺兰。一座大惊，皆感激为云泣下。云知贺兰终无为云出师意，即驰去，将出城，抽矢射佛寺浮图^㊳，矢著其上砖半箭^㊴，曰："吾归破贼，必灭贺兰，此矢所以志也^㊵！"愈贞元中过泗州^㊶，船上人犹指以相语。

城陷,贼以刃胁降巡,巡不屈,即牵去,将斩之;又降霁云,云未应,巡呼云曰:"南八^⑫,男儿死耳,不可为不义屈!"云笑曰:"欲将以有为也^⑬。公有言,云敢不死。"即不屈。

张籍曰:有于嵩者,少依于巡。及巡起事,嵩常在围中^⑭。籍大历中于和州乌江县见嵩^⑮,嵩时年六十余矣。以巡初尝得临涣县尉^⑯,好学无所不读。籍时尚小,粗问巡远事,不能细也。云:巡长七尺余,须髯若神。尝见嵩读《汉书》,谓嵩曰:"何为久读此?"嵩曰:"未熟也。"巡曰:"吾于书读不过三遍,终身不忘也。"因诵嵩所读书^⑰,尽卷不错一字。嵩惊,以为巡偶熟此卷,因乱抽他帙以试^⑱,无不尽然。嵩又取架上诸书试以问巡,巡应口诵无疑^⑲。嵩从巡久,亦不见巡常读书也。为文章,操纸笔立书,未尝起草。初守睢阳时,士卒仅万人^⑳,城中居人户亦且数万,巡因一见问姓名,其后无不识者。巡怒,须髯辄张。及城陷,贼缚巡等数十人坐,且将戮,巡起旋^㉑,其众见巡起,或起或泣,巡曰:"汝勿怖!死,命也。"众泣不能仰视。巡就戮时,颜色不乱,阳阳如平常^㉒。远宽厚长者,貌如其心,与巡同年生,月日后于巡,呼巡为兄,死时年四十九。嵩贞元初死于亳、宋间^㉓。或传嵩有田在亳、宋间,武人夺而有之^㉔,嵩将诣州讼理^㉕,为所杀。嵩无子。张籍云。

【注释】

①后叙:也可写作"后序",是著作、诗文或图册的后记,用以对正文进行说明、考订、补充或议论,又称"跋""题后"等。张中丞:张巡,邓州南阳(今河南邓县)人。开元时进士。安史之乱时,他起兵抗击,后与许远坚守睢阳城(今河南商丘南)。因兵尽粮绝,援兵不至,睢阳失陷,他英勇殉难。曾被加御史中丞官衔,故称"张中丞"。

②元和二年:公元807年。元和:唐宪宗的年号。

③吴郡:治所在今江苏苏州。张籍:字文昌,和州乌江(今安徽和县)人,吴郡为其郡望。唐代诗人。

④李翰:字子羽,赵州赞皇(今河北元氏县)人,张巡之友。曾写《张巡传》上呈唐肃宗,为张巡辩诬。

⑤许远:字令威,杭州盐官(今浙江海宁)人。安史之乱时任睢阳刺史,与张巡共同守城。城破被俘,押往洛阳囚禁,后被杀。

⑥雷万春:张巡部将,与张巡同时被害。首尾:指事情的本末。

⑦张巡初入睢阳城时,仅为县令,而许远是一州之长的刺史。

⑧句谓许远把兵权交给张巡,甘居其下。

⑨竟:终于。成功名:成就功业名节。

⑩句谓与张巡比,只是死的时间有先后之异罢了。

⑪唐代宗时,张巡之子张去疾听信谣言,怀疑许远被俘后投降,上书要求追夺许远官爵。诏令张去疾与许远之子许岘及百官等议此事。通知:了解。辞服:请降。

⑫诚:如果。

⑬睢阳久困粮尽,以雀鼠为食,又尽,张巡杀妾,许远杀奴仆,以充军粮。

⑭句谓外面连蚍蜉蚁子那么微弱的援兵也没有。蚍蜉(pífú):大蚂蚁。蚁子:幼蚁。

⑮语:告诉。

⑯数(shǔ)日:计算日子。

⑰乌有:哪里有。其徒:他的部下。

⑱句谓难道说像许远如此贤明而会这样做吗?

⑲当时许远守城西南,张巡守城东北。城陷时,敌军先从许远所守的地段攻入,有人因此诬蔑许远。

⑳引:拉。绝:断。有处:一定的地方。

㉑其然:指上述两种现象。尤之:指归罪先受侵害的内脏和绳子先裂断的地方。

㉒成人之美:赞助、成全别人的好事。

㉓卓卓:高超卓越。

㉔宁:岂、哪里。卒:终于。逆遁:预先撤退。

㉕将:率领。创:受伤。羸(léi):瘦弱。

㉖讲:谋议。精:精密。

㉗就尽:将尽。

㉘两句谓屏障江淮地区,挡住叛军攻势。

㉙句谓数起来不止一二个。

㉚当时谯郡、彭城、临淮等地守将均按兵不救。擅:拥有。

㉛自比:自同、自附。设淫辞:编造谬论。

㉜韩愈曾先后任宣武军节度使董晋的观察判官,在汴州,徐泗濠节度使张建封的节度推官,在徐州。从事:供职。

㉝道:往来。

㉞双庙:合祀张、许二人的庙宇。

㉟南霁云:张巡部将。贺兰:贺兰进明,当时任河南节度使,驻军临淮(今安徽凤阳)一带。

㊱具食:准备好酒食。

㊲月余日:一个多月。

㊳浮图:这里指佛塔。

㊴砖半箭:指箭的半截没入砖中。

㊵志:记。

㊶贞元:唐德宗年号。泗州:唐时州治即在临淮。

㊷南八:南霁云排行第八,故称。

㊸有为:有所作为。

㊹句谓于嵩常在围城之中。

㊺大历:唐代宗年号。

㊻句谓于嵩因追随张巡之故,先前曾被加恩授予临涣(今安徽宿县)县尉。

㊼诵:背诵。

㊽帙(zhì):唐时书籍是卷子的形式,把几个卷子包在一起的书套叫

帙。

⑭应口:随口回应。

㊿仅:几乎有、多至。

�51旋:小便。一说环行。

�52不乱:不变。阳阳:镇定自若的样子。

�53亳:亳州,今安徽亳县。宋:宋州,今河南商丘。

�54有:占有。

�55诣:到、往。讼理:诉讼。

【品评】

这篇后叙是对李翰《张巡传》的补记,而不是为专人立传。从所记人物而言,有张巡、许远、南霁云乃至于嵩等人;从事迹而言,并不全是传主的生平大节,多由琐屑细事组成;从取材性质和来源而言,既有对事理的推断,又有事实的例证,既有采自"老人"、于嵩、张籍等传说,又有作者的亲身见闻。这些纷繁、琐细、庞杂的特点,没有使文章散漫无绪,反而发挥作者驾驭自如、随笔挥洒的才能,达到形散神不散的境界。方苞说:"截然五段,不用钩连,而神气流注,章法浑成",这"神气"和"章法",主要表现在全文紧紧围绕着睢阳保卫战这一中心事件,又为作者对殉难者的敬仰之情所统摄,因而首尾连贯,机理一片。

前半部分以议论为主,为张巡、许远辩诬。作者依据当时事件的发展情况与张、许的所作所为,力破许远畏死说和张、许不应死守说,宣扬了张、许二人的功绩,树立起忠勇双全的英雄形象。在议论中,作者投入了很强的感情色彩。对朝廷小人造谣中伤的驳斥,步步紧逼,气势凌厉,而反诘句、设问句的巧妙运用,加强了论辩力量,更使论敌不容置喙。

后半部分以叙事为主。尤其善于选择典型细节以突出人物的性格特征。如南霁云的断指拒食、抽矢射塔,张巡的背诵《汉书》、广识军民、临刑不乱,均能传神写照,神采飞扬,而又笔带感情,摇曳多姿,颇得《史记》神韵。

送孟东野序①

大凡物不得其平则鸣:草木之无声,风挠之鸣②;水之无声,风荡之鸣。其跃也或激之③,其趋也或梗之④;其沸也或炙之⑤;金石之无声⑥,或击之鸣。人之于言也亦然⑦:有不得已者而后言,其歌也有思,其哭也有怀,凡出乎口而为声者,其皆有弗平者乎!

乐也者,郁于中而泄于外者也⑧;择其善鸣者而假之鸣⑨:金石丝竹匏土革木八者⑩,物之善鸣者也。维天之于时也亦然,择其善鸣者而假之鸣;是故以鸟鸣春,以雷鸣夏,以虫鸣秋,以风鸣冬,四时之相推敓⑪,其必有不得其平者乎!

其于人也亦然:人声之精者为言,文辞之于言,又其精也,尤择其善鸣者而假之鸣⑫。其在唐虞,咎陶、禹其善鸣者也,而假以鸣⑬;夔弗能以文辞鸣,又自假于《韶》以鸣⑭;夏之时,五子以其歌鸣⑮;伊尹鸣殷⑯;周公鸣周⑰:凡载于《诗》《书》六艺⑱,皆鸣之善者也。周之衰,孔子之徒鸣之,其声大而远。传曰:"天将以夫子为木铎⑲。"其弗信矣乎! 其末也,庄周以其荒唐之辞鸣⑳。楚大国也,其亡也,以屈原鸣㉑。臧孙辰、孟轲、荀卿以道鸣者也㉒,杨朱、墨翟、管夷吾、晏婴、老聃、申不害、韩非、慎到、田骈、邹衍、尸佼、孙武、张仪、苏秦之属,皆以其术鸣㉓。秦之兴,李斯鸣之㉔。汉之时,司马迁、相如、扬雄最其善鸣者也㉕。其下魏晋氏,鸣者不及于古,然亦未尝绝也;就其善者,其声清以浮,其节数以急,其辞淫以哀,其志弛以肆㉖,其为言也,乱杂而无章。将天丑其德莫之顾邪? 何为乎不鸣其善鸣者也㉗?

唐之有天下,陈子昂、苏源明、元结、李白、杜甫、李观皆以其所能鸣㉘。其存而在下者㉙,孟郊东野始以其诗鸣;其高出魏、晋,不懈而及于古,其他浸淫乎汉氏矣㉚。从吾游者,李翱、张籍其尤也,三子者之鸣信善矣㉛,抑不知天将和其声㉜,而使鸣国家之盛邪?抑将穷饿其身,思愁其心肠,而使自鸣其不幸邪?三子者之命,则悬乎天矣㉝。其在上也奚以喜,其在下也奚以悲㉞!

东野之役于江南也㉟,有若不释然者,故吾道其命于天者以解之㊱。

【注释】

①送序:古时饯别,赠言相送,就是"送序",又名"赠序"。孟东野:孟郊,字东野,中唐诗人。其诗意境寒苦,有《孟东野诗集》。与韩愈交谊甚厚。

②挠:扰动。

③句谓水波翻涌而发声,是因为受到外物的阻遏。以下几句句式相同。激:水势受阻遏而飞溅。

④趋:水流迅急声。梗:阻塞。

⑤沸:水沸腾声。炙:烤。

⑥金石:指用金属或石制成的乐器,如钟(金属)、磬(石)。

⑦句谓人对于言论也是如此的。

⑧郁:沉积聚结。中:内心。

⑨善鸣者:这里指善于发出声音的器物。

⑩古时主要用这八类材料制成各种乐器,总称"八音"。丝:指琴瑟等有丝弦的乐器。竹:指箫、管等用竹制成的乐器。匏(páo):指笙、竽等用葫芦制成的管簧乐器。土:指埙(xūn)等用陶土制成的乐器。革:指鼓等用皮革制成的乐器。木:指柷(zhù)、敔(yǔ)等用木制成的乐器。

⑪推敓(duó):推移。

⑫善鸣者:这里指善于表达的人。

⑬唐、虞：即唐尧、虞舜。咎陶（Gāoyáo）：又作"皋陶"，传说中尧舜时的法官，《尚书·皋陶谟》中记载他的言论。禹：传说中夏代的第一位帝王，治水有功。《尚书》有《禹贡》《大禹谟》记载其事迹和言论。

⑭夔（Kuí）：传说中尧舜时的乐官。《韶》：传说中舜时的乐曲名，为夔所作。

⑮五子：传说夏王太康因荒淫失国，他的五个弟弟作《五子之歌》告诫太康。

⑯伊尹：名挚，商汤的贤相，《尚书》中《伊训》《太甲》《咸有一德》等文，传为他所作。

⑰周公：姬旦，周文王之子，为周初政治家，制定一整套礼乐典章制度。《尚书》中《大诰》《康诰》等文，传为他所作。

⑱六艺：即六经。

⑲此语出自《论语·八佾》，意谓上天让孔子成为宣扬教化的人。木铎（duó）：用金属制成的铃，中有木舌，摇之发声，古代颁布政令时，摇木铎来引起百姓注意。

⑳庄周：即庄子，战国时宋国人，道家的代表人物，著有《庄子》。荒唐之辞：指《庄子》文辞夸张，想象力丰富。

㉑屈原：名平，战国时楚国大夫，诗人，著有《离骚》《天问》《九章》《九歌》等。

㉒臧孙辰：即臧文仲，春秋时鲁国大夫，《国语》《左传》等记载其言论。孟轲：即孟子，战国时邹人，儒学家，著有《孟子》。荀卿：即荀况，战国时赵国人，儒学家，著有《荀子》。道：指儒家之道。

㉓杨朱：战国时魏国人，创立杨朱学派，其言论散见《孟子》《庄子》《韩非子》等书。墨翟：战国时宋国人，创立墨家学派，著有《墨子》。管夷吾：即管仲，春秋时齐国贤相，后人辑有《管子》。晏婴：春秋时齐国贤相，有《晏子春秋》。老聃：即老子，春秋时楚国人，创立道家学派，有《道德经》。申不害：战国时郑国人，法家的代表人物，著有《申子》，已失传。韩非：战国时韩国人，法家的代表人物，有《韩非子》。慎到：战国时赵国人，法家，著有《慎子》，已失传。田骈：战国时齐国人，著有《田子》，已失传。

邹衍:战国时齐国人,阴阳家代表人物,著有《邹子》,已失传。尸佼:战国时鲁国人,法家,著有《尸佼子》,已失传。孙武:即孙子,字长卿,春秋时齐国人,著名军事学家,有《孙子兵法》。张仪:战国时魏国人,纵横家代表人物,主连横说,游说六国与秦结盟。苏秦:战国时东周洛阳人,纵横家代表人物,主合纵说,游说六国合纵抗秦。

㉔李斯:上蔡(今属河南)人,秦始皇、二世的宰相,有《谏逐客书》等文。

㉕司马迁:字子长,夏阳(今陕西韩城)人,西汉著名史学家,著有《史记》。相如:司马相如,字长卿,西汉辞赋家。扬雄:字子云,西汉辞赋家。

㉖数(shuò):频繁。急:急促。淫:淫靡。志:指文章的内容意趣。弛:松懈。肆:放纵。

㉗两句谓难道是上天厌恶德行而不加顾惜呢?为什么不让善于表达的人来表达呢?

㉘陈子昂:字伯玉,梓州射洪(今属四川)人。著名诗人,标举汉魏风骨,反对六朝淫靡文风。有《陈伯玉集》。苏源明:字弱夫,武功(今属陕西)人,诗人。李观:字元宾,擅长古文。有《李元宾集》。

㉙存:健在。

㉚古:指上古。浸淫:逐渐接近。汉氏:汉代。

㉛李翱:字习之,从韩愈学古文,有《李文公集》。张籍:字文昌,善诗,有《张司业集》。尤:突出。信:确实。

㉜和:应和。

㉝悬乎天:由天意决定。

㉞在上:身居高位。奚:何。在下:身居低位。

㉟役:服役,指任职。江南:时孟郊赴任溧阳县尉一职。溧阳唐时属江南东道。

㊱不释然:指心情不愉快。解:解慰。

【品评】

韩愈在本篇中提出了著名的"不平则鸣"说,实与司马迁的"发愤著书"说并不完全相同。司马迁的"愤",单指愤郁;而韩愈的"不平",包括"鸣国家之盛"和"自鸣其不幸"两者,即兼指愤郁和欢乐。这在我国文学思想史上有理论意义。但本篇的着重点仍在"不幸"、愤郁方面。孟郊一生仕途蹭蹬,直到五十岁时才获得溧阳县尉这一低微官职,心绪不快,"有若不释然者",韩愈在文中深表同情,并借以谴责压抑人才的世道,寄寓自己的失意之感。

本篇还提出天地万物和人类都是"择其善鸣者而假之鸣"的论点。这里的"善鸣者"有两层含义。就时代而言,善鸣者指某个人,每个时代都会推出一位或数位善鸣者来表达时代之声,如伊尹鸣殷,周公鸣周;就个人而言,善鸣者指艺术文化的各个领域,如有以文鸣、以乐鸣、以歌鸣、以道鸣、以术鸣等等。这在作家与时代、作家个性与艺术样式的关系上,提出了有价值的命题。

全文以气势雄迈取胜。开篇一句"大凡物不得其平则鸣"似冲口而出,犹如一道闸门被打开,此后水流便源源不断地倾泻而下,由草木万物、天地四时而写及人,由历代而写及当代,最后归结到孟郊。一路旁比博喻,反复论证,连下三十八个"鸣"字,而"句法变化,凡二十九样,有顿挫,有升降,有起伏,有抑扬"(谢枋得语),所以读之不觉其繁冗,却能领略到韩文"长江大注,千里一道"(皇甫湜语)的特点。

送李愿归盘谷序①

太行之阳有盘谷②,盘谷之间,泉甘而土肥,草木藂茂③,居民鲜少。或曰:"谓其环两山之间,故曰'盘'";或曰:"是谷也,宅幽而势阻④,隐者之所盘旋⑤。"友人李愿居之。

愿之言曰:"人之称大丈夫者,我知之矣:利泽施于人,名声昭于时⑥,坐于庙朝⑦,进退百官而佐天子出令⑧。其在外,则树旗旄⑨,罗弓矢,武夫前呵⑩,从者塞途,供给之人,各执其物,夹道而疾驰。喜有赏,怒有刑,才畯满前⑪,道古今而誉盛德,入耳而不烦。曲眉丰颊⑫,清声而便体⑬,秀外而惠中⑭,飘轻裾⑮,翳长袖⑯,粉白黛绿者⑰,列屋而闲居⑱,妒宠而负恃⑲,争妍而取怜。大丈夫之遇知于天子,用力于当世者之所为也⑳。吾非恶此而逃之㉑,是有命焉,不可幸而致也㉒。穷居而野处㉓,升高而望远,坐茂树以终日,濯清泉以自洁。采于山,美可茹㉔;钓于水,鲜可食;起居无时,惟适之安㉕。与其有誉于前,孰若无毁于其后;与其有乐于身,孰若无忧于其心。车服不维㉖,刀锯不加㉗,理乱不知㉘,黜陟不闻㉙,大丈夫不遇于时者之所为也,我则行之。伺候于公卿之门,奔走于形势之途㉚,足将进而趑趄㉛,口将言而嗫嚅㉜,处秽污而不羞,触刑辟而诛戮㉝,徼倖于万一,老死而后止者,其于为人贤不肖何如也㉞?”

昌黎韩愈闻其言而壮之㉟,与之酒而为之歌曰:“盘之中,维子之宫㊱。盘之土,可以稼。盘之泉,可濯可沿㊲。盘之阻,谁争子所㊳?窈而深,廓其有容㊴。缭而曲㊵,如往而复。嗟盘之乐兮,乐且无殃㊶;虎豹远迹兮,蛟龙遁藏;鬼神守护兮,呵禁不祥㊷。饮且食兮寿而康,无不足兮奚所望㊸!膏吾车兮秣吾马㊹,从子于盘兮,终吾生以徜徉㊺!”

【注释】

①本篇亦属赠序文,与前《送孟东野序》相同;但文后有诗歌,是宴集诗序到赠序的过渡形态。李愿:陇西人,韩愈之友,生平不详。与西平王李晟之子叫李愿的并非一人。盘谷:在今河南济源。

②太行:太行山。阳:山的南面。

③蓁:同“丛”,丛生。

④句谓位置幽静,地势险要。

⑤盘旋:留连、盘桓。

⑥昭于时：显扬一时。

⑦庙朝：宗庙朝廷。

⑧进退：升降、任免。

⑨旄(máo)：古时用牦牛尾作装饰的旗帜。

⑩前呵：在队列前喝道，令行人闪开。

⑪才畯：有才能的人，这里指门客、幕僚。"畯"：通"俊"。

⑫丰颊：丰满的脸颊。

⑬便体：轻盈的体态。

⑭惠：同"慧"。

⑮裾：衣襟。

⑯翳(yì)：遮蔽。

⑰黛绿：描眉用的青黑色颜料。

⑱列屋：排列着众多房屋。

⑲负恃：指自负美貌。

⑳两句谓这些都是得到皇帝信任、在当世掌权施力的大丈夫的所作所为啊。用力：施用权力。

㉑逃之：逃避这些。

㉒句谓不能侥幸而可获得的。

㉓野处：指隐居。

㉔茹：吃。

㉕两句谓作息时间不固定，只求舒适。

㉖车服：官员所用的车子和服饰，代指官职。维：束缚。

㉗刀锯：代指刑罚。

㉘理乱：治乱。

㉙黜陟(chùzhì)：指官职的升降。

㉚形势：指地位权势。

㉛趑趄(zījū)：行走困难的样子。

㉜嗫嚅(nièrú)：吞吞吐吐。

㉝刑辟：指刑法。

㉞贤:品行好。不肖:品行不好。

㉟壮之:认为李愿的话豪壮有气魄。

㊱子:你,古时对男子的美称。宫:房舍。

㊲沿:指沿着水边散步。

㊳两句谓盘谷地势险阻,有谁来争你的住处呢?

㊴两句谓既幽且深,开阔而足以容身。

㊵缭:弯曲。

㊶无殃:没有灾殃。

㊷呵禁:呵止严禁。不祥:不吉利之物。

㊸奚所望:还有什么冀望!

㊹膏吾车:在我的车轴上涂油,使之润滑易行。秣(mò):喂牲口。

㊺徜徉:自由自在地来回走。

【品评】

此序有两大特点:一是善于创格,二是长于造语形容。

韩愈是写赠序文的名手,不肯自相剿袭故套,几乎篇篇各有面目。本文假托李愿之口出之,作者自己所言寥寥无几,在赠序文中别具一格。李愿是归隐盘谷的,送序的主旨自然落在"归隐"上,而作者行文却避实就虚,以虚写实。首尾两段分别用文与歌的形式,称赞盘谷环境的幽美,暗示此乃隐居的理想场所。中间一大段从人与权势关系上,描写了三种类型:得意于时的权势者,乖时失意的隐居者和趋炎附势者。虽不下断语,而两宾形一主,其品行高下自判,并触及李愿隐居的原因。在这段描写中,实寓作者对官场污浊、世道险恶、人心卑劣的揭露,对失意无为、志高行洁之士的惋惜和对他们节操自守的推崇。借助描写来抒怀、来点题,是本文独特的写法。

中间大段的描写,滔滔汩汩,或骈或散,正语反讽,而文气连贯流走,语言生动形象,精练警策,表现了韩愈驾驭语言的杰出才能。作者又善于抓住人物特征,浓墨淡彩,详简得当,活画出高官厚禄者的淫威和摇尾乞怜者的鄙态,具有很高的艺术概括力。苏轼《跋退之送李愿序》说:"唐无文章,唯韩退之《送李愿盘谷》一篇而已。"倾倒之情,溢于言表。

祭十二郎文①

年月日②,季父愈闻汝丧之七日③,乃能衔哀致诚④,使建中远具时羞之奠⑤,告汝十二郎之灵:

呜呼!吾少孤⑥,及长不省所怙⑦,惟兄嫂是依。中年兄殁南方⑧,吾与汝俱幼,从嫂归葬河阳⑨,既又与汝就食江南⑩,零丁孤苦,未尝一日相离也。吾上有三兄,皆不幸早世⑪,承先人后者⑫,在孙惟汝,在子惟吾;两世一身⑬,形单影只。嫂常抚汝指吾而言曰:"韩氏两世,惟此而已!"汝时尤小,当不复记忆;吾时虽能记忆,亦未知其言之悲也!

吾年十九,始来京城;其后四年,而归视汝。又四年,吾往河阳省坟墓⑭,遇汝从嫂丧来葬。又二年,吾佐董丞相于汴州⑮,汝来省吾,止一岁,请归取其孥⑯;明年丞相薨,吾去汴州⑰,汝不果来。是年,吾佐戎徐州⑱,使取汝者始行,吾又罢去⑲,汝又不果来。吾念汝从于东⑳,东亦客也,不可以久;图久远者,莫如西归,将成家而致汝㉑。呜呼,孰谓汝遽去吾而殁乎!吾与汝俱少年,以为虽暂相别,终当久相与处;故舍汝而旅食京师,以求斗斛之禄㉒;诚知其如此,虽万乘之公相㉓,吾不以一日辍汝而就也㉔!

去年孟东野往,吾书与汝曰㉕:"吾年未四十,而视茫茫,而发苍苍㉖,而齿牙动摇。念诸父与诸兄㉗,皆康强而早世,如吾之衰者,其能久存乎!吾不可去,汝不肯来,恐旦暮死㉘,而汝抱无涯之戚也!"孰谓少者殁而长者存,强者夭而病者全乎㉙!呜呼,其信然邪?其梦邪?其传之非其真邪?信也,吾兄之盛德而夭其嗣乎？汝之纯明而不克蒙其泽乎㉚？少者强者而夭殁，长者衰者而存全乎？未可以为信也，梦也，传之非其真也，东野之书，耿兰之报㉛，何为而在吾侧也？呜呼！其信然矣，吾兄之盛德而夭其嗣矣！汝之纯明宜业其家者不克蒙其泽矣㉜！所谓天者诚难测，而神者诚难明矣！所谓理者不可推，而寿者不可知矣！虽然，吾自今年来，苍苍者或化而为白矣，动摇者或脱而落矣，毛血日益衰，志气日益微，几何不从汝而死也㉝！死而有知，其几何离㉞；其无知，悲不几时，而不悲者无穷期矣㉟！汝之子始十岁，吾之子始五岁㊱，少而强者不可保，如此孩提者又可冀其成立邪㊲？呜呼哀哉，呜呼哀哉！

　　汝去年书云：比得软脚病㊳，往往而剧。吾曰：是疾也，江南之人常常有之。未始以为忧也。呜呼！其竟以此而殒其生乎？抑别有疾而至斯乎㊴？汝之书六月十七日也；东野云：汝殁以六月二日，耿兰之报无月日：盖东野之使者不知问家人以月日，如耿兰之报不知当言月日㊵，东野与吾书乃问使者，使者妄称以应之耳㊶。其然乎？其不然乎？

　　今吾使建中祭汝，吊汝之孤与汝之乳母㊷。彼有食可守以待终丧，则待终丧而取以来㊸；如不能守以终丧，则遂取以来㊹。其余奴婢，并令守汝丧。吾力能改葬，终葬汝于先人之兆㊺，然后惟其所愿㊻。

　　呜呼！汝病吾不知时，汝殁吾不知日；生不能相养以共居，殁不得抚汝以尽哀㊼，敛不凭其棺㊽，窆不临其穴㊾；吾行负神明而使汝夭，不孝不慈，而不能与汝相养以生，相守以死；一在天之涯，一在地之角，生而影不与吾形相依，死而魂不与吾梦相接：吾实为之，其又何尤㊿？彼苍者天，曷其有极[51]！

　　自今已往，吾其无意于人世矣。当求数顷之田于伊、颍之上⁵²,以待余年,教吾子与汝子幸其成⁵³,长吾女与汝女待其嫁⁵⁴:如此而已。

嗚呼!言有穷而情不可终,汝其知也邪?其不知也邪?嗚呼哀哉!尚飨⁵⁵!

【注释】

①祭文:祭悼死者的一种文体。十二郎:韩愈之侄,名老成。原为韩愈次兄韩介之子。出嗣给长兄韩会为子。他在族中排行第十二。

②年月日:应为"几年几月几日",这里是原稿省写具体时间。

③季父:叔父。

④衔哀致诚:含着悲哀向死者表达诚意。

⑤建中:人名,或是韩愈仆人。具:准备。时羞:即"时馐",应时新鲜的菜肴。奠:祭品。

⑥韩愈三岁丧父,即由长兄韩会、嫂子郑夫人抚养成人。

⑦不省(xǐng)所怙(hù):不知父亲的模样。所怙,指所依靠的父亲(实亦包括母亲),古时丧父曰失怙。

⑧韩会死于韶州(今广东韶关)刺史任上,时年四十一,正当"中年"。

⑨河阳:在今河南孟县。

⑩就食:谋生。江南:韩家有田宅在宣州(今安徽宣城),唐时属江南西道。

⑪早世:早死。

⑫先人:指已死的父亲韩仲卿。

⑬两世一身:子辈和孙辈这两代都只各剩一个男丁。

⑭省:探望。

⑮当时董晋以检校尚书左仆射、同中书门下平章事出任宣武军节度使,韩愈在其幕中任观察推官。汴州:今河南开封。

⑯止一岁:住了一年。孥:儿女;也可作为妻子和儿女的统称。

⑰薨(hōng):古时称诸侯及大官之死叫"薨"。去:离开。

⑱贞元十五年(799)秋,韩愈任徐泗濠节度使张建封的节度推官。

佐戎:助理军务。徐州,今属江苏。

⑲贞元十六年五月,韩愈罢职离开徐州,赴洛阳。

⑳句谓我想要你跟随我在东边。东:指汴州、徐州,均在家乡河阳之东。

㉑西归:指返回河阳。致汝:接你来。

㉒旅食:到外地谋生。斗斛(hú)之禄:喻指微薄的薪俸。斛:古代量器。

㉓万乘(shèng):车马很多,形容官高禄厚。乘:古代四匹马拉一兵车叫"乘"。

㉔辍汝:离开你。就:指赴职上任。

㉕孟东野:即孟郊,参见《送孟东野序》注。贞元十八年,孟郊由长安赴任溧阳尉,溧阳离宣州不远,故韩愈托他捎信给老成。

㉖茫茫:形容视力模糊不清。苍苍:形容头发灰白色。

㉗诸父:指伯父叔父辈。

㉘旦暮:早晚。

㉙全:保全。

㉚纯明:纯正明智。不克:不能。蒙其泽:受到先人的恩泽。

㉛耿兰:不详,或是老成身边管家一类人。报:指丧报。

㉜宜业其家:应该继承先人的家业。

㉝几何:过不了多久。

㉞其几何离:没有几天的分离。意谓不久死后即可相会。

㉟三句意谓若死而无知,则悲你已无多时,我死后的无穷之日,连悲你也不可能了。

㊱指韩老成的长子韩湘年十岁,韩愈之子韩昶年五岁。

㊲冀其成立:希望他们成长立业。

㊳比:近来。软脚病:脚气病。

㊴斯:指死亡。

㊵如:而。

㊶妄称以应之:信口胡诌来应付他。

㊷吊：抚慰。

㊸终丧：守完三年丧期。取以来：指接孤儿和乳母来。

㊹遂：立即。

㊺先人之兆：指祖坟、家族墓地。

㊻句谓然后让奴婢们按其意愿，或去或留。

㊼抚汝以尽哀：指抚尸痛哭。

㊽敛：同"殓"，给死者穿衣入棺。凭：临。

㊾窆（biǎn）：下棺入葬。

㊿尤：怨恨。

51句谓我的悲痛哪有穷尽！

52顷：田一百亩为顷。伊、颍：伊水、颍水，皆在河南境内，代指韩愈家乡。

53幸：希望。

54长：养育。

55尚飨：希望死者魂灵来享受祭品。祭文结尾常用语。

【品评】

沈德潜评本篇云："是祭文变体，亦是祭文绝调"，是颇有见地的；或许可以补充说，之所以成为"绝调"，乃是由于"变体"。

祭文偏重于抒发对死者的悼念哀痛之情，但一般是结合对死者功业德行的颂扬而展开的。韩愈此文却首先在内容上突破这一固定格局，而是以家常琐事为主要内容，表达刻骨铭心的一片骨肉至情。这为后世欧阳修《泷冈阡表》、归有光《项脊轩志》、袁枚《祭妹文》等开辟新径。本文的最突出之处是抒情的真和深。在情的内涵上主要从以下三点切入：一是强调家族亲情关系。作者和老成，名为叔侄，情同兄弟。两世一身，已见韩门孤弱；今老成先逝，子女幼小，更显得家族的凋零，振兴的无望。这在注重门庭家道的古代，引起韩愈的切肤之痛是理所当然的。二是突出老成之死的出乎意外。老成比作者年少而体强，早逝者原应是自己，但现实却是"强者夭而病者全"；老成得常见的软脚病，作者不以为意，毫无精

53

神准备。因而对老成的遽死追悔莫及,意外的打击正使骨肉悲痛达于极点。三是融注宦海浮沉之苦和人生无常之感,并以此深化亲情。作者以为二人均尚年轻,便不以暂别为重,求食求禄,奔走仕途,因而别多聚少,而今铸成终身遗憾;作者求索老成的死因和死期,却坠入乍信乍疑,如梦如幻的迷境,深觉生命飘忽,倍增哀感的痛切。

祭文多用四言韵语,或用骚体、骈文,以便于吟诵。本篇却纯用散体,全不押韵,而且采取与死者对话方式,边诉边泣,吞吐呜咽,交织着悔恨、悲痛、自责等种种感情,似在生者和死者之间作无穷无尽的长谈。如写闻讣情景,从"其信然邪"到"未可以为信也"到"其信然矣",语句重叠絮叨,适足表现其惊疑不定的心理状态。末尾"汝病吾不知时,汝殁吾不知日"一大段,多用排句,情绪激宕,一气呵成。这一切又都从肺腑中自然流出,因而具有震撼人心的力量。

毛 颖 传①

毛颖者,中山人也②。其先明眎③,佐禹治东方土,养万物有功,因封于卯地④,死为十二神⑤。尝曰:"吾子孙神明之后,不可与物同,当吐而生⑥。"已而果然。明眎八世孙䍶⑦,世传当殷时居中山,得神仙之术,能匿光使物⑧,窃姮娥,骑蟾蜍入月⑨,其后代遂隐不仕云。居东郭者曰魏⑩,狡而善走,与韩卢争能,卢不及,卢怒,与宋鹊谋而杀之,醢其家⑪。

秦始皇时,蒙将军恬南伐楚,次中山⑫,将大猎以惧楚,召左右庶长与军尉⑬,以《连山》筮之⑭,得天与人文之兆。筮者贺曰:"今日之获,不角不牙⑮,衣褐之徒⑯,缺口而长须⑰,八窍而趺居⑱,独取其髦⑲,简牍是资⑳。天下其同书㉑,秦其遂兼诸侯乎!"遂猎,围毛氏之族,拔其豪㉒,载颖而归,献俘于章台宫㉓,聚其族而加束缚焉㉔。秦皇帝使恬赐之汤沐㉕，而封诸管城㉖，号曰管城子，日见亲宠任事。

颖为人强记而便敏㉗，自结绳之代以及秦事㉘，无不纂录。阴阳、卜筮、占相、医方、族氏、山经、地志、字书、图画、九流、百家、天人之书，及至浮图、老子、外国之说，皆所详悉㉙。又通于当代之务，官府簿书、市井货钱注记，惟上所使㉚。自秦皇帝及太子扶苏、胡亥、丞相斯、中车府令高㉛，下及国人，无不爱重。又善随人意，正直、邪曲、巧拙，一随其人；虽见废弃，终默不泄。惟不喜武士，然见请亦时往。累拜中书令，与上益狎㉜，上尝呼为"中书君"。上亲决事，以衡石自程㉝，虽宫人不得立左右，独颖与执烛者常侍。上休方罢，颖与绛人陈玄、弘农陶泓及会稽褚先生友善㉞，相推致㉟，其出处必偕。上召颖，三人者，不待诏辄俱往，上未尝怪焉。

后因进见，上将有任使，拂拭之，因免冠谢㊱。上见其发秃，又所摹画不能称上意，上嘻笑曰："中书君，老而秃，不任吾用㊲。吾尝谓君中书，君今不中书邪?"对曰："臣所谓尽心者㊳。"因不复召，归封邑，终于管城。其子孙甚多，散处中国夷狄，皆冒管城；惟居中山者，能继父祖业。

太史公曰㊴：毛氏有两族：其一姬姓，文王之子，封于毛，所谓鲁卫毛聃者也㊵，战国时有毛公、毛遂㊶；独中山之族不知其本所出，子孙最为蕃昌㊷。春秋之成，见绝于孔子，而非其罪㊸。及蒙将军拔中山之豪，始皇封诸管城，世遂有名，而姬姓之毛无闻。颖始以俘见，卒见任使，秦之灭诸侯，颖与有功㊹，赏不酬劳，以老见疏，秦真少恩哉!

【注释】

①传：传记体，用以记叙人物，有史传、家传、杂传、自传等类。本篇是

摹仿史书列传体裁写成的寓言性小说。毛颖:指毛笔,这里作人名用。颖:笔尖。

②中山:战国时有中山国,后为赵国所并吞。东汉时诸郡献兔毫,以赵地所产最为适用。一说中山为山名,在今江苏溧水境内,特产兔毫笔。

③明眎(shì):兔的别名。眎:同"视"。

④十二地支与十二种动物相配,兔为卯。卯的方位在东方,四时中春的位置也在东方。

⑤句谓死后成为十二神之一(即十二生肖之神,人身兽头)。

⑥古时传说,母兔产子是从口中而出的。

⑦毚(nóu):小兔子。

⑧指隐身、驱使鬼物等法术。

⑨传说月中有嫦娥、玉兔、蟾蜍。姮娥:嫦娥。蟾蜍(chánchú):蛤蟆。

⑩郭:城廓。狻(jùn):狡兔名。

⑪《战国策·齐策》中有狡兔和韩卢(韩国良犬名)相争的故事。宋鹊:宋国良犬名。醢(hǎi):肉酱,这里作动词用。此二狗谋吃兔群的情节乃韩愈所编造。

⑫蒙恬,秦大将,旧传毛笔系他所发明。次:驻扎。

⑬左右庶长:秦时爵位。

⑭《连山》:上古时的占卦书。筮(shì):用蓍草占卜。

⑮指兔无角无犬牙。

⑯褐:粗麻织成的黑黄色短衣,这里比拟兔毛颜色。

⑰兔子上唇豁裂,有胡须。

⑱八窍:传说兔有八窍。趺(fū)居:盘足而蹲。居:通"踞"。

⑲髦(máo):毛中长毫,比喻俊杰的人。

⑳简牍:古时书写用的竹简、木片。资:凭藉。

㉑同书:指秦始皇时统一全国文字,即"书同文"。亦指同用毛笔书写。

㉒豪:通"毫"。这里亦双关,既指豪杰,又指毫毛。

㉓章台宫:秦宫殿名。

㉔指制作笔头要用许多毛捆扎而成。

㉕汤沐:古时封邑称为"汤沐邑"。亦指制笔时兔毛要用热水洗净。

㉖管城:古地名,周初管叔(文王之子)封地。亦指笔头要插进笔管。

㉗强记:记忆力强。便敏:机灵敏捷。

㉘结绳之代:结绳记事的远古时代。

㉙字书:识字用的书。九流:指儒、道、阴阳、法、名、墨、纵横、杂、农等九家学说。百家:即诸子百家。天人:天象和人事。浮图:佛。

㉚簿书:簿册文书。注记:记载。

㉛胡亥:即秦二世。丞相斯:即李斯。中车府令高:即宦官赵高,曾任中车府令,掌管皇帝乘车等事务。

㉜中书令:官名,西汉初设,掌管传宣诏命。秦时尚无此官,"中书"二字亦指毛笔适宜书写。狎(xiá):亲昵。

㉝句谓自己规定看完一百二十斤简牍为指标。衡:称量。石:相当于一百二十斤。程:限度。

㉞绛人陈玄:指墨。唐代绛州(今山西绛县)产名墨。墨色玄黑,以陈墨为佳,故名陈玄。弘农陶泓:指砚。唐代虢州(即汉弘农郡,今河南灵宝),产名砚。砚为陶制,似池,故名陶泓。会稽褚先生:指纸。唐代越州(即汉会稽郡,今浙江绍兴),产名纸。楮为纸的原料,楮、褚音同形近,故称。

㉟句谓互相推许。

㊱免冠谢:脱帽行礼。亦指用笔时要去掉笔帽。

㊲不任:不能胜任。

㊳尽心:亦指笔心毫毛磨尽。

㊴《史记》体例,篇末均有论赞,以"太史公"领起。这里即模仿此例。

㊵周文王四个儿子,周公旦封鲁,康叔封卫,毛伯郑封毛,聃季载封聃。周:姬姓。

㊶毛公:战国时信陵君门客。毛遂:战国时平原君门客,曾自我推荐。

㊷蕃(fán):同"繁"。

㊸孔子作《春秋》，因见瑞兽麟被捕获，认为"吾道穷矣"，便绝笔不作。这不能怪罪于笔。

㊹与：参与。

【品评】

苏轼诗云："退之仙人也，游戏于斯文。"韩愈除了写作严肃性的高文宏篇外，也擅长幽默性的俳谐游戏之文。这种"以文为戏"，充分表现出他的个性魅力，反映出自我平衡、自我放松的心理要求，洋溢着别样的美学趣味，增强了散文的文学性；同时，在戏谑中也往往融入某种社会内容，体现出"含着眼泪的微笑"的特点，"不得仅目为游戏文字"（黄仁黼语）。本文即是满纸诙谐而寄托深微的名篇。

通篇为毛笔立传，把毛笔拟人化：亦人亦笔，一笔两写，巧借双关。作者以正史列传的形式，串连了许多与毛笔有关的内容，如笔的传说、典故以及原料、产地、特点、形状、功能、制笔工序等等，饶有风趣地摹写了笔的形象，极为工巧贴切。作者又以笔的遭遇来折射世态人情。毛笔一生尽心尽力，而终以老残见疏，正是人世间士人命运的写照。结尾一句"秦真少恩哉"，愤激尖锐，概括出封建当权者刻薄寡恩、冷酷无情的本性，是全文的点睛之笔。

本文具有长于虚构、故事性强的小说色彩，但与当时流行的"传奇"在艺术风格上仍有区别。唐传奇"源盖出于志怪"（鲁迅语），以辞采华美、刻画细腻、情节曲折好奇为其特征；韩愈本篇却受《史记》等影响，妙词隽语随笔涌出，但雅洁凝重，琢炼生动。柳宗元读此文后曾赞云："若捕龙蛇、捕虎豹，急与之角而力不敢暇。"亦见其文气的充沛激宕，结构的变幻莫测，因而在性质上仍属于当时所谓的"古文"。注意其与"传奇"小说的风格差别，我们的鉴赏领悟似能更加深入。

柳宗元（773—819）

字子厚，河东（今山西永济）人。唐德宗贞元时进士。曾任集贤殿正宇、监察御史里行等职。他参与王叔文集团的政治革新活动，任礼部员外郎。不久，革新失败，被贬为永州（今湖南零陵）司马。十年后改任柳州（今属广西）刺史，卒于任所。他是著名散文家、诗人，与韩愈一起推行古文运动，并称"韩柳"。其散文以清峻著称，发展和完善了寓言、山水游记等文体，达到很高成就。有《柳河东集》。

捕 蛇 者 说

永州之野产异蛇，黑质而白章①；触草木，尽死；以啮人，无御之者②。然得而腊之以为饵③，可以已大风、挛踠、瘘疠④，去死肌，杀三虫⑤。其始，太医以王命聚之，岁赋其二⑥。募有能捕之者，当其租入⑦。永之人争奔走焉⑧。

有蒋氏者，专其利三世矣⑨。问之，则曰："吾祖死于是，吾父死于是，今吾嗣为之十二年⑩，几死者数矣⑪。"言之，貌若甚戚者。余悲之，且曰："若毒之乎⑫？余将告于莅事者⑬，更若役，复若赋⑭，则何如？"蒋氏大戚，汪然出涕，曰："君将哀而生之乎⑮？则吾斯役之不幸，未若复吾赋不幸之甚也⑯。向吾不为斯役⑰，则久已病矣⑱。自吾氏三世居是乡，积于今六十岁矣，而乡邻之生日蹙⑲。殚其地之出，竭其庐之入⑳，号呼而转徙㉑，饥渴而顿踣㉒，触风雨，犯寒暑，呼嘘毒疠㉓，往往而死者相藉也㉔。曩与吾祖居者，今其室十无一焉；与吾父居者，今其室十无二三焉；与吾居十二年者，今其室十无四五焉。非死而徙尔㉕！而吾以捕蛇独存。悍吏之来吾乡,叫嚣乎东西㉖,隳突乎南北㉗,哗然而骇者,虽鸡狗不得宁焉。吾恂恂而起㉘,视其缶㉙,而吾蛇尚存,则弛然而卧㉚。谨食之㉛,时而献焉㉜。退而甘食其土之有㉝,以尽吾齿㉞。盖一岁之犯死者二焉,其余则熙熙而乐㉟。岂若吾乡邻之旦旦有是哉㊱!今虽死乎此,比吾乡邻之死则已后矣。又安敢毒耶?”

余闻而愈悲。孔子曰:“苛政猛于虎也㊲。”吾尝疑乎是。今以蒋氏观之,犹信。呜呼!孰知赋敛之毒,有甚是蛇者乎!故为之说,以俟夫观人风者得焉㊳。

【注释】

①质:质地,指蛇体。章:花纹。

②啮(niè):咬。御:抵挡,这里指救治。

③腊(xī):把肉晾干。饵:药饵、药物。

④已:治愈。大风:麻风病。挛踠(luánwán):手足蜷曲不能伸展的病。瘘(lòu):脖子肿烂。疠(lì):毒疮。

⑤死肌:丧失机能的肌肉。三虫:即“三尸虫”,道家认为人体内有此虫即能致病。这里泛指人体内的寄生虫。

⑥聚之:征集此蛇。岁赋其二:每年征缴两次。

⑦当:抵充。

⑧句谓永州的人争着去捕蛇了。

⑨专其利:独享以蛇抵税的好处。

⑩嗣:继承。

⑪几:几乎。数(shuò):多次。

⑫句谓你痛恨捕蛇这差事吗?若:你。

⑬莅(lì)事者:指管事的官员

⑭两句谓更换你的差事,恢复你的赋税。

⑮句谓您是怜悯我,让我活下去吗?

⑯未若:比不上。

⑰向:假如。

⑱病:指生活困苦。

⑲生:生计。日蹙(cù):一天比一天窘迫。

⑳两句谓缴光田地上的出产,用尽全家的收入。

㉑转徙:辗转迁徙。

㉒顿:劳累,踣(bó):跌倒。

㉓句谓呼吸毒气。

㉔相藉:互相叠压。

㉕句谓不是已死亡就是迁移了。

㉖乎:同"于"。

㉗隳(huī)突:喧闹冲撞。

㉘恂恂(xúnxún):小心的样子。

㉙缶(fǒu):瓦罐。

㉚弛然:放心的样子。

㉛食:通"饲",喂养。

㉜句谓按规定之时去献蛇。

㉝土之有:指田里出产的东西。

㉞句谓过完我的一生。齿:年岁。

㉟熙熙:快乐的样子。

㊱旦旦有是:每天都有死亡的威胁。

㊲孔子此语见《礼记·檀弓》。

㊳俟:等待。人风:民风。

【品评】

　　"说"本属议论类的文体,而此文却寓政见于叙事之中。以对话的形式,反映了捕蛇者蒋氏的遭遇,向读者展示出唐中叶以后广大农村在沉重赋敛压榨下民不聊生、荒芜凋敝的惨状。作者寄予了莫大的同情和忧虑,也对统治者发出了严正的警诫。这在文体上是一种创变。

　　形容苛政的为祸剧烈,孔子早已用猛虎来比拟,提出了著名的"苛政猛于虎"的观点。柳宗元用毒蛇来喻说,其看法和思路与孔子一脉相承。但柳文的描写更为生动形象,而且他抓住"猛于"二字,突出蛇毒和赋敛之毒两者的对比。文章先强调捕蛇的危险,蒋氏三世,"吾祖死"、"吾父死"、吾"几死者数",三个"死"字,可谓惊心动魄,为下文反衬赋敛之毒作了有力的铺垫。在比较两者时,作者借蒋氏之口,说明乡邻因赋税而生计日蹙,非死即迁,蒋氏以捕蛇独存;乡邻受悍吏之扰,鸡犬不宁,而蒋氏以蛇却能弛然而卧,甘食而尽天年;蒋氏一年之中仅两次冒死捕蛇,而乡邻却天天存在死亡的威胁。在这层层对比中,逐渐推进主题,得出了不容置辩的结论:"赋敛之毒有甚是蛇。"这种写法,其说服力和感染力并不逊于雄辩滔滔的议论。

　　此文和下面的《种树郭橐驼传》一样,借人物故事来指斥时弊,都是现实性、政治性很强的散文。

种树郭橐驼传①

　　郭橐驼,不知始何名②。病瘘③,隆然伏行④,有类橐驼者,故乡人号之"驼"。驼闻之曰:"甚善,名我固当⑤。"因舍其名,亦自谓"橐驼"云。其乡曰丰乐乡,在长安西。驼业种树⑥,凡长安豪富人为观游及卖果者⑦,皆争迎取养。视驼所种树,或移徙⑧,无不活,且硕茂、蚤实以蕃。他植者虽窥伺效慕,莫能如也。

　　有问之,对曰:"橐驼非能使木寿且孳也⑨,能顺木之天以致其性焉尔⑩。凡植木之性:其本欲舒⑪,其培欲平⑫,其土欲故⑬,其筑欲密⑭。既然已⑮,勿动勿虑,去不复顾。其莳也若子⑯,其置也若弃⑰,则其天者全而其性得矣。故吾不害其长而已⑱,非有能硕茂之也;不抑耗其实而已⑲,非有能蚤而蕃之也。他植者则不然。根拳而土易⑳,其培之也,若不过焉则不及㉑。苟有能反是者^㉒,则又爱之太恩^㉓,忧之太勤,且视而暮抚,已去而复顾。甚者爪其肤以验其生枯^㉔,摇其本以观其疏密,而木之性日以离矣^㉕。虽曰爱之,其实害之;虽曰忧之,其实雠之:故不我若也^㉖。吾又何能为哉!"

问者曰:"以子之道,移之官理^㉗,可乎?"驼曰:"我知种树而已,理,非吾业也。然吾居乡,见长人者好烦其令^㉘,若甚怜焉,而卒以祸^㉙。旦暮吏来而呼曰:'官命促尔耕,勖尔植^㉚,督尔获;蚤缲而绪^㉛,蚤织而缕;字而幼孩^㉜,遂而鸡豚^㉝。'鸣鼓而聚之,击木而召之^㉞。吾小人辍飧饔以劳吏者^㉟,且不得暇,又何以蕃吾生而安吾性耶^㊱?故病且怠。若是,则与吾业者,其亦有类乎?"

问者嘻曰:"不亦善夫! 吾问养树,得养人术。"传其事以为官戒。

【注释】

①橐(tuó)驼:骆驼。

②始:原先。

③瘘(lòu):病偻,驼背病。

④隆然:高耸的样子。伏行:俯着身体走路。

⑤句谓用这个名字来叫我确实很恰当。名:作动词用。

⑥业种树:以种树为业。

⑦为观游:指建造观赏游玩的园林。

⑧移徙:指树的移植。

⑨寿:活得长久。孳(zī):繁殖。

⑩天:自然的生长规律。致其性:尽其本性的发展。

⑪本:树根。舒:伸展。

⑫培:培土。平:平坦均匀。

⑬故:指旧土、原有的土。

⑭筑:捣土。密:密实。

63

⑮句谓这样做完后。

⑯莳(shì):移植、栽种。若子:指像照顾子女一样小心周到。

⑰置:搁置。

⑱不害其长:不妨害它的生长。

⑲抑耗:抑制损耗。

⑳拳:屈曲。易:更换。

㉑两句谓培土时不是过分就是不足。

㉒苟:如果。反是:与此相反。

㉓太恩:指对树爱护得太深厚。

㉔爪其肤:用手指刮破树皮。

㉕日以离:渐渐丧失。

㉖不我若:即"不若我",不如我。

㉗官理:指官府治民。

㉘长(zhǎng)人者:指官员。烦其令:把政令搞得繁琐。

㉙卒以祸:结果给人造成灾祸。

㉚勖(xù):勉励。

㉛缫(sāo):煮茧抽丝。而:同"尔",你。绪:丝头,这里即指丝。

㉜字:养育。

㉝遂:成功,这里指喂大。

㉞击木:敲木梆。

㉟句谓我们小百姓顾不上吃饭来接待差吏。辍:停止。飧(sūn):晚饭。饔(yōng):早饭。劳:慰劳、接待。

㊱蕃吾生:繁育我们的后代。安吾性:指安定我们的生活。性,这里指人的生活本能。

【品评】

这是一篇以人物传记体裁写成的寓言杂文,郭橐驼者,不一定实有其人。文章借郭橐驼的植树之道阐明为官的养民之理,可作"官箴"看。

作者认为治民应"顺天致性",尊重民意,顺应民情,不要过多地干涉,不要人为地生事。这一思想最早见于老子的表述:"治国如烹小鲜。"但老子的立足点是无为而治,柳宗元的政治思想却要积极得多。他的"顺天致性",并不是取消一切人为的努力,而是要求适度。这从文中对"过"和"不及"两方面的批评中也可以看出。同时,这一思想又具有明确的现实针对性,即寓有对当时弊政的纠补之意。他不满于频繁无度的政令对百姓的骚扰,希望停止那种"若怜卒祸"的害民行为,给他们去烦"松绑"。本文从植树说到治民,实又超出两者而具有更普遍的意义:一切事物要求得发展,必须顺应其本身的自然规律。寓言作品往往会有这种从个别到一般的启示作用。

作者对不懂植树之道的"他植者"和"好烦其令"的官吏的描写颇为传神,两两对读,尤相映成趣。比如他植者"旦视暮抚,已去复顾",官吏亦"旦暮来而呼";他植者掐树以验生枯,摇树以观疏密,官吏则鸣鼓击木,召聚百姓,无休止地发号施令。而排比句的运用,显示出这两类人的不明事理、繁琐多事之状。

三　戒①并序

吾恒恶世之人,不知推己之本②,而乘物以逞③,或依势以干非其类④,出技以怒强⑤,窃时以肆暴⑥,然卒迨于祸⑦。有客谈麋、驴、鼠三物⑧,似其事,作《三戒》。

临 江 之 麋

临江之人畋得麋麑⑨,畜之。入门,群犬垂涎,扬尾皆来。其人怒,怛之⑩。自是日抱就犬⑪,习示之,使勿动⑫,稍使与之戏。积久,犬皆如人意。麋麑稍大,忘己之麋也,以为犬良我友⑬,抵触偃仆⑭,益狎⑮。犬畏主人,与之俯仰甚善,然时啖其舌⑯。

三年,麋出门,见外犬在道甚众,走欲与为戏。外犬见而喜且怒,共杀食之,狼藉道上^⑰,麋至死不悟。

黔 之 驴^⑱

黔无驴,有好事者船载以入^⑲。至则无可用,放之山下。虎见之,庞然大物也,以为神。蔽林间窥之,稍出近之,慭慭然莫相知^⑳。

他日,驴一鸣,虎大骇远遁,以为且噬己也^㉑,甚恐。然往来视之,觉无异能者^㉒。益习其声^㉓,又近出前后,终不敢搏。稍近益狎,荡倚冲冒^㉔,驴不胜怒,蹄之。虎因喜,计之曰:"技止此耳!"因跳踉大㘎^㉕,断其喉,尽其肉,乃去。

噫!形之尨也类有德^㉖,声之宏也类有能,向不出其技^㉗,虎虽猛,疑畏,卒不敢取;今若是焉,悲夫!

永某氏之鼠^㉘

永有某氏者,畏日,拘忌异甚^㉙。以为己生岁直子,鼠,子神也^㉚,因爱鼠,不畜猫犬,禁僮勿击鼠。仓廪庖厨,悉以恣鼠不问^㉛。由是鼠相告,皆来某氏,饱食而无祸。某氏室无完器,椸无完衣^㉜,饮食大率鼠之余也。昼累累与人兼行^㉝,夜则窃啮斗暴,其声万状,不可以寝,终不厌。

数岁,某氏徙居他州。后人来居,鼠为态如故。其人曰:"是阴类恶物也^㉞,盗暴尤甚。且何以至是乎哉!"假五六猫,阖门^㉟,撤瓦灌穴^㊱,购僮罗捕之^㊲。杀鼠如丘,弃之隐处,臭数月乃已。

呜呼!彼以其饱食无祸为可恒也哉!

【注释】

①戒:一种含有劝箴、警诫内容的文体。

②推:推究。己之本:自身的本来面目或实际能力。

③乘物以逞:凭借外物来逞强。

④句谓有的依仗势势力去冒犯和自己不同类的人。暗指下文的麋。

⑤句谓有的使出本领激怒强大的对手。暗指驴。

⑥句谓有的利用时机肆意行暴。暗指鼠。

⑦迨:同"逮",及、至。

⑧麋:鹿的一种。

⑨临江:今江西清江。畋:打猎。麑(ní):小鹿。

⑩怛(dá)之:恐吓群狗。

⑪就犬:接近狗。

⑫两句谓经常让狗看,命令狗不许伤害麋。

⑬良:真的是。

⑭句谓碰撞翻滚。偃:卧倒。仆:跌倒。

⑮狎:亲昵。

⑯啖:吃,这里作"舔"讲,表示馋态。

⑰狼藉:指皮骨散乱的样子。

⑱黔(Qián):唐时黔中道,辖区包括今湘西、川东南、鄂西南及黔北等地。今贵州省简称黔。

⑲好(hào)事者:喜欢多事的人。

⑳憖憖(yìnyìn)然:小心谨慎的样子。

㉑噬:咬。

㉒异能:特殊的本领。

㉓习:习惯。

㉔句谓碰撞挤靠、冲击触犯。

㉕跳踉:腾跃跳动。大㘚(hǎn):虎大声怒吼。

㉖类有德:好像有德行。

㉗向:如果。

㉘永:永州(今湖南零陵)。

㉙畏日:怕犯日忌。日:忌日,不吉之日。拘忌:忌讳。异甚:特别厉

害。

㉚生岁直子：出生年份为子年。古代以十二地支(子丑寅卯辰巳午未申酉戌亥)配十二属相(鼠牛虎兔龙蛇马羊猴鸡狗猪)。子属鼠,鼠是子年之神。

㉛恣：放纵。

㉜桅(yí)：衣架。

㉝累累：一只连着一只。兼行：并行。

㉞阴类：指穴居的动物。

㉟阖(hé)：关。

㊱撤瓦：搬开瓦盆瓦罐。一说揭去屋瓦。

㊲购：悬赏、奖励。罗捕：围捉。

【品评】

寓言在先秦诸子散文中已相当丰富成熟,但只是作为一种辅助性的修辞手段,服务于加强全文的论证。经过柳宗元的创作实践,才真正具有了独立的文体体格,一般由题目、喻体、喻意三部分组成。《三戒》是其众多寓言作品中最负盛名的篇章。

在《三戒》的总题下,包括三篇寓言。正文前的小序表明了作者的写作意图。他憎恶那种忘乎自身本相、倚势逞强的行径,通过麋、驴、鼠的故事予以讽刺,并以其最终取祸灭亡的结局垂诫世人。文中的麋、驴、鼠虽然有弱者、外强中干者、为非作歹者之别,但愚蠢是它们的共同点。它们把暂时的凭借,当作永久的保障,于是认不清自己、认不清对手、认不清形势,终不免一死。作者以敏锐的洞察力,抉发出社会生活中普遍存在的现象,因而获得广泛的讽世意义。

作为具有高度艺术概括力的寓言精品,除了上述由主要形象所体现的主要意义以外,还可从其他形象中得到多方面的启示。麋主人的溺爱和永某氏的纵恶,在这两位庇护者身上,不是多少体现了封建权势者们的昏聩无知和为所欲为吗?老虎当然也体现了社会邪恶势力,但从其原先的疑惧一面来看,也可吸取有益的教训,即不为貌似强大的庞然之物所迷惑和震慑,而要努力认清其实质,树立起战而胜之的信心和勇气。

作品侧重于描写,语言简洁,刻画细腻,情节生动有趣,引人入胜。尤其对于麋、驴、鼠以及犬等动物的神态行为、心理变化,更是体会真切入微,摹写栩栩如生。篇末的议论,着墨不多,而寓意豁然,起到了言简意赅、余味无穷的效果。

始得西山宴游记①

自余为僇人②,居是州③,恒惴栗④。其隟也⑤,则施施而行⑥,漫漫而游。日与其徒上高山,入深林,穷回溪⑦,幽泉怪石,无远不到。到则披草而坐,倾壶而醉。醉则更相枕以卧,卧而梦。意有所极⑧,梦亦同趣⑨。觉而起,起而归。以为凡是州之山水有异态者,皆我有也,而未始知西山之怪特。

今年九月二十八日,因坐法华西亭⑩,望西山,始指异之⑪。遂命仆人过湘江,缘染溪⑫,斫榛莽⑬,焚茅茷⑭,穷山之高而上。攀援而登,箕踞而遨⑮,则凡数州之土壤,皆在衽席之下⑯。其高下之势,岈然洼然⑰,若垤若穴⑱,尺寸千里⑲,攒蹙累积⑳,莫得遁隐。萦青缭白,外与天际㉑,四望如一。然后知是山之特立,不与培塿为类㉒,悠悠乎与颢气俱㉓,而莫得其涯;洋洋乎与造物者游㉔,而不知其所穷。引觞满酌㉕,颓然就醉,不知日之入㉖。苍然暮色,自远而至,至无所见,而犹不欲归。心凝形释㉗,与万化冥合㉘。然后知吾向之未始游,游于是乎始,故为之文以志。是岁,元和四年也㉙。

【注释】

①西山:在今湖南零陵西。

②僇(lù)人:受罚的罪人。僇:通"戮"。

③是州:指永州。

④惴(zhuì)栗:忧惧不安。

⑤隟:同"隙",闲暇。

⑥施施(yíyí):缓行的样子。

⑦回溪:曲折回环的溪流。

⑧极:到。

⑨趣:同"趋"。

⑩法华:寺名,在零陵东山。西亭:此亭为柳宗元所建。

⑪指异:指点称奇。

⑫染溪:一名冉溪,潇水的支流。

⑬榛莽:丛生的草木。

⑭茷(fèi):草叶茂盛。

⑮箕踞:两腿叉开伸直而坐,形同簸箕。这属于一种随意不拘礼法的坐姿。

⑯衽席:卧席。这里指坐席。

⑰岈(xiā)然:山谷空阔深远的样子。洼然:低洼凹陷的样子。

⑱垤(dié):蚂蚁做窝时堆在洞口的小土堆,也叫蚁封。

⑲句谓相距尺寸的眼前景物,实则有千里之遥。

⑳攒(cuán)蹙:聚集收拢。

㉑两句谓青山白水萦回缭绕,山水延伸与天边相接。

㉒培塿:小土丘。为类:同类。

㉓颢(hào)气:天地间正大之气。

㉔洋洋:广大的样子。

㉕引觞:手持酒杯。

㉖日之入:指日落。

㉗句谓精神专一,忘掉自身存在。

㉘万化:天地万物。冥合:暗合,不知不觉融为一体。

㉙元和四年:公元 809 年。元和,唐宪宗年号。

【品评】

本文为著名的"永州八记"首篇。柳宗元谪居永州期间,心情郁闷,常常徜徉山水,寄情遣怀,写下游记八篇,被称为"永州八记"。这组游记各自成篇而又前后连贯,既描绘了幽邃秀美的永州山水,也或隐或现反映了他当时复杂的心态。

此文记述了发现西山的过程,着眼于"始得"两字。因为西山的发现,首先改变了作者对永州山水的评价。作者最初认为"凡是州之山水有异态者,皆我有也";及至发现西山,才觉悟到"游于是乎始",以前的游历均不足道。其次也多少改变了他的心情。以前是"恒惴栗",其醉酒卧梦,无非是借以忘忧消愁;而在西山登高远眺,群山万物,奔赴眼底,顿觉一洗胸中尘埃的快感,此时引觞就醉,油然而生一种精神解脱的畅意,从而达到与自然万物融合为一的忘我境界。从景情两方面来说,西山的发现都是一个转机。

与此相联系,全文结构即以发现西山前后为两大段,彼此呼应,章法井然。清人孙琮曾评析此前后段关系说:"篇中欲写今日始见西山,先写昔日未见西山;欲写昔日未见西山,先写昔日得见诸山。盖昔日未见西山,而今日始见,则固大快也;昔日见尽诸山,独不见西山,则今日得见,更为大快也。"(《山晓阁选唐大家柳柳州全集》评语)指出其间的对比映衬关系,是颇有眼光的。

作者于西山本身着墨不多,仅对其总体特征,概括为"怪特"二字而已。但他巧妙地运用了反观之法。作者登上西山,只见数州疆域尽在自己的坐席之下,山谷似蚁封小洞,千里近在咫尺之间,山水延伸到无尽的天边,才知"是山之特立"。以俯观之物反衬身处之地的高峻,这种不写之写有时胜于正面实写。

钻鉧潭西小丘记[①]

得西山后八日,寻山口西北道二百步,又得钻鉧潭。潭西二十五步,当湍而浚者为鱼梁②。梁之上有丘焉,生竹树。其石之突怒偃蹇③,负土而出,争为奇状者,殆不由可数。其嵌然相累而下者④,若牛马之饮于溪;其冲然角列而上者⑤,若熊罴之登于山⑥。丘之小不能一亩,可以笼而有之⑦。问其主,曰:"唐氏之弃地,货而不售⑧。"问其价,曰:"止四百。"余怜而售之。李深源、元克己时同游⑨,皆大喜,出自意外。即更取器用,铲刈秽草⑩,伐去恶木,烈火而焚之。嘉木立,美竹露,奇石显。其中以望,则山之高,云之浮,溪之流,鸟兽之遨游,举熙熙然回巧献技⑪,以效兹丘之下。枕席而卧,则清泠之状与目谋⑫,瀯瀯之声与耳谋⑬,悠然而虚者与神谋,渊然而静者与心谋⑭。不匝旬而得异地者二⑮,虽古好事之士,或未能至焉。

噫!以兹丘之胜,致之沣、镐、鄠、杜⑯,则贵游之士争买者,日增千金而愈不可得。今弃是州也,农夫渔父过而陋之,贾四百⑰,连岁不能售。而我与深源、克己独喜得之,是其果有遭乎⑱!书于石,所以贺兹丘之遭也。

【注释】

①钻鉧潭:在永州由西山西麓,形似熨斗,故名。

②湍:水流急。浚:水深。鱼梁:拦水堰,中有缺口,放置捕鱼器具。

③突怒:突起挺立的样子。偃蹇(jiǎn):傲然耸立的样子。

④嵌(qīn)然:高耸的样子。相累而下:重叠连缀垂下。

⑤冲然:向上突出的样子。角列:像兽角般排列着。

⑥罴(pí):熊的一种

⑦笼:装在笼子里,极喻其小。

⑧货:出卖。不售:卖不出去。

⑨李深源、元克己:作者之友,时亦贬居永州。

⑩刈(yì):割。

72

⑪举:都。熙熙然:和乐的样子。回巧献技:呈献种种巧技。回:运转,这里是展演的意思。

⑫清泠(líng):水色清澈明净。谋:相互商量,这里指与感官接触而相和谐。

⑬潆潆(yíngyíng):水流声。

⑭渊然:静默的样子。

⑮不匝旬:不满十天。异地者二:指西山、钴铒潭及小丘。

⑯沣水:亦作丰水、酆水,源出秦岭,流入渭水。周文王在此水西岸建都丰京,在今陕西户县东。镐京为周武王建都处,与丰京隔沣水为界,在今西安西南。这里的"沣、镐"当即丰、镐二周邑。鄠(Hù):今陕西户县。杜:杜陵,在今西安东南。以上四地都在唐朝首都长安附近,为豪门贵族居住之处。

⑰贾(jià):通"价"。

⑱遭:遭际、运气。

【品评】

本文为"永州八记"第三篇。前人称"子厚游记,篇篇入妙"(林云铭语)。本文妙在把色色景物写得鲜灵生动。小丘之石,"突怒偃蹇,负土而出",若牛马饮溪,若熊罴登山,奇形百端,使静物动态化,又富立体感。在小丘上放眼赏玩,浮云、溪流、飞禽、走兽,似乎都在怡然自得地"回巧献技",极富诗情画意。作者耳目心神都与一景一物契合无间,从主客的高度交融中获得最大的审美愉悦。柳宗元的山水小品几乎每篇都是一个独立的美的境界。

本文的感慨寄意,较前后诸篇显豁。如此美妙的胜景,只因地处偏僻,连贱价都无人问津。作者的惋惜,实有自况之意,小丘的明珠暗投,不为人知,正如自身的贬居蛮荒,怀才不遇。贺小丘的最终得赏,既隐寓自己对起复的希望,也曲折表达了久谪困顿的失望。

小 石 潭 记①

从小丘西行百二十步，隔篁竹②，闻水声，如鸣珮环③，心乐之。伐竹取道，下见小潭，水尤清冽④。全石以为底⑤，近岸卷石底以出⑥，为坻为屿，为嵁为岩⑦。青树翠蔓，蒙络摇缀⑧，参差披拂。潭中鱼可百许头，皆若空游无所依。日光下澈，影布石上，佁然不动⑨；俶尔远逝⑩，往来翕忽⑪，似与游者相乐。

潭西南而望，斗折蛇行⑫，明灭可见⑬。其岸势犬牙差互，不可知其源。坐潭上，四面竹树环合，寂寥无人，凄神寒骨，悄怆幽邃⑭。以其境过清，不可久居，乃记之而去。

同游者吴武陵，龚古，余弟宗玄⑮；隶而从者，崔氏二小生⑯，曰恕己，曰奉壹。

【注释】

①题一名《至小丘西小石潭记》。

②篁竹：竹林。

③珮环：身上佩带的玉环。

④冽：寒冷。

⑤句谓以整块石为潭底。

⑥句谓靠近岸边，石底翻卷露出水面。

⑦坻（chí）：水中高地。嵁：不平的岩石。

⑧蒙络；草木覆盖缠绕。摇缀：茎蔓摇动下垂。

⑨佁（yǐ）然：静止状。一作"怡然"。

⑩俶（chù）尔：忽然。

⑪翕（xì）忽：迅疾的样子。

⑫形容水流的曲折。斗：北斗星座。

⑬明灭：忽隐忽显，忽明忽暗。

⑭悄怆(qiǎochuàng)：忧愁悲伤。邃：深。

⑮吴武陵：信州(今江西上饶)人，元和初进士，时亦贬谪永州，柳宗元之友。龚古：一作龚右，生平不详。宗玄：柳宗元堂弟。

⑯隶：指随从。崔氏二小生：柳宗元姐夫崔简的两个未成年的儿子。

【品评】

本文为"永州八记"第四篇。其体物之微，刻画之工，神韵独造，犹如一幅绝妙的山水画页，为"永州八记"中的极品。

全篇以"清"为文眼，突出潭清、境清，并映照出作者由"清"到"过清"的心理感受。潭水的至清至净，是通过鱼的动静交衬而表现的。鱼游动时，若空无所依；静时鱼影布石，历历可见。此时，作者的心情是欢快的，并化用庄子濠上之游的典故，表达人鱼同乐之趣。接写四周之境，竹树环合，寂寥"过清"，虽其"清"依旧，但一个"过"字，点出作者感受的暗换：景色由清丽转为清寂，心境也随之由"乐之""相乐"而生悲凄，衔接巧妙自然。兴尽悲来，实是作者难以摆脱贬谪阴影的写照。景与情，物与人，浑然一体，烘托出一个幽深空灵的境界。

林纾《韩柳文研究法》说，柳宗元"集中诸文皆佳，而山水之记尤为精绝"。"永州八记"即是我国山水游记文学中的典范性作品。

杜牧(803—852)

字牧之,京兆万年(今陕西西安)人。唐文宗大和时进士。历任黄州、池州、睦州、湖州刺史,官至中书舍人。为人刚直,知兵法,喜论政事。诗文兼擅,尤以诗名。其诗风格俊爽,情韵跌宕,与晚唐著名诗人李商隐齐名,并称"小李杜"。文、赋往往有感而发,笔锋犀利,纵横奥衍,多所指陈。有《樊川集》。

阿 房 宫 赋①

六王毕②,四海一③。蜀山兀④,阿房出。覆压三百余里,隔离天日。骊山北构而西折,直走咸阳⑤。二川溶溶⑥,流入宫墙。五步一楼,十步一阁。廊腰缦回⑦,檐牙高啄⑧。各抱地势⑨,钩心斗角⑩。盘盘焉⑪,囷囷焉⑫,蜂房水涡⑬,矗不知乎几千万落⑭。长桥卧波,未云何龙?复道行空,不霁何虹⑮?高低冥迷⑯,不知西东。歌台暖响⑰,春光融融;舞殿冷袖⑱,风雨凄凄。一日之内,一宫之间,而气候不齐。

妃嫔媵嫱⑲,王子皇孙,辞楼下殿,辇来于秦⑳,朝歌夜弦,为秦宫人。明星荧荧㉑,开妆镜也;绿云扰扰㉒,梳晓鬟也;渭流涨腻,弃脂水也㉓;烟斜雾横,焚椒兰也㉔;雷霆乍惊,宫车过也;辘辘远听㉕,杳不知其所之也。一肌一容,尽态极妍㉖,缦立远视㉗,而望幸焉㉘。有不见者,三十六年㉙。

燕、赵之收藏,韩、魏之经营,齐、楚之精英,几世几年,摽掠其人,倚叠如山。一旦不能有,输来其间。鼎铛玉石,金块珠砾㉚,弃掷逦迤㉛,秦人视之,亦不甚惜。

76

嗟乎！一人之心^㉜，千万人之心也。秦爱纷奢，人亦念其家。奈何取之尽锱铢^㉝，用之如泥沙？使负栋之柱，多于南亩之农夫^㉞；架梁之椽^㉟，多于机上之工女；钉头磷磷^㊱，多于在庾之粟粒^㊲；瓦缝参差，多于周身之帛缕；直栏横槛，多于九土之城郭^㊳；管弦呕哑^㊴，多于市人之言语。使天下之人，不敢言而敢怒；独夫之心，日益骄固。戍卒叫^㊵，函谷举^㊶，楚人一炬^㊷，可怜焦土。

灭六国者，六国也，非秦也。族秦者^㊸，秦也，非天下也。嗟乎！使六国各爱其人，则足以拒秦；使秦复爱六国之人，则递三世可至万世而为君，谁得而族灭也？秦人不暇自哀，而后人哀之；后人哀之而不鉴之^㊹，亦使后人而复哀后人也。

【注释】

①赋：一种讲究辞采、体物铺陈的文体，有古赋、俳赋、律赋、文赋等类。阿房：秦宫名。故址在今陕西西安市西阿房村。

②六王：指战国末齐、楚、赵、韩、魏、燕六国之君。毕：结束，指灭亡。

③一：统一。

④兀：光秃，指树木伐光。

⑤两句谓从骊山之北开始建造，然后折向西边，一直通向咸阳。骊山：在今陕西临潼东南。

⑥二川：渭水、樊川。溶溶：水流动的样子。

⑦廊腰：走廊的转弯处。缦回：像绸缦一样回环曲折。

⑧檐牙：屋檐的尖角。高啄：像鸟在高处啄食。

⑨句谓宫殿各依地势高下而建造。

⑩形容宫室布局紧密、错落有致。钩心：指回廊曲折钩连，拱向一个中心。斗角：指檐牙相对。

⑪盘盘：盘结的样子。

⑫囷囷：屈曲的样子。

⑬此句比喻宫室像蜂房那样密集，像水涡那样迂回。

⑭矗:耸立着。落:座、所。

⑮四句以龙喻长桥,以虹喻复道。未云何龙:没有云为何出现龙?复道:楼阁之间的空中走道。霁:雨过天晴。

⑯指宫室忽高忽低让人迷惑。

⑰暖响:指歌声充满暖意,这是通感修辞手法。

⑱冷袖:指舞袖带来寒意,亦是通感手法。

⑲媵(yìng):指后妃陪嫁的女子。嫱:宫中女官名。

⑳句指六国的后妃宫女及皇族被掳来秦国。辇(niǎn):帝、后所乘之车,这里用作动词,乘车。

㉑荧荧:星光闪烁的样子。

㉒绿云:比喻宫中美人的头发乌黑稠密。

㉓脂水:指洗过脸的污水。

㉔椒兰:香料。

㉕辘辘:车声。

㉖尽、极:极其。妍:美丽。

㉗缦立:久立。

㉘望幸:盼望皇帝驾临,得到宠爱。

㉙秦始皇在位三十六年(前246—前210)。

㉚两句谓宝鼎被视为普通的铁锅,玉被视为石,金被视为土块,珠被视为石子。

㉛逦迤(lǐyǐ):连绵不断,这里是说到处都是。

㉜一人:指秦始皇。

㉝尽锱铢(zīzhū):一点一滴都不放过。锱铢:古代重量单位。锱:一两的四分之一;铢:一锱的六分之一。极言其轻微。

㉞南亩:泛指农田。

㉟椽(chuán):放在梁上架屋顶用的木条。

㊱磷磷:形容钉头露出而繁多的样子。

㊲庾(yǔ):露天的积谷处。

㊳九土:九州,指全国。

㊴呕哑：乐器声。

㊵指陈胜、吴广起义。戍卒：守边的士兵。

㊶指刘邦攻入函谷关。函谷关：故址在今河南灵宝西南。

㊷指楚人项羽攻入咸阳，放火焚烧阿房宫。

㊸族：灭族。

㊹鉴：镜子，这里用作动词，以秦为镜子。

【品评】

据作者自称，此赋乃针对唐敬宗"大起官室，广声色"而作，是一篇借秦讽唐、感慨时事之文。作者用富赡之词铺叙秦宫的奢靡，用斩截之语痛陈弊害，指出秦代灭亡的根由在于骄逸无度，暴虐无道，残民以逞，"不爱六国之人"。

文章的目的是说唐应以秦为鉴，而其内容却主要写秦不以六国为鉴。在描绘秦宫时，处处与六国有关：六国亡后，才有阿房宫的建造；阿房宫内，一是美人充斥，原是六国诸侯之妃嫔宫人，二是珍宝堆积，又是六国诸侯数世掠夺而来的遗物。眼前的秦朝就是过去的六国，已亡的六国暗示着将亡的秦朝，为后面的议论张本。在末段议论时，并论六国与秦，先指出六国与秦均不知爱民，咎由自取，其败亡原因带有普遍性，这就值得唐人借鉴了；接着排列秦人、后人（唐人）、后人之后人（唐以后人）能否借鉴前代的连环关系，指出教训的长久性："秦人不暇自哀，而后人哀之；后人哀之而不鉴之，亦使后人而复哀后人也。"以六国来衬写秦，以秦之不知借鉴来警告当世者，不要重蹈被后世哀叹的覆辙。环环相扣，层层推演，结论更见警策。

全文格局仍如汉赋：先描述后议论。汉赋往往夸饰有余而内蕴不足，靡弱细碎，有喧宾夺主之感。此赋铺陈而不拖沓，渲染而恰到好处。首先单刀直入，以四个短句点出阿房宫的建造，振起全文。接着便极尽描绘之能事，运用别致的比喻，巧妙的联想，奇异的通感，细写官殿的壮丽瑰伟、宫中美人的奢华繁多和珍宝的堆积如山，展示了一幅穷奢极侈的秦宫生活图。然后笔锋陡转，揭开这幅图景后面天下百姓所受压榨之重及其积怨之深,并以"楚人一炬,可怜焦土"八字收结大段铺叙,突出一种毁于一旦的沉痛感,与阿房宫的建造不易和瑰丽又成鲜明对比。笔势凌厉健峭,文情并茂,故金圣叹称其"穷奇极丽,至矣尽矣!却是一篇最清出文字"。而李扶九直接断言:"古来之赋,此为第一!"

李商隐（约813—约858）

　　字义山，号玉谿生，怀州河内(今河南沁阳)人。唐文宗开成时进士。曾任秘书省校书郎、弘农县尉等小官。当时牛李党争十分激烈，他受到牵连，并遭两方排摈，一生坎坷，长期沉沦下僚，郁郁不得志。其诗情挚意婉，包蕴深密而富于暗示性。在晚唐诗坛上风标独秀，自成一格。其文有"瑰迈奇古"之誉。有《李义山诗集》《樊南文集》。

李 贺 小 传①

　　京兆杜牧为李长吉集序，状长吉之奇甚尽②，世传之。长吉姊嫁王氏者，语长吉之事尤备。

　　长吉细瘦，通眉③，长指爪。能苦吟疾书④，最先为昌黎韩愈所知⑤。所与游者，王参元、杨敬之、权璩、崔植辈为密⑥。每旦日出与诸公游，未尝得题然后为诗，如他人思量牵合以及程限为意⑦。恒从小奚奴，骑距驴⑧，背一古破锦囊，遇有所得，即书投囊中。及暮归，太夫人使婢受囊出之，见所书多，辄曰："是儿要当呕出心始已耳⑨！"上灯，与食，长吉从婢取书，研墨叠纸足成之⑩，投他囊中。非大醉及吊丧日率如此⑪，过亦不复省⑫。王、杨辈时复来探取写去。长吉往往独骑，往还京洛，所至或时有著⑬，随弃之。故沈子明家所余四卷而已⑭。

　　长吉将死时，忽昼见一绯衣人，驾赤虬⑮，持一版，书若太古篆或霹雳石文者⑯，云："当召长吉。"长吉了不能读⑰，欻下榻叩头言⑱："阿婆老且病⑲，贺不愿去。"绯衣人笑曰："帝成白玉楼，立召君为记㉑。天上差乐㉑，不苦也。"长吉独泣，边人尽见之㉒。少之，长吉气绝。常所居窗中，勃勃有烟气㉓，闻行车嘒管之声㉔。太夫人急止人哭，待之如炊五斗黍许时，长吉竟死。王氏姊非能造作谓长吉者，实所见如此。

呜呼！天苍苍而高也，上果有帝耶？帝果有苑囿、宫室、观阁之玩耶㉕？苟信然，则天之高邈，帝之尊严，亦宜有人物文彩愈此世者㉖，何独眷眷于长吉而使其不寿耶㉗？噫！又岂世所谓才而奇者不独地上少，即天上亦不多耶？长吉生二十七年㉘，位不过奉礼太常㉙，当时人亦多排摈毁斥之。又岂才而奇者，帝独重之，而人反不重耶？又岂人见会胜帝耶㉚？

【注释】

①李贺：字长吉，河南福昌（今宜阳）人。唐代著名诗人，诗境瑰丽奇特，想像丰富，死时年仅二十七。

②杜牧曾撰《李长吉歌诗叙》，评述李贺诗的"奇"，有"鲸吸鳌掷，牛鬼蛇神，不足为其虚荒诞幻也"等语。

③通眉：两眉相距很近，几乎相连。

④苦吟：指反复推敲诗作。疾书：飞快书写。

⑤韩愈曾作《讳辨》一文，为李贺因避父讳（父名晋肃，晋、进同音）不能考进士而鸣不平。昌黎为韩氏郡望，韩愈实是河阳（今河南孟县）人。

⑥游：交游。王参元：濮阳（今属河南）人，元和时进士。杨敬之：字茂孝，韩愈曾称赞其文。权璩：字大圭，曾任中书舍人等职。崔植：字公修，曾任宰相。

⑦两句谓李贺从不按题作诗，也不像其他人那样想方设法去牵就凑合题意以及把程式、限韵之类放在心上。

⑧恒：常常。小奚奴：小书僮。距驉（xū）：即驱驉，驴骡之属。这里即指驴。

⑨已：停止。

⑩足成之：补缀成篇。

⑪率：大都。

⑫省：省察。

⑬有著：指写诗。

⑭沈子明：李贺好友，曾任集贤院学士。李贺死后，受嘱整理其遗稿，编为《李长吉歌诗》四卷，即现存本。

⑮绯：红色。虬：虬龙。

⑯霹雳石文：雷击后石上留下的字迹。

⑰了：完全。

⑱欻（xū）：迅速。

⑲阿娑（mí）：母亲。

⑳为记：写篇记文。

㉑差乐：还算快乐。

㉒边人：在旁边的人。

㉓勃勃：旺盛的样子。

㉔嘒（huì）管：管乐器。嘒，象声词。

㉕囿（yòu）：蓄养动物的园子。

㉖愈：胜过。

㉗眷眷：顾念。

㉘二十七年：一本作二十四年。

㉙奉礼太常：奉礼郎属于太常寺，从九品。

㉚句谓又难道世人之见恰恰胜过天帝吗？

【品评】

　　李贺在中国诗坛上有"鬼才"之誉，其诗奇谲、怪幻、瑰丽，独具魅力，却又体弱多病，不幸早夭。人奇诗奇，所以杜牧的《李长吉歌诗叙》和此篇《李贺小传》都抓住"奇"字，或评价其诗歌风格，或略述其生平事迹。作为"小传"，本文篇幅不长，却颇能见出传主风采。作者即以"奇"为线索，择取串连了三两件轶闻逸事。先写李贺相貌之奇："细瘦、通眉、长指爪",一语而奠定李贺形象的特征。接写其吟诗之奇:骑驴独思,得句投囊。他呕心苦吟,从不为题造文,务吐胸臆为快,以诗歌为生命;但又随作随弃,其奇又深入一层。最后写临死时的奇事:天帝召其为白玉楼作记文。此事自不足信,因此今人有斥之为"荒唐"者。其实,这段描写乃全文重心,不但引发了后文的感慨,作者由此连发数句反问句,流露出对李贺早夭的惋惜,对他遭际困顿的不平,对他才华卓异的称赞等种种情怀;而且传闻的真真幻幻、虚虚实实,敷设出一个浪漫氛围,与李贺其人其诗的风格和谐一致。换言之,此传闻产生在李贺身上并不是偶然的。所以作者以传信的态度记载此事,后代又作为动人的故事广为流传,我们也就大可不必究其真假了。

孙樵

字可之，又字隐之，关东(函谷关以东)人。生卒年不详。唐宣宗大中时进士。官中书舍人，后迁职方郎中、上柱国。他幼而工文，是唐末古文运动的代表作家，自称为韩愈的四传弟子。其文以奇崛见称，清人曾把他列入唐宋十大家之列。有《孙可之集》。

书褒城驿壁①

褒城驿号天下第一。及得寓目②，视其沼则浅混而茅③，视其舟则离败而胶④，庭除甚芜⑤，堂庑甚残⑥，乌睹其所谓宏丽者？讯于驿吏，则曰："忠穆公尝牧梁州⑦，以褒城控二节度治所⑧，龙节虎旗⑨，驰驿奔轺⑩，以去以来⑪，毂交蹄劘⑫，由是崇侈其驿⑬，以示雄大。盖当时视他驿为壮。且一岁宾至者，不下数百辈，苟夕得其庇⑭，饥得其饱，皆暮至朝去，宁有顾惜心邪？至如棹舟⑮，则必折篙破舷碎鹢而后止⑯；渔钓，则必枯泉汩泥尽鱼而后止⑰。至有饲马于轩，宿隼于堂⑱，凡所以污败室庐，糜毁器用⑲。官小者，其下虽气猛可制⑳；官大者，其下益暴横难禁。由是日益破碎，不与曩类㉑。某曹八九辈㉒，虽以供馈之隙㉓，一二力治之㉔，其能补数十百人残暴乎？……"

语未既㉕，有老氓笑于旁㉖，且曰："举今州县，皆驿也。吾闻开元中㉗，天下富蕃㉘，号为理平㉙，踵千里者不裹粮㉚，长子孙者不知兵㉛。今者天下无金革之声㉜，而户口日益破㉝，疆埸无侵削之虞㉞，而垦田日益寡，生民日益困，财力日益竭，其故何哉？凡与天子共治天下者，刺史县令而已，以其耳目接于民，而政令速

85

于行也㉟。今朝廷命官㊱，既已轻任刺史县令㊲，而又促数于更易㊳，且刺史县令，远者三岁一更，近者一二岁再更㊳，故州县之政，苟有不利于民，可以出意革去其甚者㊵，在刺史则曰：'明日我即去，何用如此？' 在县令亦曰：'明日我即去，何用如此？' 当愁醉酡㊶，当饥饱鲜㊷，囊帛椟金㊸，笑与秩终㊹。"

呜呼！州县者，真驿邪！矧更代之隙㊺，黠吏因缘㊻，恣为奸欺㊼，以卖州县者乎㊽？如此而欲望生民不困，财力不竭，户口不破，垦田不寡，难哉！予既揖退老氓㊾，条其言㊿，书于襄城驿屋壁。

【注释】

①襄城：唐时属山南西道兴元府，在今陕西襄城东南。驿：驿站，古时官吏、信使在旅途中换马、歇息的场所。

②寓目：亲眼看到。

③混：浑浊。茅：长着茅草。

④离败：船板破裂。胶：指水涸船在泥中搁浅不动。

⑤庭除：庭院。除：阶沿。

⑥庑(wǔ)：廊房。

⑦忠穆公：指梁州刺史兼山南西道节度使严震，死后谥忠穆。牧梁州：任梁州(治所在今陕西汉中)刺史。

⑧二节度治所：指山南西道节度使治所兴元府(今陕西南郑)、凤翔节度使治所凤翔府(今陕西凤翔)。

⑨指绘有龙、虎图案的符节、旌旗。

⑩驿：驿马。轺(yáo)：使者乘坐的轻便马车。

⑪句谓从这里去、到这里来。

⑫句谓车辆交驰，马蹄磨损。形容车马往来不绝。毂(gǔ)：车轮中心的圆木，代指车。劀(mó)：磨擦。

⑬崇侈，指扩建。

⑭庇:遮蔽,这里指住宿。

⑮棹(zhào)舟:划船。

⑯鹢(yì):一种善飞不畏风的水鸟,这里指饰有鹢形的船头。

⑰枯泉汩(gǔ)泥尽鱼:把泉水弄干,把池泥搅混,把鱼捉尽。

⑱隼(sǔn):一种凶猛的禽鸟。

⑲糜(mí):烂。器用:器物。

⑳句谓职位低的官员,其随从虽气性猛烈,还可以管束住。

㉑句谓不与往昔相同。

㉒某曹:我辈。

㉓供馈(kuì):供给膳食。

㉔句谓以极少时间来尽力修治它。

㉕既:完毕。

㉖老氓(méng):老农。

㉗开元:唐玄宗年号(713—741)。

㉘蕃:指繁荣。

㉙理平:治平,太平治世。

㉚踵(zhǒng):行走。裹粮:携带粮食。

㉛长子孙者:养子育孙的人,指长者。兵:兵器。

㉜金革之声:锣钲和战鼓的声音,借指战争。

㉝破:减少。

㉞疆场(yì):边境。虞:忧虑。

㉟速于行:迅速推行。

㊱命官:任命官员。

㊲轻:随便、轻率。

㊳促数(shù):短促频繁。更易:调动。

㊴再更:更换两次。

㊵句谓原可以出主意革除其中问题严重者。

㊶醉酘(nóng):痛饮醇酒。

㊷饱鲜:饱食鲜美的鱼肉。

㊸句谓袋里装满丝帛,柜里装满黄金。椟(dú):柜子。

㊹句谓欢欢喜喜直到任期终了。

㊺矧(shěn):况且。

㊻黠(xiá)吏:狡猾的僚吏。因缘:乘机。

㊼恣:肆意。奸欺:奸恶欺诈。

㊽卖:损害。

㊾揖退:作揖送走。

㊿条:整理、依次叙述。

【品评】

本篇从襄城驿的由壮丽而残破,推及封建时代地方吏治败坏的一种原因:官吏调动频繁,只顾肆意搜刮,无心改革弊政。

这类题壁记一般都要写建筑物本身的情形,因而叙述驿站残破及其原因的前半篇,对于题目来说,好像是主要内容,但实际上只是引起后半篇议论的一种陪衬;后半篇似乎离题,却是本文主旨所在。前后两段紧密呼应:前段借驿吏之口,后段用老农之言;前写客人的暮至朝去,对驿站毫无顾惜,正与后写地方官的频繁调动,对地方无所顾惜,不思改革弊政相应;前写客人任意破坏驿站,正与后写地方官的囊帛椟金和黠吏的恣为奸欺相应;前写驿站由原来的雄伟转为现在的舟败、庭芜、堂残,与后写开元时的富蓄较为当今的户口破、垦田寡、生民困、财力竭相应。这种由小及大、借题发挥的写法,有助于说理的具体生动,亲切易懂。

本文结构的整饬,还体现在前后两段中自身的前后呼应。就前段说,先写驿站的残破,举出池塘荒芜、船只破碎和房屋毁污等三方面,后即用"渔钓,则必枯泉汩泥尽鱼而后止"来呼应池塘;用"棹舟,则必折篙舣碎鷁而后止"来呼应船;用"饲马于轩,宿隼于堂"来呼应房屋,逐一暗中说明,文章的组织周密细致。就后段说,先将户口、垦田、生民、财力四大弊端作为"问题"提出于前,又以重复"问题"的方式作结论于后,也是一种呼应,用以加深读者的印象。

陆龟蒙（？—约881）

字鲁望，吴郡(今江苏苏州人)。举进士，不第。曾任苏州、湖州的从事。后隐居松江甫里(今江苏吴县甪直)，不再出仕，自号江湖散人、天随子、甫里先生。他与皮日休友善，世称"皮陆"。诗文多抨击时弊之作，其中以小品文的成就为高，讽刺辛辣，寓意深刻，具有现实批判的"光彩和锋芒"(鲁迅语)。有《笠泽丛书》《甫里集》。

野 庙 碑

碑者，悲也。古者悬而窆，用木①。后人书之以表其功德②，因留之不忍去，碑之名由是而得。自秦汉以降③，生而有功德政事者，亦碑之④，而又易之以石，失其称矣⑤。余之碑野庙也，非有功德政事可纪，直悲夫氓竭其力⑥，以奉无名之土木而已矣⑦。

瓯越间好事鬼⑧，山椒水滨多淫祀⑨。其庙貌有雄而毅、黝而硕者⑩，则曰将军；有温而愿、晳而少者⑪，则曰某郎；有媪而尊严者，则曰姥⑫；有妇而容艳者，则曰姑。其居处，则敞之以庭堂⑬，峻之以陛级⑭。左右老木，攒植森拱⑮，萝茑翳于上⑯，鸱鸮室其间⑰。车马徒隶⑱，丛杂怪状。氓作之，氓怖之，走畏恐后，大者椎牛⑲，次者击豕⑳，小不下犬鸡。鱼菽之荐㉑，牲酒之奠㉒，缺于家可也，缺于神不可也。一日懈怠，祸亦随作，盦孺畜牧栗栗然㉓。疾病死丧，氓不曰适丁其时耶㉔，而自惑其生，悉归之于神㉕。

虽然，若以古言之，则戾㉖，以今言之，则庶乎神之不足过也㉗。何者？岂不以生能御大灾、捍大患，其死也则血食于生

89

人㉘。无名之土木,不当与御灾捍患者为比,是戾于古也明矣!今之雄毅而硕者有之,温愿而少者有之,升阶级㉙、坐堂筵、耳弦匏、口粱肉、载车马㉚、拥徒隶者,皆是也。解民之悬,清民之喝㉛,未尝贮于胸中。民之当奉者,一日懈怠㉜,则发悍吏,肆淫刑,驱之以就事。较神之祸福,孰为轻重哉㉝?平居无事,指为贤良㉞;一旦有天下之忧,当报国之日,则惶挠脆怯㉟,颠踬窜蹄㊱,乞为囚虏之不暇。此乃缨弁言语之土木耳㊲,又何责其真土木耶?故曰:以今言之,则庶乎神之不足过也。既而为诗,以乱其末㊳:土木其形,窃吾民之酒牲,固无以名㊴;土木其智㊵,窃吾君之禄位,如何可仪㊶!禄位顾顾㊷,酒牲甚微,神之飨也㊸,孰云其非?视吾之碑,知斯文之孔悲㊹!

【注释】

①句谓古时把棺材吊放进墓穴安葬时,需用木板先垫在棺底,系上绳子,才可吊葬。窆(biǎn):入葬。

②书之:在木板上写上文字。

③以降:以下、以后。

④碑之:为他立碑。

⑤句谓失去它名称(碑)的原来含义(悲)了。

⑥直:只是。甿(méng):农民。

⑦无名之土木:指神像。

⑧瓯越:古地区名,指今浙江温州等浙东南一带。事鬼:供奉鬼神。

⑨山椒:山顶。淫祀:滥祀,不合礼制的祭祀。

⑩庙貌:庙中神像。黝(yǒu):黑色。

⑪愿:老实。皙(xī):色白。一作“哲”,聪明。

⑫姥(mǔ):老妇人。

⑬句谓把厅堂造得很宽敞。

⑭句谓把台阶砌得很高。

⑮攒植森拱:树木茂密高耸。

⑯萝茑(niǎo):女萝和茑萝,两种蔓生植物。翳(yì):遮蔽。

⑰鸱鸮(chīxiāo):猫头鹰的一种。室其间:在树上营巢。

⑱均指木偶造型。徒隶:随从的差役。

⑲椎(zhuī)牛:杀牛。

⑳击豕(shǐ):宰猪。

㉑菽(shū):豆的总称。荐:进献。

㉒奠:祭供。

㉓耋(dié):七、八十岁的老人。孺:小孩。栗栗然:害怕而发抖的样子。

㉔适丁:正当。丁,当、遭逢。

㉕两句谓对自己的生存迷惑不解,完全归之于神的意志。

㉖戾(lì):乖张。

㉗庶乎:大概、也许。过:责怪。

㉘两句谓难道不是因为生时能抵御大灾大难,所以才会在死后得到人们的祭供吗?血食:杀牲口来祭祀。

㉙阶级:台阶。

㉚三句谓听音乐,吃美食,乘车骑马。匏(páo):指笙、竽等用葫芦制成的管簧乐器。

㉛两句谓解除百姓倒悬的痛苦,清除百姓的病患。暍(yē):中暑、伤于暴热。

㉜句谓倘有一天的疏忽马虎。与上文"一日懈怠"于供祭相呼应。

㉝两句谓官与神相比,造成的祸害,谁轻谁重?

㉞指:被指称。

㉟恇(kuāng)挠脆怯:昏乱害怕。

㊱颠踬窜踣(bó):跌倒逃窜。

㊲句谓这是戴官帽会说话的泥像木偶罢了。缨弁:礼帽、官帽。

㊳乱:古代乐曲的最后一章称"乱"。这里指碑文最后的"铭"。

㊴句谓本来就没有可称说的。

⑩土木其智：指官吏，谓其才智与泥像木偶相同。与上面"土木其形"(指神像)对举。

㊀可仪：可以效法。

㊁颀颀：指禄厚位高。

㊂飨：享用祭品。

㊃孔：很、甚。

【品评】

碑文的内容通常以铭记功德为主，但这篇《野庙碑》并没有替庙主歌功颂德，而是批判淫祀迷信的陋习，并借题发挥，讥讽封建官吏凶残贪婪、胆小猥琐的卑劣本性。就体裁而言，是一种别开生面的写法。

作者糅合了直陈胸臆和以客映主两种笔法，灵活多变，颇具特色。文章第一部分直截了当地表明自己对野庙及其所反映的淫祀之风的批判态度，悲叹世人为供奉神像而竭尽财力的愚昧行为，指出其可笑可悲之处正在于世人对土木偶像的自作自怖、甘心自愚上。接着宕开一笔，又认为这种不合古法的神像崇拜在当前不值得过分苛责，文势转回，语气趋缓，实则以退为进，引出后文，第一部分成为铺垫性的陪衬之笔。作者在第二部分中处处把贪官污吏比作土木神像，挖苦两者同是尸位素餐、徒有其表，而且着重指出前者为害远甚于神像，其品格志节更为低下。神像为客，官吏为主，映照衬托，类比见义。

此文的讽刺风格是显而易见的。作者用辛辣的笔触揭穿了堂皇冠冕下恶吏庸官的嘴脸，出语尖刻，痛快淋漓，是一篇颇具锋芒的小品文。与此同时，作者还隐藏着强烈的悲哀之感。世人供奉神像而不自悟，是可悲的；供奉官吏而受其淫刑驱使，更是可悲。所以作者以"悲"发端，以又"悲"作结，沉痛愤懑，表现了他对民瘼世弊的深切关心。在晚唐反映吏治腐败的众多诗文中，此文和《书褒城驿壁》都是有代表性的名篇。

王禹偁（954—1001）

字元之，济州巨野（今属山东）人。宋太宗太平兴国时进士。曾任翰林学士、知制诰等官。晚年贬为黄州（治所在今湖北黄冈）知州，故称"王黄州"。其诗文朴素自然，清新流畅，为北宋初年率先反对绮靡文风的著名作家之一。有《小畜集》《小畜外集》。

黄冈竹楼记①

黄冈之地多竹，大者如椽②。竹工破之，刳去其节③，用代陶瓦，比屋皆然④，以其价廉而工省也。

子城西北隅⑤，雉堞圮毁⑥，蓁莽荒秽⑦，因作小楼二间，与月波楼通⑧。远吞山光⑨，平挹江濑⑩，幽阒辽敻⑪，不可具状。夏宜急雨，有瀑布声；冬宜密雪，有碎玉声。宜鼓琴，琴调虚畅；宜咏诗，诗韵清绝；宜围棋，子声丁丁然⑫；宜投壶⑬，矢声铮铮然⑭；皆竹楼之所助也。

公退之暇⑮，披鹤氅⑯，戴华阳巾⑰，手执《周易》一卷，焚香默坐，消遣世虑⑱。江山之外，第见风帆沙鸟⑲、烟云竹树而已。待其酒力醒，茶烟歇，送夕阳，迎素月，亦谪居之胜概也⑳。

彼齐云落星㉑，高则高矣；井幹丽谯㉒，华则华矣，止于贮妓女，藏歌舞㉓，非骚人之事㉔，吾所不取。

吾闻竹工云："竹之为瓦，仅十稔㉕；若重覆之，得二十稔。"噫，吾以至道乙未岁自翰林出滁上㉖，丙申移广陵㉗；丁酉又入西掖㉘，戊戌岁除日有齐安之命㉙，己亥闰三月到郡㉚。四年之间，奔走不暇，未知明年又在何处，岂惧竹楼之易朽乎？幸后之人与

93

我同志^③,嗣而葺之^②。庶斯楼之不朽也。

咸平二年八月十五日记。

【注释】

①黄冈:今属湖北。题一作《黄州新建小竹楼记》。

②椽:放在梁上架屋顶用的木条。

③刳(kū):挖去。

④比屋:家家户户。比:挨着。

⑤子城:指附属于大城的小城,如内城及城门外的套城。

⑥雉堞(dié):城上如齿状的矮墙。圮(pǐ):倒塌。

⑦蓁(zhēn)莽:丛生的树木和草。荒秽(huì):荒凉肮脏。

⑧月波楼:黄冈的一座城楼。也是王禹偁修筑的。

⑨吞:这里指望见。

⑩挹:汲取。这里指望见。濑(lài):沙上的流水。

⑪阒(qù):形容寂静。夐(xiòng):远,辽阔。

⑫子:指棋子。丁丁:象声词。

⑬投壶:古代一种游戏,把箭状的筹棒向长颈壶里投,以投中多少决胜负。

⑭矢:箭。

⑮公退:办完公事回来。

⑯鹤氅(chǎng):用羽毛织成的大衣。

⑰华阳巾:道士所戴的一种头巾。

⑱世虑:世俗的念头。

⑲第:但,只。

⑳胜概:佳境,乐事。

㉑齐云:齐云楼,一名月华楼,唐曹恭王所建,原址在今江苏苏州。落星:落星楼,三国时吴国孙权所建,原址在今江苏南京东北。

㉒井幹:井幹楼,汉武帝所彻所建,原址在今陕西西安。丽谯:丽谯楼,魏武帝曹操所建。

㉓歌舞:指能歌善舞者。

㉔骚人:诗人。

㉕十稔(rěn):十年。

㉖至道乙未:公元九九五年。是年,王禹偁贬为滁州(治所在今安徽滁州)知州。至道,宋太宗的年号。出:贬往。

㉗丙申:公元996年。是年王禹偁调任扬州(今属江苏)知州。广陵:古郡名,治所在今江苏扬州。

㉘丁酉:公元997年。是年王禹偁在中书省任知制诰。西掖:中央最高行政机关中书省的别称。

㉙戊戌:公元998年。岁除日:除夕。齐安:古郡名,即指黄州。是年,王禹偁因编写《太祖实录》,直书史事,为宰相所不满,被贬为黄州知州。

㉚己亥:即咸平二年,公元999年。咸平,宋真宗的年号。

㉛同志:志同道合的人。

㉜嗣(sì):继续。葺(qì):修理。

【品评】

本文先通过状写竹楼上的景致与活动,来表达作者贬谪后随缘自适、游于物外的思想。与这样的主题相呼应,作者笔致轻灵萧疏,以竹楼所闻的声响为线索,串连了夏雨、冬雪等自然现象和鼓琴、咏诗、围棋、投壶等人事活动,层层排比,着力渲染,写出了一个幽邃清隽的境界。接着,道士装束的主人公飘然出现,焚香默坐,与天地风月为友,一派仙风道骨。人与景翕然相契,达到物我两忘的境地。

但事实上,作者并没有忘怀"世虑",在表面的平静中,读者仍能隐隐感觉到他的激愤和不平。文章最后一段,不惮辞繁地追叙四年中数次迁降的经历,旨在比较竹楼易坏而其任期更短。一句"未知明年又在何处",感叹仕途的险恶莫测,既回结到竹楼,又抒发了自己政治上的失意感。全文明写谪居之乐,暗吐不平之气,由喜转悲,妙在含而不露。

范仲淹(989—1052)

字希文,苏州吴县(今江苏苏州)人。幼年刻苦好学。宋真宗大中祥符时进士。历任右司谏、吏部员外郎、枢密副使、参知政事等职。他是北宋著名政治家,力主改革弊政、加强战备,坚决抵御外族的侵扰,是"庆历新政"的代表人物之一。能词,善写塞上风光。有《范文正公集》。

岳 阳 楼 记①

庆历四年春②,滕子京谪守巴陵郡③。越明年④,政通人和⑤,百废具兴⑥,乃重修岳阳楼,增其旧制⑦,刻唐贤今人诗赋于其上,属予作文以记之⑧。

予观夫巴陵胜状⑨,在洞庭一湖。衔远山,吞长江,浩浩汤汤⑩,横无际涯;朝晖夕阴⑪,气象万千,此则岳阳楼之大观也。前人之述备矣⑫。然则北通巫峡⑬,南极潇湘⑭,迁客骚人⑮,多会于此,览物之情,得无异乎!

若夫霪雨霏霏⑯,连月不开⑰,阴风怒号,浊浪排空,日星隐耀⑱,山岳潜形⑲,商旅不行,樯倾楫摧⑳,薄暮冥冥,虎啸猿啼。登斯楼也,则有去国怀乡㉑,忧谗畏讥㉒,满目萧然㉓,感极而悲者矣。

至若春和景明㉔,波澜不惊㉕,上下天光,一碧万顷㉖,沙鸥翔集㉗,锦鳞游泳㉘,岸芷汀兰㉙,郁郁青青㉚。而或长烟一空,皓月千里,浮光跃金㉛,静影沉璧㉜,渔歌互答,此乐何极?登斯楼也,则有心旷神怡,宠辱皆忘,把酒临风,其喜洋洋者矣。

嗟夫！予尝求古仁人之心^㉝，或异二者之为^㉞，何哉？不以物喜，不以己悲。居庙堂之高^㉟，则忧其民；处江湖之远，则忧其君。是进亦忧，退亦忧。然则何时而乐乎？其必曰：先天下之忧而忧，后天下之乐而乐耶？噫，微斯人^㊱，吾谁与归！

时六年九月十五日^㊲。

【注释】

①岳阳楼在今湖南岳阳市西，面临洞庭湖。

②庆历四年：公元 1044 年。庆历：宋仁宗的年号。

③滕子京：名宗谅，河南（今河南洛阳）人。与范仲淹同年举进士。此次因受人诬告遭贬。守：任州郡的长官。巴陵郡：古郡名，治所在今湖南岳阳。

④越明年：到第二年。

⑤政通人和：政令通行，百姓和乐。

⑥百废具兴：一切废弛之事都兴办起来。

⑦增：扩建。旧制：原来的规模。

⑧属：同"嘱"。

⑨胜状：美景。

⑩浩浩汤(shāng)汤：形容水势盛大。

⑪朝晖夕阴：早晨的阳光和傍晚的昏暗，泛指一天中天气的变化。

⑫备：详尽。

⑬巫峡：长江三峡之一，在今湖北巴东西。

⑭极：远通。潇湘：潇水、湘水，潇水流入湘水后，又北入洞庭湖。

⑮迁客：贬职外调的官吏。骚人：诗人。

⑯霪(yín)雨：连绵不断的雨。霏霏：雨雪很盛的样子。

⑰不开：不放晴。

⑱隐耀：隐没了光辉。

⑲潜形：掩藏起形象。

⑳樯：船桅。楫(jí)：船桨。摧：断。

㉑去国：离开京城。

㉒忧谗畏讥：担心害怕受到诽谤讥笑。

㉓萧然：萧条凄凉的样子。

㉔春和景明：春天和暖，阳光明媚。

㉕不惊：平静。

㉖万顷：形容水面宽阔。顷：面积单位，一百亩为一顷。

㉗翔集：有时飞翔，有时停下聚集。

㉘锦鳞：鱼的代称。

㉙芷：一种香草。汀：小洲或岸边平地。

㉚郁郁：形容香气很浓。

㉛浮光跃金：浮动着的波光，像金子那样耀眼。

㉜静影沉璧：静静的月影映在水中，犹如白玉沉在水底。

㉝求：探求。仁人：泛指德行高尚的人。

㉞句谓也许不同于上述两种心情。

㉟庙堂：代指朝廷。

㊱微：若不是。斯：这种。

㊲六年：庆历六年，公元 1046 年。

【品评】

本文是作者应友人滕子京之请而作。滕时贬知岳州，而作者亦谪居邓州，均属"迁客"。清人余诚云：此篇"通体俱在谪守上着笔"，提出了从"贬谪"来解读本文的视角。贬谪文学所表现的心态往往是复杂矛盾的，作者们常在愤懑之余，徘徊于超世和用世之间，重新思考自己的人生观、价值观。有的油然流露对退守独善、洒然尘外生活的向往；而范氏此篇则属贬谪文学中的另一类。文章既有忧谗畏讥的痛苦郁愤，也抒发了忘怀人事的出世之想，但占主导的是一种强烈的责任心和自觉的使命感，作者的忧国忧民之心仍一如既往。

贬谪文学在文体上有一特点，即往往与山水亭阁记相结合，寓情于景，通过细腻独到的写景，来一吐心中之块垒。文中的两段写景，虽是拟想之辞,但用语凝练,形象鲜明,如在眼前;又兼属对精工,音节铿锵,琅琅上口,历来为人所乐诵,艺术上达到很高水平。同时,这两段描写围绕着对"悲喜—忧乐"的认识,与全文的主题有机地联系起来了。景物的一阴一晴,逗引出心情的一悲一喜,这时的悲喜是局限于一己一身的。而作者却扬弃了这种悲喜观,提出"不以物喜,不以己悲"的一种超越个人利害的悲喜观,并进一步伸发为"先天下之忧而忧,后天下之乐而乐"的忧乐观,展示了这位古代正直政治家坚定不移的信念和宏大的胸襟。写景抒怀两相得宜。

欧阳修（1007—1072）

字永叔，号醉翁、六一居士，吉州永丰（今属江西）人。宋仁宗天圣时进士。庆历五年，因支持"庆历新政"，被贬为滁州（治所在今安徽滁州）知州。后起复，任翰林学士、史馆修撰，官至枢密副使、参知政事。晚年退隐颍州（治所在今安徽阜阳）。他在散文、诗、词各方面均卓有成就，领导了北宋诗文革新运动，是当时公认的文坛领袖。其文晓畅自然而又摇曳生姿，特饶情致，形成独有的"六一风神"。有《欧阳文忠公集》。

五代史伶官传序①

呜呼，盛衰之理，虽曰天命，岂非人事哉！原庄宗之所以得天下②，与其所以失之者，可以知之矣。

世言晋王之将终也③，以三矢赐庄宗而告之曰④："梁，吾仇也⑤；燕王吾所立⑥，契丹与吾约为兄弟⑦，而皆背晋以归梁。此三者，吾遗恨也。与尔三矢，尔其无忘乃父之志⑧！"庄宗受而藏之于庙。其后用兵，则遣从事以一少牢告庙⑨，请其矢，盛以锦囊，负而前驱，及凯旋而纳之⑩。

方其系燕父子以组⑪，函梁君臣之首⑫，入于太庙，还矢先王而告以成功，其意气之盛，可谓壮哉！及仇雠已灭⑬，天下已定，一夫夜呼，乱者四应，苍皇东出，未及见贼而士卒离散，君臣相顾，不知所归。至于誓天断发，泣下沾襟，何其衰也⑭！岂得之难而失之易欤？抑本其成败之迹而皆自于人欤⑮？

《书》曰："满招损，谦得益⑯。"忧劳可以兴国，逸豫可以亡身⑰，自然之理也。故方其盛也，举天下之豪杰莫能与之争；及其衰也，数十伶人困之，而身死国灭，为天下笑⑱。夫祸患常积于忽微⑲，而智勇多困于所溺⑳，岂独伶人也哉！作《伶官传》。

【注释】

①《五代史》：指欧阳修等编撰的《新五代史》，区别于薛居正等编撰的《旧五代史》。伶官：宫廷中的乐官。传序：史传之前评述其所记人物、事件的议论文字。

②原：推究。庄宗：后唐庄宗李存勖(xù)，西突厥沙陀族人。原姓朱邪，其祖父归唐后，赐姓李。

③晋王：指李存勖之父李克用，曾被李唐王朝封为晋王。

④矢：箭。

⑤梁：指后梁太祖朱温。唐末，朱温乘乱自立，建立后梁。他曾企图谋害李克用，因而结下私仇。

⑥燕王：指燕刘守光之父刘仁恭。刘仁恭曾借助李克用之力，得以任卢龙节度使，但后来拒绝李克用的征兵要求，发生武装冲突。他战胜李克用后，依附于后梁。

⑦公元907年，李克用曾与契丹首领耶律阿保机拜为兄弟，结成军事同盟，约定联合攻梁。后阿保机背约投向后梁。

⑧乃父：你的父亲。

⑨从事：官名，这里泛指一般的幕僚随从。少牢：古代祭祀时，牛、羊、豕(猪)三样祭品皆备，称"太牢"；只有羊、豕，称"少牢"。告：祷告。

⑩纳：收放好。

⑪公元913年，李存勖部将打败刘守光，活捉刘仁恭、守光父子，押送回太原。系：捆绑。组：丝带丝绳，这里泛指绳索。

⑫公元923年，李存勖领兵攻梁，梁末帝为免死于仇人之手，令部将皇甫麟杀死自己。皇甫麟随后自刎。函：用木匣子装。

⑬仇雠(chóu)：仇敌。

⑭公元926年，邺都(今河北临漳)发生兵变，邢州(治所在今河北邢

台)、沧州(治所在今河北沧州)驻军相继作乱。李存勖派李嗣源前往镇压,不料李嗣源反被其部下推为皇帝,联合邺都乱兵向京城洛阳进军。李存勖仓皇进兵汴京,又被迫折回。归途中士兵叛逃近半,随从的百余位部将断发向天立誓,表示忠于后唐,君臣相对大哭。

⑮抑:或。本:考察原因。自:由于。

⑯此语出《尚书·大禹谟》,文字稍异。

⑰逸豫:安乐。

⑱李存勖灭梁后纵情声色,宠信乐工宦官。李嗣源兵反,乐官郭从谦作乱,李存勖中流矢而死。

⑲忽微:指细小的事情。

⑳所溺:所溺爱的人或事物。

【品评】

作为正史传序,本文目的是推究史实,得出带有普遍意义的历史教训。作者开宗明义,指出朝代盛衰主要由人事所决定。文章不从伶官误国作论,而是从后唐庄宗溺于所爱导致亡国入手,通过庄宗的兴亡过程,揭示出"忧劳可以兴国,逸豫可以亡身"的道理。文短而有力,语少而富有感情,即使在议论文中,也保持着作者特有的风格。一是平易近人,不作空论。在展开议论前,先有一大段详略有致的叙事,用繁笔强调庄宗兴起时的兢兢业业,又用简笔突出了他衰亡的迅忽,在得难失易的强烈对比中,顺势引发议论。而在议论中,或引用书证,或再次结合史实,立论扎实稳健,异乎那种雄辩滔滔、凌厉逼人的作派。二是富有情韵,讲究一唱三叹的艺术风味。全文穿插地运用反问句、感叹句,加强抒情性;同时极写盛时的英豪和乱时的衰颓,反复对勘,忽昂忽低,波澜起伏。因此在尺幅短章中,"有萦回无尽之意"(李扶九语)。

秋 声 赋

欧阳子方夜读书①,闻有声自西南来者,悚然而听之②,曰:

异哉！初淅沥以萧飒③，忽奔腾而砰湃④，如波涛夜惊，风雨骤至。其触于物也，铿铿铮铮⑤，金铁皆鸣。又如赴敌之兵，衔枚疾走⑥，不闻号令，但闻人马之行声。余谓童子："此何声也？汝出视之。"童子曰："星月皎洁，明河在天⑦，四无人声，声在树间。"

余曰："噫嘻，悲哉！此秋声也！胡为而来哉？"盖夫秋之为状也，其色惨淡，烟霏云敛⑧；其容清明，天高日晶⑨；其气栗冽⑩，砭人肌骨⑪；其意萧条，山川寂寥。故其为声也，凄凄切切，呼号愤发。丰草绿缛而争茂⑫，佳木葱茏而可悦⑬，草拂之而色变，木遭之而叶脱。其所以摧败零落者，乃其一气之余烈⑭。夫秋，刑官也⑮，于时为阴⑯。又兵象也⑰，于行用金⑱，是谓天地之义气⑲，常以肃杀而为心。天之于物，春生秋实。故其在乐也，商声主西方之音⑳，夷则为七月之律㉑。商，伤也，物既老而悲伤；夷，戮也，物过盛而当杀。

"嗟夫！草木无情，有时飘零。人为动物，惟物之灵㉒。百忧感其心，万事劳其形，有动于中，必摇其精㉓。而况思其力之所不及，忧其智之所不能，宜其渥然丹者为槁木㉔，黟然黑者为星星㉕。奈何以非金石之质，欲与草木而争荣？念谁为之戕贼㉖，亦何恨乎秋声！"

童子莫对，垂头而睡，但闻四壁虫声唧唧，如助余之叹息。

【注释】

①欧阳子：作者自称。

②悚(sǒng)然：吃惊的样子。

③淅沥(xīlì)：雨声。萧飒：风声。

④砰湃：波涛声。

⑤钑钑铮铮:金属相击声。

⑥衔枚:古代行军时,士兵口中横衔一种筷形小棒,防止出声。

⑦明河:指天上的银河。

⑧句谓烟云纷飞密集。霏:纷飞。"霏"字本训,兼有"甚"(盛、密)和"飞"二义。

⑨日晶:阳光灿烂。

⑩栗冽:寒冷。

⑪砭(biān):刺。

⑫缛:丰茂。

⑬葱茏:草木青翠茂盛的样子。

⑭余烈:余威。

⑮句指上古设官,以四时为名,掌管刑法的司寇为秋官。

⑯古人以春夏为阳、秋冬为阴。

⑰古时以秋季为征伐之时。

⑱古人认为四季的变化是五行"相生"的结果,并把五行分配于四季,秋属金。行,五行,金、木、水、火、土。

⑲《礼记·乡饮酒义第四十五》谓:天地肃杀之气,始于西南方,至西北方时达到极盛,这是"天地之义气"。古时把四季与方位相配,由西南方至西北方,正是秋的方位。天地之义气,指刚正之气。

⑳古时五声与四季、方位相配,角属春、东方,徵(zhǐ)属夏、南方,商属秋、西方,羽属冬、北方,宫属中央。

㉑夷则:十二律之一。律:本来是正音的器具。古人把十二律配于十二月,以占气候。夷则配七月。

㉒句谓为万物之灵。

㉓精:精神。

㉔渥然丹者:指容貌红润,喻年轻力壮。渥然:滋润。槁(gǎo)木:朽木,喻衰老。

㉕黟然黑者:形容头发乌黑。黟然:黑貌。星星:形容头发斑白。

㉖戕(qiāng)贼:伤害。

【品评】

　　自宋玉《九辩》始,悲秋就成为古代作品中的一个传统主题,经过历代文人的摹写,秋色与萧瑟,秋意与悲哀,已积淀为一种固定的联想。而这篇写秋声的作品,立意较新,以悲秋起笔,而以摒弃悲意作结。在作者看来,秋气摧败了无情的草木,但有情的人类之所以衰颓主要因为人自身的思智忧劳过度,秋无关乎人事的盛衰。作者由此发挥了老庄哲学中清心寡欲、知足保和的养身之道,这其中也包含了作者深刻的人生体验和感慨。当然,作者的这层翻转不够有力,对悲哀的超解也显得匆忙单弱,掩盖不住弥漫全文的悲意。

　　此赋为宋代散文赋的代表。它运用散文的笔意笔调,保持了传统赋的铺叙对偶、词藻华美和讲究音律的特点,从而成为一种非赋非文、亦赋亦文的新体裁。文中或用三四个形象化的比喻,或以秋色、秋容、秋气、秋意作铺垫,把无形无状的秋声渲染得似乎倾耳可闻,同时赋予无情无感的秋声以凄切肃烈的品格。作者对于秋声的高超艺术描绘,正是此赋成功的重要因素。

泷 冈 阡 表①

　　呜呼!惟我皇考崇公卜吉于泷冈之六十年②,其子修始克表于其阡③,非敢缓也,盖有待也④。

　　修不幸,生四岁而孤⑤。太夫人守节自誓⑥,居穷⑦,自力于衣食,以长以教⑧,俾至于成人⑨。太夫人告之曰:"汝父为吏廉,而好施与⑩,喜宾客,其俸禄虽薄,常不使有余,曰:'毋以是为我累⑪',故其亡也,无一瓦之覆,一垄之植⑫,以庇而为生。吾何恃而能自守邪⑬?吾于汝父,知其一二,以有待于汝也。自吾为汝家妇,不及事吾姑⑭,然知汝父之能养也⑮;汝孤而幼,吾不能知汝之必有立⑯，然知汝父之必将有后也。吾之始归也⑰，汝父免于母丧方逾年⑱，岁时祭祀，则必涕泣曰：'祭而丰不如养之薄也。'间御酒食⑲，则又涕泣曰：'昔常不足而今有余，其何及也⑳！'吾始一二见之，以为新免于丧适然耳㉑。既而其后常然，至其终身未尝不然。吾虽不及事姑，而以此知汝父之能养也。汝父为吏，尝夜烛治官书㉒，屡废而叹㉓。吾问之，则曰：'此死狱也㉔，我求其生不得尔。'吾曰：'生可求乎？'曰：'求其生而不得，则死者与我皆无恨也，矧求而有得邪㉕？以其有得，则知不求而死者有恨也。夫常求其生犹失之死，而世常求其死也。'回顾乳者剑汝而立于旁㉖，因指而叹曰：'术者谓我岁行在戌将死㉗，使其言然，吾不及见儿之立也，后当以我语告之。'其平居教他子弟㉘，常用此语，吾耳熟焉，故能详也。其施于外事㉙，吾不能知；其居于家无所矜饰㉚，而所为如此，是真发于中者邪㉛。呜呼！其心厚于仁者邪，此吾知汝父之必将有后也。汝其勉之！夫养不必丰，要于孝㉜；利虽不得博于物㉝，要其心之厚于仁。吾不能教汝，此汝父之志也。"修泣而志之，不敢忘。

先公少孤力学㉞，咸平三年㉟，进士及第，为道州判官㊱，泗、绵二州推官㊲，又为泰州判官㊳。享年五十有九，葬沙溪之泷冈㊴。太夫人姓郑氏，考讳德仪㊵，世为江南名族。太夫人恭俭仁爱而有礼，初封福昌县太君㊶，进封乐安、安康、彭城三郡太君㊷。自其家少微时㊸，治其家以俭约，其后常不使过之㊹，曰："吾儿不能苟合于世，俭薄所以居患难也。"其后修贬夷陵㊺，太夫人言笑自若，曰："汝家故贫贱也，吾处之有素矣，汝能安之，吾亦安矣。"

自先公之亡二十年，修始得禄而养㊻。又十有二年，列官于朝，始得赠封其亲㊼。又十年，修为龙图阁直学士、尚书吏部郎中,留守南京[48],太夫人以疾终于官舍[49],享年七十有二。又八年,修以非才,入副枢密[50],遂参政事[51]。又七年而罢[52]。自登二府[53],天子推恩,褒其三世[54],故自嘉祐以来,逢国大庆,必加宠锡[55]。皇曾祖府君累赠金紫光禄大夫、太师、中书令[56]。曾祖妣累封楚国太夫人[57]。皇祖府君累赠金紫光禄大夫、太师、中书令兼尚书令[58]。祖妣累封吴国太夫人。皇考崇公累赠金紫光禄大夫、太师、中书令兼尚书令。皇妣累封越国太夫人。今上初郊[59],皇考赐爵为崇国公,太夫人进号魏国。

于是小子修泣而言曰:"呜呼!为善无不报,而迟速有时,此理之常也。惟我祖考,积善成德,宜享其隆,虽不克有于其躬[60],而赐爵受封,显荣褒大,实有三朝之锡命[61]。是足以表见于后世,而庇赖其子孙矣。"乃列其世谱,具刻于碑。既又载我皇考崇公之遗训,太夫人之所以教而有待于修者,并揭于阡,俾知夫小子修之德薄能鲜[62],遭时窃位[63],而幸全大节不辱其先者,其来有自。

熙宁三年岁次庚戌四月辛酉朔十有五日乙亥[64],男推诚保德崇仁翊戴功臣、观文殿学士、特进、行兵部尚书、知青州军州事兼管内劝农使、充京东东路安抚使、上柱国、乐安郡开国公,食邑四千三百户、食实封一千二百户修表[65]。

【注释】

①泷冈:在今江西永丰南凤凰山。作者之父欧阳观墓葬于此。阡表:立于墓道的碑文。阡:墓道。

②皇考:对死去父亲的尊称。元朝以后为皇帝亡父的专称。皇:美显的意思。考:旧称死去的父亲。崇公:欧阳观,字仲宾,封崇国公。卜吉:占卜以择吉地。六十年:欧阳观葬于宋真宗大中祥符四年(1011),此表作于宋神宗熙宁三年(1070),相距六十年。

③克:能。

④有待:有所期待。

⑤孤:古时以年幼无父为孤。

⑥太夫人:指欧阳修之母郑氏。守节:守寡。

⑦句谓处境贫困。

⑧句谓扶养我,教育我。长,音掌。

⑨俾(bǐ):使得。

⑩施与:布施、周济。

⑪句谓不要因为钱财而连累我的清名。

⑫这两句指没有宅舍和田产。垅:田埂。

⑬恃:依靠。

⑭姑:婆婆。

⑮养:侍养上辈。

⑯有立:有成就。

⑰归:女子出嫁。

⑱免于母丧:指结束三年守母丧之期。逾年:过了一年。

⑲间:有时。御:用。

⑳句谓已来不及用丰盛的酒食来侍奉母亲。

㉑句谓以为新近免除丧服偶然如此罢了。适然:偶然。

㉒治:处理。官书:官家文书,这里指判案的文书档案。

㉓废:放下。

㉔死狱:该判死罪的案子。

㉕矧(shěn):况且。

㉖乳者:奶妈。剑:原义为挟在胁下,这里是抱的意思。

㉗术者:算命的人。岁行在戌:岁星正值戌年。岁星即木星,约十二年运行一周天。古人以十二地支配十天干来纪年,但习惯上只重视地支。

㉘他子弟:指同族的子侄后辈。

㉙施:施为,作为。

㉚矜饰:夸耀、掩饰。

㉛中：内心。

㉜要：关键。

㉝利：施利。

㉞先公：对亡父的尊称。

㉟成平三年：公元 1000 年。成平，宋真宗的年号（998—1003）。

㊱道州：治所在今湖南道县。判官：州郡长官僚属，掌管文书。

㊲泗：泗州，治所在今江苏盱眙东北。绵：绵州，治所在今四川绵阳。推官：州郡长官的僚属，掌管刑狱事务。

㊳泰州：治所在今江苏泰县。

㊴沙溪：在今江西永丰南凤凰山北，作者家乡。

㊵指郑氏之父名叫德仪。讳：表示不敢直称尊长的名。

㊶福昌：县名，在今河南宜阳西。县太君：宋朝制度，按官员的不同等级，其母可分别封为国太夫人、郡太夫人、郡太君、县太君等等。

㊷乐安：古郡名，治所在今山东博兴县西南。安康：古郡名，治所在今陕西汉阴西。彭城：古郡名，在今江苏徐州。

㊸少微：指家境贫寒。

㊹过之：花费过多。

㊺宋仁宗景祐三年（1036），范仲淹遭贬，欧阳修为之抗争，亦被贬为夷陵（今湖北宜昌）县令。

㊻宋仁宗天圣八年（1030），欧阳修进士及第，始授官食禄。

㊼宋仁宗庆历元年（1041）十一月，举行祭天大典，欧阳修被加官为"骑都尉"。祭天时，皇帝通常封臣僚及其亲属赐爵赠封，文中所说"赠封其亲"，可能就在这时。

㊽宋仁宗皇祐二年（1050），欧阳修以龙图阁直学士、吏部郎中任应天府知府兼南京留守。龙图阁，宋朝收藏图书典籍的馆阁之一，设有学士、直学士、待制、直阁等官。尚书吏部郎中，宋制吏部属尚书省，下设郎中四人，分管各司。留守南京，宋朝除以首都开封府（今河南开封）为东京外，又以河南府（今河南洛阳）为西京，以应天府（今河南商丘）为南京，以大名府（今河北大名）为北京，各置留守一人为行政长官，由知府兼任。

㊾郑氏死于宋仁宗皇祐四年(1052)。

㊿宋仁宗嘉祐五年(1060),欧阳修任枢密副使。副:作动词。枢密:枢密使,最高军事长官。

�51欧阳修在嘉祐六年(1061)任参知政事。参知政事:副宰相。

52宋英宗治平四年(1067)欧阳修罢任参知政事,出知亳州(治所在今安徽亳县)。

53二府:指枢密院和中书省。

54句指对其曾祖、祖、父三世都予赠封。

55加宠锡:指加官晋爵。锡:同"赐"。

56府君:旧时子弟对其男性先世的尊称。金紫光禄大夫:汉时置光禄大夫,供皇帝咨询和议论朝政,魏晋以后,有加金印紫绶,故称。宋时为正三品散官,无实职。太师:周置的宰辅之官。宋时为褒赠之官,无实职。中书令:中书省长官。宋时为褒赠之官。

57曾祖妣:曾祖母。妣:旧称死去的母亲。

58尚书令:尚书省长官,宋时为褒赠之官。

59今上:指宋神宗赵顼。初郊:指皇帝登基后首次举行祭天大典。

60躬:身体,引申为自身。

61三朝:指宋仁宗、英宗、神宗三朝。锡命:赐予宠命。

62鲜:少。

63遭时:生逢其时。窃位:自谦才不副其官位。

64句谓作表时间是熙宁三年四月十五日,即公元1070年5月27日。辛酉朔:指该月初一的干支属辛酉。朔:初一日。十有五日乙亥,指该月十五日的干支属乙亥。

65推诚保德崇仁翊戴功臣:宋朝以"功臣"名号赐给臣僚,前面加一些褒扬的字。观文殿学士:宋宫殿名,设大学士、学士等官,作为授予宰执大臣的荣誉称号。特进:汉置,授予有特殊地位的列侯,宋时仅作表示官级的散官。行:兼职。兵部尚书:本为掌管全国军队的中央机构的长官,宋时仅为虚官。知青州军州事:宋朝朝臣外任知州,称"权知军州事",掌管一州军政、民政。青州:治所在今山东青州。内劝农使:官名,掌管劝励农事,通常由知州兼职。京东东路:宋时大行政区名,辖管今山东中部、东部一带,治所在青州。安抚使:一路的长官,常以知州兼任。上柱国:宋朝最高一级的勋官。开国公:宋朝第六级爵位。食邑:指征取封地内民户所交的赋税。食实封:指实封的食邑。宋时食邑、食实封均为荣誉性的品级,无实际收入。

【品评】

这是欧阳修为其亡父精心构撰的一篇墓表。墓表的内容不外乎追怀逝者功德,抒发自己的悼念之情,本篇亦不例外。它以回环往复、含而不迫的行文风格,写出一篇感人肺腑的至情之文。

全文突出一个"有待",并糅合转述、侧写、虚写等手法,使题意层层展现,委婉见情。"有待"反复出现了三次。篇首的"有待",交待了迟迟不作墓表的原因。中间的"有待",揭出了母亲对自己的期望,衬出父亲的仁孝;而母亲对父亲的了解和对儿子的期待,又见出母亲的品德志节;同时,先人的仁德将应于己身,这又放入自己。"有待"是先人与自己关系的连结点,也就成了作者感情的出发点,由此而发的种种追怀之思、颂扬之意,显得自然而又厚实。结尾处历数一家人所受的朝廷赏封和自己的官职,表示"有待"的结果,进一步赞美先人的仁德。"有待"不仅在题意上起到一笔多意的效用,而且在结构上造成了首尾的遥相呼应,文脉的贯通流畅。可见"有待"是理解全文的钥匙。

本文在细节处理上也颇见功力。作者笔致朴素,情景如绘,使读者于琐琐屑屑之中不但看出人物性格,还能真切感受到作者的悲悼之情。作者选择了能反映人物精神面貌的典型事件,生动形象,一扫碑传文中常见的平铺直叙、质木乏味之弊。比如欧阳观祭祀及用餐时的思母,体现了他的孝诚;判决死狱时的斟酌再三,则体现了他的审慎和一定的人道观念。故这种添毫传神的细节描写常为后人所推赏。

醉翁亭记①

环滁皆山也。其西南诸峰,林壑尤美②,望之蔚然而深秀者③,琅琊也④。山行六七里,渐闻水声潺潺⑤,而泻出于两峰之间者,让泉也。峰回路转,有亭翼然临于泉上者⑥,醉翁亭也。作亭者谁?山之僧曰智仙也。名之者谁?太守自谓也⑦。太守与客来饮于此,饮少辄醉,而年又最高,故自号曰醉翁也。醉翁之意不在酒,在乎山水之间也。山水之乐,得之心而寓之酒也。

若夫日出而林霏开⑧,云归而岩穴暝⑨,晦明变化者,山间之朝暮也。野芳发而幽香⑩,佳木秀而繁阴⑪,风霜高洁⑫,水落而石出者,山间之四时也。朝而往,暮而归,四时之景不同,而乐亦无穷也。

至于负者歌于涂⑬,行者休于树,前者呼,后者应,伛偻提携⑭,往来而不绝者,滁人游也。临溪而渔,溪深而鱼肥,酿泉为酒,泉香而酒洌⑮,山肴野蔌⑯,杂然而前陈者,太守宴也。宴酣之乐,非丝非竹⑰,射者中⑱,弈者胜⑲,觥筹交错⑳,起坐而喧哗者,众宾欢也。苍颜白发,颓然乎其间者㉑,太守醉也。

已而夕阳在山㉒,人影散乱,太守归而宾客从也。树林阴翳㉓,鸣声上下,游人去而禽鸟乐也。然而禽鸟知山林之乐,而不知人之乐;人知从太守游而乐,而不知太守之乐其乐也㉔。醉能同其乐,醒能述以文者,太守也。太守谓谁?庐陵欧阳修也㉕。

【注释】

①醉翁亭:在安徽滁州西南七里。当时作者贬为滁州知州。

②壑(hè):山谷。

③蔚然:草木茂盛的样子。

④琅琊:琅琊山,在滁州西南十里。

⑤潺潺:水流的声音。

⑥翼然:鸟儿展翅欲飞的样子。

⑦太守:汉代太守相当于宋时知州,故作者用于自称。

⑧霏:雾气。

⑨云归:指云烟聚集。归:原指云回到山中。暝(míng):昏暗。

⑩芳:花。

⑪秀:苗长。阴:树阴。

⑫句谓秋高气爽,霜色洁白。

⑬涂:同"途"。

⑭伛偻(yǔlǚ):俯身躬背的样子,形容老年人的样子。提携:挽着手走,指小孩。

⑮洌:清凉。

⑯山肴:野味。蔌(sù):蔬菜。

⑰丝、竹:弦乐器和管乐器。这里代指音乐。

⑱射:这里即指投壶游戏,用箭状筹棒去投长颈的壶,以投中多少决胜负。

⑲弈(yì):下围棋。

⑳觥(gōng):酒器。筹:这里指酒筹,用来行酒令或饮酒计数的签子。

㉑颓然:酒后昏沉欲倒的样子。其中:指在诸位宾客中间。

㉒已而:过后。

㉓翳(yì):遮蔽。

㉔句谓人们不知道太守是因为众人快乐而快乐。

㉕庐陵:今江西吉安。这是欧阳修的祖籍。

【品评】

本文以点题自然,不着痕迹,为人所称道。但这种"自然"的效果,却是作者精心构筑而成的。从开头交代醉翁亭的环境位置,一直到山中四季景物的描写,似乎信笔所至、散漫无章,而实际上,却以"乐"为文眼,由山水之乐而及滁人游山之乐,从侧面衬出作者的为政有方;最后推进到作者的乐民之乐,表达了"与民同乐"的思想。全文句句记山水,又句句写亭,句句归结到自身,"点染穿插,布置呼应,各极自然之妙"(林云铭语)。

本文在句法上也很有特色:第一,骈偶句的大量运用,但又长短错落而不呆板,并夹有散句,形成似骈非骈、似散非散的风格,为"文家之创调"(吴楚材语)。第二,全篇都是陈述句,以二十一个"也"字作句尾,使文章的节奏纡徐圆畅,形成一种别致的吟咏句调。加上注意字音、节奏的调配,故此文特别宜于朗诵。

另外,作者字斟句酌,言简意赅。据说,首句"环滁皆山也",原稿先用了几十个字来表述这层意思,最后才改定成这五字,可见作者语言上锤炼工夫之深。

与高司谏书①

修顿首再拜白司谏足下②。某年十七时,家随州③,见天圣二年进士及第榜④,始识足下姓名。是时予年少,未与人接⑤,又居远方,但闻今宋舍人兄弟与叶道卿、郑天休数人者,以文学大有名⑥,号称得人⑦。而足下厕其间⑧,独无卓卓可道说者⑨,予固疑足下不知何如人也。

其后更十一年,予再至京师⑩,足下已为御史里行⑪,然犹未暇一识足下之面,但时时于予友尹师鲁问足下之贤否⑫。而师鲁说足下正直有学问,君子人也,予犹疑之。夫正直者,不可屈曲⑬;有学问者,必能辨是非。以不可屈之节,有能辨是非之明,又为言事之官⑭,而俯仰默默⑮,无异众人,是果贤者耶?此不得使予之不疑也。

自足下为谏官来,始得相识,侃然正色⑯,论前世事历历可听⑰,褒贬是非无一谬说。噫!持此辩以示人,孰不爱之⑱?虽予亦疑足下真君子也⑲。

是予自闻足下之名及相识，凡十有四年，而三疑之。今者，推其实迹而较之^⑳，然后决知足下非君子也^㉑。

前日范希文贬官后^㉒，与足下相见于安道家^㉓，足下诋诮希文为人。予始闻之，疑是戏言；及见师鲁，亦说足下深非希文所为，然后其疑遂决^㉔。希文平生刚正，好学通古今，其立朝有本末^㉕，天下所共知，今又以言事触宰相得罪^㉖。足下既不能为辨其非辜^㉗，又畏有识者之责己，遂随而诋之，以为当黜，是可怪也！

夫人之性，刚果懦软禀之于天^㉘，不可勉强，虽圣人亦不以不能责人之必能^㉙。今足下家有老母，身惜官位，惧饥寒而顾利禄，不敢一忤宰相以近刑祸^㉚，此乃庸人之常情，不过作一不才谏官尔^㉛，虽朝廷君子，亦将闵足下之不能^㉜，而不责以必能也。今乃不然，反昂然自得，了无愧畏，便毁其贤以为当黜^㉝，庶乎饰己不言之过^㉞。夫力所不敢为，乃愚者之不逮；以智文其过，此君子之贼也^㉟。

且希文果不贤邪？自三四年来，从大理寺丞至前行员外郎^㊱，作待制日^㊲，日备顾问，今班行中无与比者^㊳。是天子骤用不贤之人^㊴？夫使天子待不贤以为贤，是聪明有所未尽^㊵。足下身为司谏，乃耳目之官，当其骤用时，何不一为天子辨其不贤，反默默无一语，待其自败，然后随而非之？若果贤邪，则今日天子与宰相以忤意逐贤人，足下不得不言。是则足下以希文为贤，亦不免责；以为不贤，亦不免责。大抵罪在默默尔。

昔汉杀萧望之与王章^㊶，计其当时之议^㊷，必不肯明言杀贤者也；必以石显、王凤为忠臣，望之与章为不贤而被罪也。今足下视石显、王凤果忠邪，望之与章果不贤邪？当时亦有谏臣，必不肯自言畏祸而不谏，亦必曰当诛而不足谏也。今足下视之，果当诛邪？是直可欺当时之人，而不可欺后世也。今足下又欲欺今人，而不惧后世之不可欺邪？况今之人未可欺也。

伏以今皇帝即位已来㊸，进用谏臣，容纳言论。如曹修古、刘越㊹，虽殁犹被褒称，今希文与孔道辅皆自谏诤擢用㊺。足下幸生此时，遇纳谏之圣主如此，犹不敢一言，何也？前日又闻御史台榜朝堂㊻，戒百官不得越职言事，是可言者惟谏臣尔。若足下又遂不言，是天下无得言者也。足下在其位而不言，便当去之，无妨他人之堪其任者也。昨日安道贬官、师鲁待罪㊼，足下犹能以面目见士大夫，出入朝中称谏官，是足下不复知人间有羞耻事尔！所可惜者，圣朝有事，谏官不言，而使他人言之，书在史册，他日为朝廷羞者，足下也。

《春秋》之法，责贤者备㊽。今某区区犹望足下之能一言者，不忍便绝足下而不以贤者责也㊾。若犹以谓希文不贤而当逐，则予今所言如此，乃是朋邪之人尔㊿。愿足下直携此书于朝，使正予罪而诛之�51，使天下皆释然知希文之当逐�52，亦谏臣之一效也�53。

前日足下在安道家召予往论希文之事，时坐有他客，不能尽所怀。故辄布区区�54。伏惟幸察，不宣�55。修再拜。

【注释】

①高司谏：高若讷，字敏之，并州榆次（今属山西）人。时任右司谏。

②足下：古代同辈相称的敬词。

③欧阳修四岁时丧父，随母去随州（今湖北随县）投靠叔父欧阳晔，遂定居于随。

④天圣二年：公元 1024 年，高若讷于该年进士及第。天圣：宋仁宗的年号（1023—1032）。

⑤接：交往。

⑥宋舍人兄弟:指宋庠、宋祁兄弟,安陆(今属湖北)人,均为北宋著名文学家。舍人:官名,宋初起居舍人为寄禄官(一种用以表示品级、俸禄的官称),另有他官任记录皇帝言行之职,称同修起居注。宋庠曾任此职,故称舍人。叶道卿:叶清臣,字道卿,长洲(今江苏吴县)人,曾官翰林学士。《宋史》本传称其"善属文"。郑天休:郑戬,字天休,吴县(今江苏苏州)人,曾官吏部侍郎、枢密副使。《宋史》本传称其"以属辞知名"。这四人与高若讷同为天圣二年考取进士的有名文人(宋庠第一,叶清臣第二、郑戬第三、高若讷第四、宋祁第十)。

⑦得人:指录取到有才学的人。

⑧厕:参与。

⑨卓卓:优秀突出。

⑩更:经过。十一年:景祐元年(1034),欧阳修西京留守推官任满,返汴京任馆阁校勘等职。距天圣二年(1024)首尾正十一年。

⑪御史里行:宋朝以寄禄官阶低者为御史时,称里行。御史:掌管监察的官。

⑫尹师鲁:尹洙,字师鲁,曾官起居舍人,后贬为筠州酒税。贤否(pǐ):好坏。否:坏、恶。

⑬屈曲:指摇摆的意思。

⑭言事之官:指御史台、谏院等机构中的官员(御史、谏官)。这里指御史。

⑮俯仰:指随人高下,没有主见。

⑯侃然正色:刚直严肃的样子。

⑰前世事:指前代的事。历历:清清楚楚。

⑱二句谓高若讷以这样的辩才出现在人们面前,谁会不敬爱您呢?

⑲虽:即使。疑:推测之意;上、下文中其余的"疑"均作"怀疑"讲。

⑳推:推究。实迹:实际的事迹。较:对照、考查。

㉑决:断然,确然。

㉒范希文:范仲淹,字希文。吴县(今江苏苏州)人。官至参知政事,死后谥"文正"。

㉓安道:余靖,字安道,韶州曲江(今广东韶关)人,时任集贤校理。

㉔句谓我的疑问就解决了,不再疑问的意思。

㉕句谓在朝廷立身行事有始终如一的原则。本末:指临事知本末轻重。

㉖景祐二年,范仲淹论迁都事与宰相吕夷简意见不合;以上"帝王好尚""选贤任能""近名""推委"四论讥斥时政,且指责吕夷简败坏宋朝家法,任用私人。范由此获罪,贬知饶州(今江西波阳)。

㉗非辜:无辜,无罪。

㉘禀:承受。

㉙句谓即使是圣人,也不能以做不到的事情去强求别人一定要做到。

㉚忤:触犯,违背。

㉛不才谏官:不称职的谏官。

㉜闵:同"悯",可怜,同情。

㉝便(pián)毁:随意诋毁。

㉞句谓大概是掩饰自己不敢进谏的过失。

㉟四句谓有能力而不敢去做,还不如没有能力的愚人;而用小聪明来掩饰自己的过失,这是君子中间的败类了。不逮:不及。文:掩饰。贼:害虫,败类。

㊱大理寺丞:中央司法机构的官员。范仲淹天圣二年(1024)任此职。前行员外郎:指吏部员外郎。范仲淹景祐二年(1035)任此职。前行:唐宋时六部分为前行、中行和后行三等,吏部属前行。

㊲待制:宋朝在各殿阁皆设待制之官,备皇帝顾问之用。范仲淹于景祐二年十月任天章阁待制。

㊳班行:班次行列,这里指同僚。

㊴骤用:破格迅速提升。范仲淹从大理寺丞至前行员外郎,官资升迁十五阶。

㊵句谓皇帝听得不清,看得不明。

㊶萧望之:字长倩,东海兰陵(今山东苍山西南)人。汉宣帝时任太子太傅,后受宣帝遗诏辅佐幼主(即元帝)。他上书请勿重用宦官,被宦

官弘恭、石显诬陷,废为庶人。不久复为关内侯,又遭石显等诬告下狱,服毒自杀。王章:字仲卿,钜平(今山东宁阳)人。汉成帝时为京兆尹(京城的行政长官)。后因论帝舅大将军王凤专权,被诬死于狱中。

㊷计:估计。

㊸今皇帝:指宋仁宗赵祯。

㊹曹修古:字述之,建州建安(今福建建瓯)人。刘越:字子长,大名(今属河北)人。当章献太后(真宗之妻刘氏)垂帘听政,曹修古任御史知杂事,上书请太后还政,被贬兴化军,卒于官。刘越任秘书丞,也曾上书请太后还政。仁宗亲政时,二人已死,思其忠直,追赠曹为右谏议大夫,刘为右司谏,并赐财物给其遗属。

㊺明道二年(1033),宋仁宗欲废郭皇后,且不许台谏论奏,御史中丞孔道辅、右司谏范仲淹等十余人竟叩宫门谏阻,获罪,孔、范均遭贬。至景祐二年(1035)又擢用孔为龙图阁直学士,范为礼部员外郎、天章阁待制。

㊻景祐三年(1036),范仲淹遭贬后,御史韩缜上奏请以范仲淹朋党名单张榜公布于朝堂,并戒百官不得越职言事。朝廷予以采纳。榜:通告。

㊼安道贬官:范仲淹遭贬后,余靖上言论救,被贬为监筠州酒税。师鲁待罪:尹洙也上疏,自列于范党,后亦遭贬。按,据欧阳修《于役志》,范仲淹景祐三年五月九日贬知饶州,十五日余靖贬筠州,十七日尹洙贬郢州,这里说"昨日安道贬官,师鲁待罪",尹尚在等待处分,则知此信当作于五月十六日。

㊽二句指孔子作《春秋》的义例原则,要求贤者具有完美无缺的品德。

㊾二句谓现在我还是诚恳地希望您能向皇帝进一言,因而不忍就此与您决绝而不用贤者的标准来要求您。区区:忠诚专一。

㊿朋邪之人:与坏人勾结之人。

�51诛:处分、斥责。

�52释然:明白的样子。

�53句谓也是你作为谏臣的一件功劳之事。这是讽刺高若讷的话。欧阳修五月十六日写此信,高若讷接信后果然奏闻朝廷,五月二十一日欧阳修即贬为峡州夷陵(今湖北宜昌)令。

�54句谓所以就说出我的浅见。指写此信。布:陈达。区区:自谦词,这里指微不足道的意见,与上文的"区区"意义不同。

�55不宜:不尽述了。旧时书信末尾常用的套语。

【品评】

北宋至仁宗朝已承平数十年之久,朝政多因循旧例,无所作为,而种种政治弊端、社会矛盾已渐露端倪,这引起一批有志改革之士的不满和担忧。景祐三年锐意革新的范仲淹因与趋向保守的宰相吕夷简政见不合,被贬为饶州(今江西波阳)知州。余靖、尹洙等上疏论救,也都遭贬谪。右司谏高若讷却在朝中保持沉默,而在私下非议范仲淹,认为罪当贬斥。欧阳修遂写此信,痛责高若讷"不复知人间有羞耻事"。从这封书信,可看出当时政治斗争的激烈,也表现出作者勇担道义、直言无畏的政治品格。

这封责难信,其显著特点是"语尖意曲"。作者义正辞严,激愤填膺,指斥抨击,不假掩饰。这是"语尖"。但同时,他善用缓急擒纵之法,把文章写得曲折抑扬,极富委婉条畅之致。这是"意曲"。前面以"疑"字为文眼,对高若讷的人品忽贬忽褒,"凡十有四年而三疑之";然后引入正题,以今事证之,高氏决非君子;但在结尾处又援《春秋》"责贤者备"之义,对高氏又回护一笔,然而紧接着又表明不畏刑祸的心迹。这就使此篇充满义愤的书信,并不一味追求痛快,一泻无余,相反在淋漓酣畅的痛责中又能曲尽其意。正如苏洵所评论的那样,欧文以"纡余委备,往复百折而条达疏畅"为基本特征,即使"气尽语极,急言竭论"也是"容与闲易,无艰难劳苦之态"的。此信即是佳例。

苏舜钦(1008—1048)

字子美,梓州铜山(今四川中江)人。宋仁宗景祐时进士。曾任大理评事、集贤校理、监进奏院。他屡次上疏议论国事,支持范仲淹等改革弊政,为政敌借故诬陷,革职,长期放废,闲居苏州沧浪亭。他是北宋中叶著名诗人,诗风雄健豪迈,与梅尧臣齐名。亦致力古文创作,反对浮艳文风。有《苏学士文集》。

沧 浪 亭 记

予以罪废无所归①,扁舟南游②,旅于吴中③,始僦舍以处④,时盛夏蒸燠⑤,土居皆褊狭⑥,不能出气,思得高爽虚辟之地⑦,以舒所怀,不可得也。

一日过郡学⑧,东顾草树郁然,崇阜广水⑨,不类乎城中,并水得微径于杂花修竹之间⑩,东趋数百步,有弃地,纵广合五六十寻⑪,三向皆水也,杠之南⑫,其地益阔,旁无民居,左右皆林木相亏蔽⑬,访诸旧老,云钱氏有国⑭,近戚孙承祐之池馆也⑮。坳隆胜势⑯,遗意尚存,予爱而徘徊,遂以钱四万得之,构亭北碕⑰,号沧浪焉。

前竹后水,水之阳又竹⑱,无穷极,澄川翠干⑲,光影会合于轩户之间⑳,尤与风月为相宜。予时榜小舟㉑,幅巾以往㉒,至则洒然忘其归,觞而浩歌㉓,踞而仰啸㉔,野老不至㉕,鱼鸟共乐,形骸既适则神不烦㉖,观听无邪则道以明㉗,返思向之汩汩荣辱之场㉘,日与锱铢利害相磨戛㉙,隔此真趣,不亦鄙哉㉚!

噫!人固动物耳㉛!情横于内而性伏,必外寓于物而后遣,寓久则溺，以为当然，非胜是而易之，则悲而不开㉜。惟仕宦溺人为至深，古之才哲君子㉝，有一失而至于死者多矣㉞，是未知所以自胜之道㉟。予既废而获斯境，安于冲旷㊱，不与众驱㊲，因之复能见乎内外失得之原，沃然有得㊳，笑傲万古，尚未能忘其所寓，自用是以为胜焉㊴。

【注释】

①罪废：因获罪贬官。

②扁(piān)舟：小舟。

③吴中：即今江苏苏州。

④僦(jiù)：租赁。

⑤蒸燠(ào)：闷热。

⑥土居：当地人的住所。

⑦虚辟：空旷开阔。

⑧郡学：苏州府学宫，旧址在今苏州南，沧浪亭即在其东。

⑨崇阜广水：高山大河。

⑩并(bàng)：通"傍"，沿着。微径：小路。

⑪纵广：长、宽。寻：古代长度单位，八尺为一寻。

⑫杠：小桥。

⑬亏蔽：遮蔽。

⑭句指五代时钱镠做吴越王。

⑮孙承祐：吴越国的皇亲国戚，官居要职。

⑯坳：低洼。隆：高起。胜势：优美的地势。

⑰碕(qí)：曲岸。

⑱水之阳：水的北面。

⑲翠干：葱翠的竹干。

⑳轩：长廊或小室。

㉑榜：划船。

㉒幅巾：古时男子用绢帛一幅束发代替冠帽，为闲散装束。

㉓觞(shāng)：酒杯，这里引申为举杯喝酒。

㉔踞：蹲坐。

㉕野老：指老农。

㉖形骸：躯体。

㉗句谓所见所闻都无邪恶，那么事理也因此而显明。

㉘汩汩：匆忙的样子。

㉙锱铢：古代重量单位，六铢为锱，四锱为两。比喻极微量。磨戛：磨擦打击，比喻钩心斗角。

㉚鄙：短识、鄙陋。

㉛动物：指受外物打动。

㉜这几句谓人的欲望原来潜伏在内心，必在外物上得到寄托排遣，久而久之，沉溺其中而以为当然；如果不加克服予以改变，就会陷入悲苦境地而不能排解。性：指人的天性。

㉝才哲：有才有智的人。

㉞一失：指偶然陷于名利场。

㉟自胜：克服个人私欲。

㊱冲旷：空旷宽阔的环境，兼指淡泊虚静的心境。

㊲句谓不与众人一同争名逐利。

㊳沃然：丰盛充实的样子。

㊴这两句谓我之所以未能忘怀外物，还欣赏沧浪亭的美景，是因为用它可以克服利禄之欲。所寓：所寄情的外物。

【品评】

　　本文是作者贬谪苏州时所写，表达了与自然美景目注神合的怡然"真趣"，也是封建士大夫在仕途不得意时所习见的一种自我超脱之法。贯穿全文的主线是寻找冲旷。作者所要寻找的冲旷有两层含义：一是指环境的空旷宽阔，一是指心境的淡泊虚静。作者先是因为土居褊狭，想找一块"高爽虚辟"之地，于是找到并修筑了沧浪亭；然后面对胜势佳景，作者开始寻找心境的冲旷。他反观官场，回味人生，豁然开朗，认为纷纷扰扰的官场正如褊狭土居一样不值留恋,从而获得"自胜之道"。寻找环境的冲旷是宾,寻找心境的冲旷是主,而绾合这两种冲旷的是沧浪亭,它不仅是逃避蒸燠的佳居,也是逃避荣辱之争的理想所在。结尾处以安于冲旷明志,意味深长。

　　本篇受了柳宗元山水记的影响,字句简洁,风格劲峭。并采取移步换景的手法,来写亭的位置和景物,使读者似乎跟着作者一起寻幽探胜,这也是柳氏山水记的一种常用写法。

苏洵 (1009—1066)

字明允,眉州眉山(今属四川)人。年二十七始发奋读书,虽屡试不第,而苦学不辍,学业大进。嘉祐初,携其子苏轼、苏辙赴京,为欧阳修所赏职和推荐,被授为秘书省校书郎,并参加编修《太常因革礼》。书成而卒,追赠光禄寺丞。苏洵散文深受《战国策》的影响,擅长策论、史论,词锋犀利、纵横恣肆,为唐宋八大家之一,与二子合称为"三苏"。有《嘉祐集》。

六　国　论①

　　六国破灭,非兵不利②,战不善,弊在赂秦③。赂秦而力亏,破灭之道也。或曰:六国互丧④,率赂秦耶⑤?曰:不赂者以赂者丧,盖失强援,不能独完⑥,故曰弊在赂秦也。

　　秦以攻取之外,小则获邑,大则得城。较秦之所得,与战胜而得者,其实百倍⑦。诸侯之所亡,与战败而亡者⑧,其实亦百倍。则秦之所大欲,诸侯之所大患,固不在战矣。思厥先祖父⑨,暴霜露,斩荆棘,以有尺寸之地,子孙视之不甚惜,举以予人,如弃草芥。今日割五城,明日割十城,然后得一夕安寝。起视四境,而秦兵又至矣。然则诸侯之地有限,暴秦之欲无厌⑩。奉之弥繁⑪,侵之愈急。故不战而强弱胜负已判矣⑫。至于颠覆⑬,理固宜然。古人云:以地事秦,犹抱薪救火,薪不尽,火不灭⑭,此言得之⑮。

　　齐人未尝赂秦,终继五国迁灭⑯,何哉?与嬴而不助五国也⑰。五国既丧,齐亦不免矣。燕、赵之君,始有远略,能守其土,义不赂秦。是故燕虽小国而后亡,斯用兵之效也,至丹以荆卿为计,始速祸焉⑱。赵尝五战于秦,二败而三胜,后秦击赵者再⑲,李牧连却之⑳,洎牧以谗诛,邯郸为郡㉑,惜其用武而不终也。且燕、赵处秦革灭殆尽之际,可谓智力孤危,战败而亡,诚不得已。向使三国各爱其地㉒,齐人勿附于秦,刺客不行,良将犹在,则胜负之数㉓,存亡之理,当与秦相较,或未易量㉔。

呜呼!以赂秦之地,封天下之谋臣,以事秦之心,礼天下之奇才,并力西向㉕,则吾恐秦人食之不得下咽也。悲夫!有如此之势,而为秦人积威之所劫㉖,日削月割,以趋于亡,为国者,无使为积威之所劫哉!

夫六国与秦皆诸侯,其势弱于秦,而犹有可以不赂而胜之之势。苟以天下之大,下而从六国破亡之故事㉗,是又在六国下矣。

【注释】

①六国:指战国时的齐、楚、韩、赵、燕、魏。

②兵:武器。

③赂:贿赂,这里指用割地的办法来讨好秦国。

④互:相继。

⑤率(shuài):全是。

⑥独完:单独保全。

⑦百倍:虚数,形容量多。

⑧亡:指丧失的土地。

⑨厥:其。先祖父:祖先。

⑩暴(pū)霜露:冒着霜露之苦。

⑪弥:愈,更加。

⑫判:决定。

⑬颠覆：灭亡。

⑭这段话是战国游士苏代对魏安厘王说的。其他不少游士也说过。

⑮得之：很有道理。

⑯迁灭：灭亡。

⑰与嬴(yíng)：结交秦国。嬴：秦国国君之姓。

⑱几句指燕太子丹曾派遣荆轲去刺杀秦王，没有成功，秦国便大举伐燕，燕亡。速祸：招致祸患迅速到来。

⑲再：两次。

⑳李牧：赵国名将。却：打退。

㉑几句指秦国买通赵国奸臣郭开，诬蔑李牧有谋反之迹，李牧被杀，不久赵为秦所灭。后秦置邯郸郡，治所即在原赵国国都邯郸(今属河北)。洎(jì)：等到。

㉒向：从前。三国：指韩、魏、楚。

㉓数：定数、命运。

㉔句谓或许还不容易判断。

㉕句谓合力对付西面的秦国。

㉖积威：久积的威势。劫：胁制。

㉗下：指在六国之后。下句的"下"，作"下等"讲。故事：旧事，前例。

【品评】

苏洵父子三人各有一篇《六国论》，不妨看作命题作文的三份答卷。从其比较中看苏洵此文的特点，饶有兴味。

一是主旨。苏轼《六国论》的论题是"养士"，认为六国久存在于"诸侯卿相皆争养士自谋"，而秦国速亡即在不能"养士"。苏辙的论题是探讨六国灭亡之因，他提出六国团结抗秦之法，"莫如厚韩亲魏以摈秦，秦人不敢逾韩魏以窥齐楚燕赵之国。"苏洵此文的论题与小苏相同，但他尖锐地提出"弊在赂秦"的命题。小苏仅从策略上着眼，提出了齐楚燕赵四国支援韩魏来摈挡强秦的策略，以对付秦国"远交近攻"的方针；而苏洵则从战略原则立论，严厉地批判屈膝求和的投降思想，并把此作为六国自取灭亡的根本原因,比小苏站得更高,看得更远。至于大苏的论点,实是似是而非的皮相之见。尤应指出,大苏、小苏的文章都是就史论史。而老苏却是借古讽今,有着明确的现实针对性。面对当时辽、夏的威胁,他在文末大声疾呼:"为国者,无使为积威之所劫哉!"并直接警告北宋统治者不要"从六国破亡之故事",重蹈历史的覆辙。

二是结构。苏洵此文劈头提出六国破灭"弊在赂秦"的命题;然后分别从"赂秦"(韩、魏、楚)与"未尝赂秦"(齐、燕、赵)两类国家及其不同后果来加以论证;最后得出结论。末尾又借古论今。这样的行文结构,一是把文章的重心始终牢牢放在论证上,并使论点层层深入、反复论证,滴水不漏;二是脉络清楚,首尾照应,古今相映,完全符合逻辑推理的要求。相比之下,大苏之文提出论题的文字过长,没有遵行论说文应以论证为重心的一般规则;小苏之文结构严整,但论证缺乏层层展开、剥笋擘蕉之趣,稍嫌平板。沈德潜认为老苏此篇比小苏"笔力远过",是有道理的。

三是风格。苏洵以取径战国纵横之文名世,但他并非简单地重演游士们纵横捭阖、徒逞口辩的故技,而是取其某些长处来加强文章的表现力。如文中"抱薪救火"一段,战国游士苏代、孙臣各说魏安釐王、苏秦说韩宣王、虞卿说赵孝成王时都用过,但苏洵却巧妙地融为自己文章的有机构成。大苏之文也有《战国策》之风,但他的《六国论》却非成功之作,反而有游士们强词夺理的味道。小苏之文写得从容不迫,论证平实,则与父兄异趣。

总之,就文论文,三篇《六国论》,允推苏洵第一。

木 假 山 记

木之生或蘖而殇①,或拱而夭②;幸而至于任为栋梁,则伐;不幸而为风之所拔,水之所漂,或破折或腐;幸而得不破折不腐,则为人之所材③,而有斧斤之患④。其最幸者,漂沉汩没于湍沙之间⑤,不知其几百年,而其激射啮食之余⑥,或仿佛于山者,则为好事者取去⑦,强之以为山⑧,然后可以脱泥沙而远斧斤;而荒江之濆如此者几何⑨,不为好事者所见,而为樵夫野人所薪者⑩,何可胜数:则其最幸者之中,又有不幸者焉。

予家有三峰。予每思之,则疑其有数存乎其间⑪。且其蘖而不殇,拱而不夭,任为栋梁而不伐,风拔水漂而不破折不腐,不破折不腐而不为人所材,以及于斧斤,出于湍沙之间,而不为樵夫野人之所薪,而后得至乎此,则其理似不偶然也⑫。

然予之爱之,则非徒爱其似山⑬,而又有所感焉。非徒爱之,而又有所敬焉。予见中峰,魁岸踞肆⑭,意气端重,若有以服其旁之二峰⑮。二峰者,庄栗刻峭⑯,凛乎不可犯,虽其势服于中峰,而岌然决无阿附意⑰。吁!其可敬也夫!其可以有所感也夫!

【注释】

①蘖(niè):分蘖,植物种子生出幼苗后,开始在主茎处分歧。殇(shāng):未成年而死亡。

②拱:这里指树有两手合围那样粗。夭:夭亡,没有活到自然的年数。

③句谓就会被人们当作材料看待。材:作动词用。

④斧斤:砍木的工具,这里作砍伐讲。患:灾难。此指有被乱伐的可能。

⑤汩没:沉没。湍(tuān)沙:夹杂泥沙的急流。

⑥激射啮(niè)食:指为水流所冲刷侵蚀。啮:咬。

⑦好(hào)事者:喜欢多事的人。

⑧强:勉强。

⑨濆(fén):沿河的高地。

⑩所薪者:当作柴禾对待的。薪:作动词用。

⑪数：定数，命运。

⑫理：原是中国古代哲学概念，通常指准则、规律。这里的"理"相当于上文的"数"。

⑬徒：只，但。

⑭魁岸：犹"魁梧"，形容"中峰"体貌壮大的样子。踞肆：形容"中峰"傲慢舒展的神态。踞：同"倨"，傲慢。肆：不受拘束，舒展。

⑮句谓好像要使旁边的两峰服从它似的。

⑯庄栗：端严谨敬的样子。刻峭：严肃挺拔的样子。

⑰岌然：高耸的样子。阿附：曲意附和。

【品评】

苏洵一生屡试不第，沉沦下僚，未能施展政治抱负；但他自重自尊，绝不与世浮沉，这篇以木假山为题的记，实际上是篇阐述人才问题的议论文，寄寓了作者怀才不遇的深沉感慨；同时也是对不亢不卑的独立人格的推崇，追求高洁不阿的情操。

文章的前面部分讲木假山得来不易，它经历了重重厄运：从树木生长本身讲，它随时可能夭折；从自然条件讲，它可能被风、水所摧折、腐蚀；从和人的关系讲，它成材后可能被随意砍伐。幸而度过这些厄运，又经过几百年急流的冲刷才造成假山形状，终可供人们观赏。因此比起那些已成山形而未经发现、或被当作一般柴禾砍伐掉的木假山来，确是难得的幸运了。文章用层层推演的论述手法，强调人才成长的艰辛历程，抒写了人才难成与人才难得的感叹，曲折地反映出封建社会摧残和压抑各种人才的现象。

文章后面部分才写到作者所藏的一座三峰木假山，从而回到这篇记的本题。作者以"中峰"比喻那些位尊权重者，以"二峰"比喻那些隶属于他们的士大夫阶层。其中突出地写了"二峰"。他们虽然按其社会地位不得不"服于中峰"，但节操自守，绝无阿谀逢迎的媚态，表达了作者对有抱负、有气节的士人的赞颂，也是他的自励和自况。

文章多用排比句，而又长短不齐，错落有致；第二段"且其蘖而不殇"

至"则其理似不偶然也"一句,长达七十三字,用复叠的形式概述前文,既推进论点,又增加文章的气势。曾巩在《苏明允哀词》中曾称赞苏洵的文章"烦能不乱,肆能不流",意即文意丰富而有条理,文气奔放而不违规矩,本文可算是一个例证。

周敦颐（1017—1073）

原名敦实，字茂叔，道州营道（今湖南道县）人。景祐年间蒙荫出仕，后官至知南康军（治所在今江西星子）。曾于庐山莲花峰下小溪畔修筑书堂，以营道故居的濂溪命名，晚年即居此讲学，世称濂溪先生。卒谥元公。他是北宋著名哲学家，理学的创导者。有《周元公集》。

爱 莲 说

水陆草木之花，可爱者甚蕃①。晋陶渊明独爱菊②；自李唐来，世人甚爱牡丹；予独爱莲之出淤泥而不染，濯清涟而不妖③，中通外直④，不蔓不枝⑤，香远益清，亭亭净植⑥，可远观而不可亵玩焉⑦。予谓菊，花之隐逸者也；牡丹，花之富贵者也；莲，花之君子者也。噫！菊之爱，陶之后鲜有闻⑧；莲之爱，同予者何人？牡丹之爱，宜乎众矣！

【注释】

①蕃（fán）：繁多。
②陶渊明：晋朝大诗人，酷爱菊花。
③濯（zhuó）：洗涤。清涟（lián）：清澈的水。妖：艳而邪。
④中：指莲梗中心。
⑤不蔓不枝：指莲梗既不蔓延，也不分枝。
⑥亭亭：耸立的样子。植：树立。
⑦亵（xiè）玩：亲昵玩赏的态度。亵：亲近而态度不庄重。
⑧鲜：少。

【品评】

这是一篇处处透出理学家自然观、人生观而又绝少说教气的咏物佳作。理学家在观赏自然外物时,提倡"玩物为道",即用外物来证合自己的性理,借外物来进行哲学思索。周敦颐是理学先驱,本篇即体现了理学家观照自然外物的思维方式:强调理趣。他对于莲、菊、牡丹的感受和受到的启示,充满了理性意味,借以表达为人处世的标准和志向。连对莲的外形特征的描绘"中通外直""不蔓不枝"等等,都带有理性化、道德化的内涵。

作者钟爱莲花,也体现了理学家的人生观。对于象征世俗富贵的牡丹,他不屑一顾,这无疑是以孔子传人自许的理学家视富贵如浮云的必然态度。对于象征隐逸者的菊花,作者似褒实贬,这也是主张积极用世的理学家对于隐士的根本看法。而"出淤泥而不染"的莲,正是理学家所追求的理想人格的化身,是忠直进取、不阿世俗的"君子"的写照。

虽然本文反映的是理学家的自然观和人生观,但是由于注重从自然中获取理性启迪的自然观并非为理学家所独有,追求忠直进取、不阿世俗的理想人格也是一般正直的封建士大夫的共同目标。所以本文的观点早已超越理学一家的范围,而广为人们所接受。

本文以议论为主,却没有丝毫说教气。一是作者巧妙运用连喻,用三种花比喻三类人,形象警策,富有可读性。二是简洁。作者行文一如其笔下莲花"不蔓不枝",一经点明,戛然而止,余味无穷。

曾巩（1019—1083）

　　字子固，建昌南丰（今属江西）人。宋仁宗嘉祐时进士。曾多年在中央史馆任职，整理、校勘《战国策》《说苑》等古代典籍。出任判官、知州时，颇有政绩。官至中书舍人。他幼而能文，早年即以文章为欧阳修所称许。文风醇和简奥、纡徐委备，长于说理，为唐宋八大家之一。有《元丰类稿》。

寄欧阳舍人书①

　　巩顿首再拜舍人先生：去秋人还②，蒙赐书及所撰先大父墓碑铭③。反复观诵，感与惭并④。

　　夫铭志之著于世，义近于史，而亦有与史异者。盖史之于善恶无所不书，而铭者，盖古之人有功德材行志义之美者，惧后世之不知，则必铭而见之。或纳于庙⑤，或存于墓，一也⑥。苟其人之恶，则于铭乎何有⑦？此其所以与史异也。其辞之作，所以使死者无有所憾，生者得致其严⑧。而善人喜于见传，则勇于自立，恶人无有所纪，则以愧而惧。至于通材达识，义烈节士，嘉言善状，皆见于篇，则足为后法警劝之道，非近乎史，其将安近⑨？

　　及世之衰，为人之子孙者，一欲褒扬其亲而不本乎理⑩。故虽恶人，皆务勒铭以夸后世⑪。立言者既莫之拒而不为，又以其子孙之所请也，书其恶焉，则人情之所不得，于是乎铭始不实。后之作铭者，常观其人⑫。苟托之非人，则书之非公与是⑬，则不足以行世而传后。故千百年来，公卿大夫至于里巷之士，莫不有铭，而传者盖少。其故非他，托之非人，书之非公与是故也。

然则孰为其人而能尽公与是欤？非畜道德而能文章者无以为也⑭。盖有道德者之于恶人，则不受而铭之，于众人则能辨焉。而人之行，有情善而迹非⑮，有意奸而外淑⑯，有善恶相悬而不可以实指⑰，有实大于名，有名侈于实。犹之用人，非畜道德者恶能辨之不惑⑱。议之不徇⑲？不惑不徇，则公且是矣。而其辞之不工，则世犹不传。于是又在其文章兼胜焉。故曰非畜道德而能文章者无以为也。岂非然哉？

然畜道德而能文章者，虽或并世而有⑳。亦或数十年或一二百年而有之。其传之难如此，其遇之难又如此。若先生之道德文章，固所谓数百年而有者也。先祖之言行卓卓㉑，幸遇而得铭其公与是，其传世行后无疑也。而世之学者，每观传记所书古人之事，至其所可感，则往往盡然不知涕之流落也㉒，况其子孙也哉？况巩也哉？其追睎祖德而思所以传之之繇㉓，则知先生推一赐于巩而及其三世㉔。其感与报，宜若何而图之㉕？

抑又思若巩之浅薄滞拙㉖，而先生进之㉗；先祖之屯蹶否塞以死㉘，而先生显之。则世之魁闳豪杰不世出之士㉙，其谁不愿进于门；潜遁幽抑之士㉚，其谁不有望于世？善谁不为？而恶谁不愧以惧？为人之父祖者，孰不欲教其子孙？为人之子孙者，孰不欲宠荣其父祖？此数美者，一归于先生。既拜赐之辱㉛，且敢进其所以然㉜。所谕世族之次㉝，敢不承教而加详焉㉞。幸甚，不宣㉞。巩再拜。

【注释】

①欧阳舍人：欧阳修。舍人：官名。

②人还：派去的人回来。

③先大父：亡故的祖父。指曾致尧。

④句谓又感谢又惭愧。

⑤纳:放。庙:家庙。

⑥句谓用意是一样的。

⑦句谓有什么可铭志的呢?

⑧致其严:表示他的尊敬。

⑨句谓不是接近于史传的话,那么又接近于哪种文体?

⑩一欲:都希望。

⑪勒:刻。

⑫其人:指写墓志铭者的为人。

⑬公与是:公正与正确。

⑭句谓不是道德高尚、擅长文章的人就不能做到。畜:能"蓄"。

⑮句谓有人内心善良而行迹不好。

⑯意奸:内心刁奸。淑:美好。

⑰实指:确凿地指出来。

⑱恶(wù):何,怎么。

⑲徇(xùn):袒护。

⑳并世:同时代。

㉑卓卓:优秀特出。

㉒齾(xì)然:悲伤痛苦的样子。

㉓睎(xī):仰慕。繇:同"由",原因。

㉔推一赐:给予一次恩赐,指欧阳修替作者祖父写墓志铭。三世:指本人、父、祖三代。

㉕图:图谋(报答)。

㉖滞拙:笨拙。

㉗进:提携奖掖。

㉘屯(zhūn)蹶否塞:境遇不顺利。

㉙魁闳:宏伟。不世出:不常出。

㉚句指隐士。

㉛辱:谦词。

136

㉜进:进言,上达。

㉝句指欧阳修在《与曾巩论氏族书》里讨论曾氏家系的次序。

㉞承教而加详:遵照您的指示而加以审核研究。

㉟不宣:不尽述了。旧时书信末尾常用的套语。

【品评】

这是一封感谢信,感谢欧阳修为其祖父作墓志铭。信写得纡回百折,逐层牵引,最后才归到主旨。先从铭文和史传的异同说起,突出铭文的教化作用;然后慨叹当时铭文的卑下阿谀,提出撰铭者必须具备"畜道德而能文章"的条件,而欧阳修正具有此条件;这才渐渐说到本题,表达了他对欧阳修的感激和钦佩。信的风格舒缓不迫,而结构并不因此涣散无章。作者以"畜道德而能文章"作为中心句子,前后出现三次,文章围绕这一中心展开和推进,环环相连,主旨集中,布局完整而谨严,神聚形完。

此信的目的是感谢、赞美,而主旨之一是反对溢美滥夸的谀墓作风。作者巧妙得体地处理这两层关系,不仅抓住"道德文章"两点,使对欧阳修的赞美不虚不浮;而且又以对时风的抨击从反面烘托了这一正面的赞美;同时又暗暗颂扬了自己的祖父。可谓善作文章。前人推崇此篇为"《南丰集》中第一"(李扶九语)。

墨 池 记

临川之城东①,有地隐然而高②,以临于溪,曰新城。新城之上,有池洼然而方以长③,曰王羲之之墨池者④,荀伯子《临川记》云也⑤。羲之尝慕张芝⑥,临池学书,池水尽黑,此为其故迹,岂信然邪⑦?方羲之之不可强以仕⑧,而尝极东方⑨,出沧海⑩,以娱其意于山水之间,岂其徜徉肆恣⑪,而又尝自休于此邪?羲之之书晚乃善,则其所能⑫,盖亦以精力自致者⑬,非天成也。然后世未有能及者，岂其学不如彼邪？则学固岂可以少哉！况欲深造道德者邪⑭？

墨池之上，今为州学舍⑮。教授王君盛恐其不彰也⑯，书"晋王右军墨池"之六字于楹间以揭之⑰，又告于巩曰："愿有记。"推王君之心⑱，岂爱人之善，虽一能不以废⑲，而因以及乎其迹邪⑳？其亦欲推其事以勉学者邪㉑？夫人之有一能，而使后人尚之如此㉒，况仁人庄士之遗风余思，被于来世者如何哉㉓。庆历八年九月十二日㉔，曾巩记。

【注释】

①临川：宋时为江南西路抚州治所，在今江西抚州。

②隐然：高起的样子。

③洼然：低凹的样子。

④王羲之：东晋著名书法家，世称"书圣"。

⑤荀伯子：南朝刘宋人，在临川任内史时，曾作《临川记》六卷。

⑥张芝：东汉著名书法家，擅长草书，世称"草圣"。

⑦信然：可靠。

⑧方：正当。强以仕：勉强他做官。

⑨极：游遍。

⑩句指出海。

⑪徜徉肆恣：自在游逛，不受拘束。

⑫能：擅长。

⑬以精力自致：靠自己用功刻苦努力达到的。

⑭深造道德：使道德方面造就很高。

⑮州学舍：指抚州官学的校舍。

⑯教授：宋朝路学、州学中主管教育的官员。王盛：生平不详。不彰：不为人们所知。

⑰楹：房屋的前柱。揭：悬挂。

⑱推：推究。

⑲一能：一技之长。

⑳迹：遗迹。

㉑推其事：推广王羲之勤学苦练的事迹。

㉒尚：推崇。

㉓被：影响到。

㉔庆历八年：公元1048年。庆历：宋仁宗的年号。

【品评】

这篇短文的一个显著特点是因小及大，小中见大。首先从传为王羲之洗濯笔砚的墨池，探讨王羲之成功的原因："盖亦以精力自致者，非天成也。"肯定了后天勤学苦练的重要。这是本文的第一层意思。它紧扣"墨池"题意，是题中应有之义。接着，又进一步引申、推论：（一）学习书法是如此，想要提高道德修养也是如此，都是通过后天的努力获得的；（二）从"人之有一能"尚且为后人追思不已，那么"仁人庄士之遗风余思"将永远沾丐后世。这是本文的第二层意思，从书法推及风节品德，从具体的书法家推及更广泛的仁人庄士，由小及大，顺理成章，表现出作者思路的开阔，善于伸发、挖掘，而不就事论事，死粘题目。沈德潜评说："用意或在题中，或出题外，令人徘徊赏之。""题中""题外"，就是上述两层意思。

但是"题外"实在还是在"题中"。因为"墨池"旧址今为州学舍；本文又是因教授王盛之请而作；王盛的目的又是"勉其学者（指学生）"。所以，重点是一个"勉"字。从学习书法到一般的学习，到道德修养，是勉励学生们的应有内容。如果扣住"墨池"，拘于一般的题意，只讲书法，不但死于题下，而且远离作记本意。因此，这第二层意思就一般作法来说是"题外"；就本文的具体环境来说，实在还在"题中"。

本文还有一个特色是多用设问句、反问句、感叹句。其中设问句就有五句之多，为这篇旨在说理的短文凭添咏叹的情韵，而且兼有停顿舒展之功，避免一泻无余之弊，低回往复，玩索不尽。前人曾以"欧曾"并称，在这一点上，曾巩是颇得欧公"六一风神"之妙的。

司马光（1019—1086）

字君实，陕州夏县（今属山西）人。宋仁宗宝元时进士。神宗时，任翰林学士，反对王安石变法。哲宗时，任尚书右仆射、门下侍郎，主持朝政，废除新法。为相八个月病死。他是北宋著名史学家，主持修撰编年体通史《资治通鉴》。工散文，文辞清畅，长于叙事。亦能诗。有《温国文正司马公文集》。

训 俭 示 康①

吾本寒家②，世以清白相承③。吾性不喜华靡④，自为乳儿，长者加以金银华美之服，辄羞赧弃去之⑤。二十忝科名⑥，闻喜宴独不戴花⑦，同年曰⑧："君赐不可违也。"乃簪一花。平生衣取蔽寒，食取充腹，亦不敢服垢弊以矫俗干名⑨，但顺吾性而已。众人皆以奢靡为荣，吾心独以俭素为美。人皆嗤吾固陋⑩，吾不以为病，应之曰："孔子称与其不逊也宁固⑪。"又曰"以约失之者鲜矣⑫！"又曰："士志于道而耻恶衣恶食者，未足与议也！"古人以俭为美德，今人乃以俭相诟病。嘻！异哉！

近岁风俗尤为侈靡，走卒类士服⑬，农夫蹑丝履⑭。吾记天圣中⑮，先公为群牧判官⑯，客至未尝不置酒，或三行五行⑰，多不过七行。酒沽于市，果止于梨栗枣柿之类，肴止于脯醢菜羹⑱，器用瓷漆，当时士大夫家皆然，人不相非也⑲。会数而礼勤⑳，物薄而情厚。近日士大夫家，酒非内法㉑，果肴非远方珍异，食非多品，器皿非满案，不敢会宾友。常数日营聚㉒，然后敢发书㉓。苟或不然，人争非之，以为鄙吝，故不随俗靡者盖鲜矣。嗟乎！

风俗颓弊如是㉔,居位者虽不能禁㉕,忍助之乎?

又闻昔李文靖公为相㉖,治居第于封邱门内㉗。厅事前仅容旋马㉘,或言其太隘,公笑曰:"居第当传子孙,此为宰相听事诚隘,为太祝、奉礼听事已宽矣㉙。"参政鲁公为谏官㉚,真宗遣使急召之,得于酒家。既入,问其所来,以实对。上曰㉛:"卿为清望官㉜,奈何饮于酒肆?"对曰:"臣家贫,客至,无器皿肴果,故就酒家觞之㉝。"上以其无隐㉞,益重之。张文节为相㉟,自奉养如为河阳掌书记时㊱。所亲或规之曰:"公今受俸不少,而乃自奉若此。公虽自信清约,外人颇有公孙布被之讥㊲,公宜少从众㊳。"公叹曰:"吾今日之俸,虽举家锦衣玉食,何患不能?顾人之常情,由俭入奢易,由奢入俭难。吾今日之俸,岂能常有?身岂能常存?一旦异于今日,家人习奢已久,不能顿俭㊴,必致失所。岂若吾居位去位、身在身亡常如一日乎㊵?"呜呼!大贤之深谋远虑,岂庸人所及哉!

御孙曰㊶:"俭,德之共也;侈,恶之大也。"共,同也,言有德者皆由俭来也。夫俭则寡欲,君子寡欲,则不役于物㊷,可以直道而行;小人寡欲,则能谨身节用,远罪丰家㊸。故曰:"俭,德之共也。"侈则多欲,君子多欲则贪慕富贵,枉道速祸㊹;小人多欲,则多求妄用,败家丧身,是以居官必贿,居乡必盗。故曰:"侈,恶之大也。"

昔正考父饘粥以糊口㊺,孟僖子知其后必有达人㊻;季文子相三君㊼,妾不衣帛,马不食粟,君子以为忠;管仲镂簋朱纮㊽,山节藻棁㊾,孔子鄙其小器㊿;公叔文子享卫灵公�,史鳅知其及祸㈢,及戌㈣,果以富得罪出亡;何曾日食万钱㈤,至孙以骄溢倾家;石崇以奢靡夸人㈥,卒以此死东市㈦;近世寇莱公豪侈冠一时㈧,然以功业大,人莫之非,子孙习其家风,今多穷困。其余以

141

俭立名、以侈自败者多矣！不可遍数,聊举数人以训汝,汝非徒身当服行^⑱,当以训汝子孙,使知前辈之风俗云。

【注释】

①康:司马康,司马光之子。

②寒家:清寒的家庭。

③世:世世代代。

④华靡:奢华靡丽。

⑤羞赧(nǎn):羞惭脸红。

⑥忝(tiǎn):谦词,辱。

⑦闻喜宴:皇帝赐给新科进士的公宴。

⑧同年:同榜考取进士的人,互称"同年"。

⑨垢弊:肮脏破烂的衣服。矫俗干名:故意用不同流俗的姿态来猎取名声。

⑩嗤(chī):讥笑。固陋:固执而不通达、寒伧。

⑪孔子曾说过,奢华就会使人傲慢无礼,节俭就会寒伧;与其傲慢无礼,不如寒伧。

⑫句谓由于节俭而造成的过失是很少的。

⑬走卒:差役。

⑭蹑(niè):脚穿。丝履:丝织的鞋子。

⑮天圣:宋仁宗的年号。

⑯先公:指司马光之亡父司马池。群牧:群牧司,宋时中央掌管马匹的机构。判官:官名。

⑰行:斟酒一遍。

⑱脯:干肉。醢(hǎi):肉酱。

⑲非:非难。

⑳会数(shuò):会面频繁。

㉑内法:宫廷中酿酒的秘法。

㉒营聚:经营聚集。

㉓书：请帖。

㉔颓弊：败坏。

㉕居位者：执政者。

㉖李文靖公：李沆，宋太宗、真宗时宰相。谥号文靖。

㉗治：造。封邱门：宋都汴京（今河南开封）城门。

㉘厅事：大厅。旋马：牵马掉头转身。

㉙太祝、奉礼：太祝、奉礼郎，为掌管宗庙礼仪的官职，常由功臣子弟担任。

㉚参政鲁公：鲁宗道，宋真宗时任过右正言（谏官）、谕德（掌管教育太子）。宋仁宗时为参知政事。真宗诏鲁宗道，得之于酒肆事，据《宋史·鲁宗道》记载，时鲁已任谕德；作者说成"为谏官"，两说不同。

㉛上：皇帝。

㉜清望官：清高有名望的官职。

㉝觞之：设酒招待客人。

㉞无隐：坦率不隐瞒。

㉟张文节：张知白，宋真宗曾任河阳（今河南孟县西）节度判官，仁宗时任宰相。谥号"文节"。

㊱掌书记：原为唐代官名，这里借指掌管公文的节度使僚属。

㊲公孙布被之讥：公孙弘，汉武帝时任丞相，封平津侯。平居节俭，用布制被。但为人阴险，时人讥之为"诈"。

㊳少：稍微。

㊴顿：立刻。

㊵句谓何如我做不做官、在不在世，家中生活都天天一样的好呢？

㊶御孙：春秋鲁国大夫。

㊷不役于物：不受外物牵制、摆布。

㊸远罪丰家：远离法网，使家道丰盈。

㊹枉道：做事不合正道。速祸：招致灾祸。

㊺正考父：春秋时宋国大夫，孔子祖先。饘（zhān）：厚粥。

㊻孟僖子：春秋时鲁国大夫。达人：显达之人。

㊼季文子：季孙行父，春秋时鲁国大夫，曾辅佐宣、成、襄三公，以忠俭著称。谥号"文"。

㊽管仲：春秋初期政治家，帮助齐桓公成为春秋时第一个霸主。镂：刻上花纹。簋（guǐ）：古代盛食物的圆形器具。朱纮（hóng）：红色的帽带。

㊾山楶（jié）：柱子上雕刻成山岳图形的斗拱。藻棁（zhuō）：大梁上画有水藻的短柱。

㊿句谓孔子鄙视他见识短浅。

�51公叔文子：公叔发，春秋时卫国大夫。享：宴请。

52史鳅：春秋时卫国大夫。及祸：招祸。

53戍：公叔文子之子公叔戍。后被卫灵公驱逐出去。

54何曾：西晋宰相，生活奢侈。

55石崇：晋朝人，曾与权贵王恺、羊琇斗富。

56东市：当时的刑场。

57寇莱公：寇准，北宋名相，封莱国公。史称其"性豪侈"。

58非徒：不但。

【品评】

本篇旨在教导儿子崇尚节俭，并以"由俭入奢易，由奢入俭难"为戒，因此在内容、语气上处处体现了家训文字的特点。

作者先从家世、自身说起，强调节俭清白是一贯家风，虽然正式的训词至篇尾才出现，但此中所透出的希冀、规勉，早已显示出家教色彩。在阐述俭奢的利弊关系时，又着眼于家族利益，认为"俭"能立身扬名维持家运久长，"奢"则导致身败名裂遗祸后代，这里立论的角度正符合家训的本意。同时，行文比较随意，由己推人，左援右引，不忌详复，娓娓说出，如话家常，读之亲切。还用现身说法，生动真实，对子弟更具感染力和说服力。

本文后半部分的引证别有一番布置匠心。先举本朝三个"以俭素为美"的例子，后又从古今七个具体人物身上看出正反两面的教训，这两段中间插入议论,把俭与奢的对立,提高到善恶的伦理高度。前段引证结合着具体描写,后段引证包含着鲜明的对比。可以说,这些引证不仅是对论点的印证,而且也是论点借以推进和深化的杠杆。

王安石（1021—1086）

字介甫,晚号半山,抚州临川(今属江西)人。宋仁宗庆历时进士。针对积贫积弱的国势,他力主变法图强。曾在江、浙等地任地方官,在局部地区推行革新措施。宋神宗时,任参知政事、同门下平章事,主持历史上著名的变法运动,后遭反对派的抨击和变法派内部的倾轧,被迫辞职。封荆国公,故称王荆公,死后谥文,又称王文公。他是北宋著名诗人、散文家,亦善词。其散文议论锋利、笔力豪健、语言简洁,形成拗折刚劲的风格。有《临川先生文集》。

答司马谏议书^①

某启^②:昨日蒙教^③,窃以为与君实游处相好之日久^④,而议事每不合,所操之术多异故也^⑤。虽欲强聒^⑥,终必不蒙见察,故略上报^⑦,不复一一自辨。重念蒙君实视遇厚^⑧,于反复不宜卤莽^⑨,故今具道所以^⑩,冀君实或见恕也。

盖儒者所争,尤在于名实^⑪。名实已明,而天下之理得矣。今君实所以见教者,以为侵官、生事、征利、拒谏,以致天下怨谤也。某则以谓受命于人主,议法度而修之于朝廷,以授之于有司^⑫,不为侵官;举先王之政,以兴利除弊,不为生事;为天下理财,不为征利;辟邪说^⑬,难壬人^⑭,不为拒谏;至于怨谤之多,则固前知其如此也。人习于苟且非一日^⑮,士大夫多以不恤国事、同俗自媚于众为善^⑯。上乃欲变此^⑰,而某不量敌之众寡,欲出力助上以抗之,则众何为而不汹汹!然盘庚之迁,胥怨者民也,非特朝廷士大夫而已^⑱。盘庚不为怨者故改其度^⑲。度义而后

146

动⑳,是而不见可悔故也㉑。

如君实责我以在位久,未能助上大有为,以膏泽斯民㉒,则某知罪矣;如曰今日当一切不事事㉓,守前所为而已,则非某之所敢知㉔。无由会晤,不任区区向往之至㉕。

【注释】

①司马谏议:司马光,字君实。时任右谏议大夫。

②某:自称。在草稿或文集中代替自己名字。

③蒙教:指收到来信。

④窃:私意,谦词。

⑤术:指政治方略。

⑥强聒(guō):硬在对方耳旁啰嗦。

⑦司马光曾先写一封长信给作者,作者只回了封短笺。司马光又写第二封信,作者这才写此信。上报:给您写回信。

⑧视遇:看待。

⑨反复:指书信往来。卤莽:简慢无礼。

⑩具道:详细说明。

⑪名实:名称与实际。

⑫有司:负有专责的官员。

⑬辟:驳斥。

⑭难(nàn):责难。壬人:巧辩谄媚的坏人。

⑮句谓人们习惯于苟且偷安已不是一天了。

⑯恤(xù):关心。同俗自媚于众:附和世俗,讨好众人。

⑰上:指宋神宗。

⑱几句指商朝君主盘庚为避开黄河水灾,打算迁都到亳(bó)京(今河南偃师),遭到不少人反对。胥怨:相怨。

⑲度:计划。

⑳度(duó)义:考虑是否合理。

㉑是:认为做得对。

㉒膏泽：施恩惠。

㉓事事：做事。前一"事"为动词，后一"事"为名词。

㉔所敢知：所愿意领教的。

㉕此句为旧时信中的客套语，意谓私心不胜仰慕。不任：不胜。区区：诚恳。

【品评】

　　此信为反驳司马光对新法的指责而作。作者与司马光不但在政治上观点对立，而且此番书信论辩，在文风上也大异其趣。司马光前后写了三封信，其中一封长达三千余言洋洋洒洒，条分缕析，详查复案，对新法罗列了种种罪状。而王安石则运笔简捷，此信不过三百余字。他善于以短总繁，且深谙纵横开阖之法。首先，他准确而简练地概括司马光指责的要点为"侵官""生事""征利""拒谏"四项，然后逐点辩驳，要言不烦，笔锋犀利，语势劲健，令对方无懈可击。接着集中剖析"怨诽之多"的原因，严厉指斥当前一般士大夫的不恤国事、屈己媚众，表明自己不改其度的鲜明态度。前面的反驳，全以守势为主；这里主动出击，渐露攻击的势头。最后，对司马光"未能助上大有为"的责备，明说"知罪"，实是反戈一击，把对方推到因循守旧的被告位置，从而完成了从守到攻的转变。

　　千年前的这场围绕革新与守旧斗争的历史硝烟早已散尽；其是非功过，这里也暂不置论。但从这封"理足气盛"的驳难信中，已凸现出一位锐意进取、蔑视流俗、坚定不移的改革者形象，其见识、勇气和责任心令人钦佩。另外就文章而言，作者虽然态度坚定，风格劲悍凌厉，但措辞委婉得体，不卑不亢，尤显气度宏大。

读孟尝君传①

　　世皆称孟尝君能得士②，士以故归之③，而卒赖其力以脱于虎豹之秦④。嗟乎！孟尝君特鸡鸣狗盗之雄耳⑤，岂足以言得士！不然，擅齐之强⑥，得一士焉，宜可以南面而制秦⑦，尚何取鸡鸣狗盗之力哉？夫鸡鸣狗盗之出其门，此士之所以不至也。

【注释】

①孟尝君传：指《史记·孟尝君列传》。孟尝君：田文，战国时齐国贵族。他喜养士，门下食客达几千人。

②得士：指孟尝君能"礼贤下士"，与士相得。

③归：投奔。

④虎豹之秦：像虎豹一样残暴的秦国。

⑤特：不过，仅仅。鸡鸣狗盗：孟尝君曾在秦国做"人质"，他求秦昭王的宠妃设法放他回国。那宠妃要他拿早已送给昭王的一件白色狐裘作为报酬。孟尝君的一位会狗叫的食客，扮狗潜入宫中，偷出狐裘，献给那位宠妃，使他们被释逃跑。他们逃至函谷关时已是夜半。按规定，关门等鸡啼时才能打开。而这时昭王追兵将到。孟尝君的另一位会鸡鸣的食客，赚开了大门。孟尝君这才逃出秦国。

⑥擅：拥有。

⑦南面而制秦：使秦王向齐王称臣。南面：古代帝王听政时坐北朝南。

【品评】

王安石善作翻案文章，往往敏锐地抓住史书记载中的一些破绽，三言两语，力破陈说。这篇读后感式的史评文即是其中的代表作。作者以异于传统的"士"的标准，反驳了史书中所羡称的"孟尝君能得士"之说。对于"士"的这一独特理解和对传统之说的断然否定，从侧面反映出作者自许自负的态度和睨视世俗的胸襟。作者的议论新颖精警，而妙在不觉牵强附会。全文九十字，四句话四层意思，简洁紧凑，极尽转折腾挪之能事。首层提出论点，语势缓和；二、三两层为驳论，辞气凌厉，顿作巨澜；末层似老吏断狱，牢确不移。起得缓，接得陡，结得疾，为短论的杰构。谢枋得评说："笔力简而健。"沈德潜说："语语转，笔笔紧，千秋绝调。"皆为知言。

伤 仲 永

金溪民方仲永[1]，世隶耕[2]。仲永生五年，未尝识书具[3]，忽啼求之。父异焉，借旁近与之[4]，即书诗四句，并自为其名[5]。其诗以养父母、收族为意[6]，传一乡秀才观之。自是指物作诗立就，其文理皆有可观者。邑人奇之[7]，稍稍宾客其父[8]，或以钱币乞之[9]。父利其然也[10]，日扳仲永环谒于邑人[11]，不使学。

予闻之也久。明道中[12]，从先人还家[13]，于舅家见之，十二三矣。令作诗，不能称前时之闻[14]。又七年，还自扬州，复到舅家，问焉。曰："泯然众人矣[15]。"

王子曰[16]："仲永之通悟，受之天也。其受之天也，贤于材人远矣[17]。卒之为众人，则其受于人者不至也[18]。彼其受之天也，如此其贤也；不受之人，且为众人[19]。今夫不受之天，固众人；又不受之人，得为众人而已邪[20]？"

【注释】

①金溪：县名，今属江西。

②隶耕：从事农业生产。

③书具：写字的工具。

④借旁近：就近借来。

⑤自为其名：自己取了个名字。

⑥收族：招拢、安顿同族人。

⑦邑人：同乡人。

⑧宾客其父：用宾客的礼节款待他的父亲。

⑨乞之：讨取仲永的诗作。

⑩利其然：贪图这样(以诗换钱之事)。

⑪扳：领着。

⑫明道：宋仁宗的年号(1032—1033)。

⑬从先人：跟着先父。

⑭称：符合，相当。前时之闻：以前的传闻。

⑮句指仲永特异之处完全消失，混同于普遍人。泯然：消失的样子。

⑯王子：王安石自称。

⑰材人：指后天培养起来的人才。

⑱受于人者：指受教育。不至：没有受到。

⑲且：尚且。

⑳几句谓没有天赋的，本来就是个普通人；又不受教育，要做个普通人能行吗？意思是连做普通人都不行。

【品评】

本篇旨在劝学，强调后天学习的重要性，但自始至终没有正面提出，只以"不学"为论题，从反面落笔。首先以一个天才少年沦为普通人的反面事例，运用背面敷写法，指出不学习的危害性。作者精心选择了方仲永五岁、十二三岁、成年后三个年龄时的智力表现，简要地展示出他从奇到凡的历程，从中突出了方父"不使学"是仲永沦落的这一关键因素。接着在只有三分之一篇幅的议论部分，作者以其特有的盘折文风，反反复复地比较"受之天"(指天赋)与"受之人"(指后天学习)两者谁为重要时，也是从"不受之人"(指不学习)切入，着重阐述无论有无天赋，后天学习都是不可或缺的：天质聪颖者不学习，会泯没他的天赋，沦为凡人；而资质平平的人不学习，就连做个凡人也不成。尤其是这后一个推论确如林纾所说"极危悚，又极精切"，所以能警动世人，达到劝学的目的。

这原本是一个关于天才沦落的故事，而世上多凡人，因而一般读者对于这类故事只感好奇有趣，不易产生一种与切身有关的警觉。但作者却从这则奇闻异事中剔发出普遍意义来，可见其思智笔力过人之处。

游褒禅山记^①

　　褒禅山亦谓之华山，唐浮图慧褒始舍于其址^②，而卒葬之^③，以故其后名之曰"褒禅"^④。今所谓慧空禅院者，褒之庐冢也^⑤。距其院东五里，所谓华山洞者，以其乃华山之阳名之也^⑥。距洞百余步^⑦，有碑仆道^⑧，其文漫灭^⑨，独其为文犹可识，曰："花山"。今言"华"如"华实"之"华"者，盖音谬也^⑩。其下平旷，有泉侧出^⑪，而记游者甚众^⑫，所谓前洞也。由山以上五六里，有穴窈然^⑬，入之甚寒，问其深，则其好游者^⑭，不能穷也^⑮，谓之后洞。余与四人拥火以入^⑯，入之愈深，其进愈难，而其见愈奇。有怠而欲出者，曰："不出，火且尽^⑰。"遂与之俱出。盖予所至，比好游者尚不能十一^⑱，然视其左右来而记之者已少。盖其又深则其至又加少矣。方是时^⑲，予之力尚足以入，火尚足以明也。既其出，则或咎其欲出者，而予亦悔其随之，而不得极夫游之乐也。

　　于是予有叹焉。古人之观于天地山川草木虫鱼鸟兽，往往有得^⑳，以其求思之深而无不在也^㉑。夫夷以近^㉒，则游者众；险以远，则至者少。而世之奇伟瑰怪、非常之观^㉓，常在于险远，而人之所罕至焉。故非有志者，不能至也；有志矣，不随以止也，然力不足者，亦不能至也；有志与力而又不随以怠，至于幽暗昏惑而无物以相之^㉔，亦不能至也。然力足以至焉^㉕，于人为可讥，而在己为有悔；尽吾志也而不能至者，可以无悔矣，其孰能讥之乎？此予之所得也。

　　余于仆碑，又以悲夫古书之不存^㉖，后世之谬其传而莫能名者^㉗，何可胜道也哉^㉘！此所以学者不可以不深思而慎取之也。

　　四人者:庐陵萧君圭君玉㉙,长乐王回深父㉚,余弟安国平父、安上纯父㉛。至和元年七月某日㉜,临川王某记。

【注释】

　　①褒禅山:在今安徽含山北。

　　②浮图:梵文的译音,亦译作"浮屠""佛图",有佛、佛徒、佛塔等不同含义。这里指佛徒。慧褒:唐代著名和尚,因喜爱含山县北山林之美,筑室定居。舍:盖房居住。

　　③卒:最后,与前"始"相应,不作"死"讲。

　　④禅:梵文"禅那"的省称,静思之意。后来泛指一切与佛教相关的人和物。

　　⑤庐冢:墓旁盖的房子,守墓用。

　　⑥阳:山的南面或水的北面。

　　⑦步:古代长度单位,这里泛指脚步的步。

　　⑧仆(pū)道:倒在路上。

　　⑨文:指成篇的文章。下句"其为文"的"文",指碑上残存的文字。漫灭:指碑文剥蚀,模糊不清。

　　⑩二句谓现在把"华山"的"华",念"华实"的"华"(huá),看来是读错了字音,应该读作"花"。

　　⑪句谓泉水从平旷地旁流出。

　　⑫记游者:指在壁上题字留念的人。

　　⑬窈然:幽深的样子。

　　⑭好(hào):喜欢。

　　⑮穷:尽。

　　⑯拥火:举着火把。

　　⑰且:将要。

　　⑱不能十一:不到十分之一。

　　⑲是时:指从洞中退出的时候。

　　⑳有得:有心得。

㉑句谓这是因为他们思考问题深刻而且处处都能深思的缘故。

㉒夷以近：道路平坦而且近。

㉓瑰（guī）怪：壮丽奇异。非常之观：少见的景观。

㉔相：辅助。

㉕此句下面省去"而不能至"之类的话。

㉖以：因。悲：感叹。

㉗谬其传：以讹传讹。莫能名：不能说出事物的真相。

㉘胜：尽，完全。

㉙庐陵：今江西吉安。萧君圭君玉：萧君圭，字君玉，生平不详。

㉚长乐：今福建闽侯。王回深父：王回，字深父，宋代理学家。

㉛安国平父：王安国，字平父。安上纯父：王安上，字纯父，作者幼弟。

㉜至和元年：公元 1054 年。至和：宋仁宗的年号（1054—1056）。

【品评】

　　本文通过记游而进行说理，阐发了两点意见：一是从游历中得出了"世之奇伟瑰怪、非常之观，常在于险远"的辩证关系，进而提倡百折不回的探索精神，反对浅尝辄止、半途而废。同时，作者还提出实现目标的三个前提条件：志向、能力（体力）、一定的物质装备。在强调志向这一精神条件时，还注意体力、物质装备这些非精神性因素，无疑体现了作者考虑问题的周密性和注重现实性。这也是实干家所必不可少的素质。二是从残碑引出议论，认为古代文献资料有所不足，常有以讹传讹的现象，因而必须"深思""慎取"。这两个游山心得本来都是从治学角度来论述的，其实可以推广到更广泛的领域中去。

　　在行文中，上述两层意思不是平列叙述的，而是前者为主，后者为从，且注意首尾照应，文章整个布局显得灵活有变化。

　　加重议论成分的趋势，这既能使抽象的道理具象化，又能使记事绘景增加思想深度。本文即是一篇借记叙以说理的范文，甚或可看作一篇别致的说理文。

苏轼（1037—1101）

字子瞻，号东坡居士，眉州眉山（今属四川）人。宋仁宗嘉祐时进士。神宗时，因与王安石政见不合而求外职，任杭州通判和密、徐、湖三州知州。以作诗讽刺新法贬居黄州。哲宗时任翰林学士、礼部尚书等，并出知杭、颖、扬、定四州。后又贬居惠州、儋州。与父洵弟辙合称"三苏"。他是北宋继欧阳修之后的文坛领袖，诗词文均代表北宋文学最高水平。其文如行云流水，汪洋恣肆，雄健畅达，为"唐宋八大家"之一。有《东坡七集》等。

赤　壁　赋^①

壬戌之秋^②，七月既望^③，苏子与客泛舟游于赤壁之下^④。清风徐来，水波不兴^⑤。举酒属客^⑥，诵《明月》之诗，歌《窈窕》之章^⑦。少焉^⑧，月出于东山之上，徘徊于斗、牛之间^⑨。白露横江^⑩，水光接天。纵一苇之所如^⑪，凌万顷之茫然^⑫。浩浩乎如凭虚御风^⑬，而不知其所止；飘飘乎如遗世独立^⑭，羽化而登仙^⑮。

于是饮酒乐甚，扣舷而歌之^⑯。歌曰："桂棹兮兰桨^⑰，击空明兮溯流光^⑱。渺渺兮予怀^⑲，望美人兮天一方^⑳。"客有吹洞箫者，倚歌而和之^㉑。其声呜呜然^㉒，如怨如慕^㉓，如泣如诉，余音袅袅^㉔，不绝如缕^㉕，舞幽壑之潜蛟^㉖，泣孤舟之嫠妇^㉗。

苏子愀然^㉘，正襟危坐而问客曰^㉙："何为其然也^㉚？"

客曰："'月明星稀，乌鹊南飞'^㉛，此非曹孟德之诗乎^㉜？西望夏口^㉝，东望武昌^㉞，山川相缪^㉟，郁乎苍苍，此非孟德之困于周郎者乎^㊱？方其破荆州，下江陵，顺流而东也^㊲，舳舻千里^㊳，旌旗蔽空,酾酒临江,横槊赋诗㊴,固一世之雄也㊵,而今安在哉？况吾与子渔樵于江渚之上㊶,侣鱼虾而友麋鹿㊷;驾一叶之扁舟㊸,举匏樽以相属㊹。寄蜉蝣于天地㊺,渺沧海之一粟㊻。哀吾生之须臾㊼,羡长江之无穷。挟飞仙以遨游,抱明月而长终㊽。知不可乎骤得,托遗响于悲风㊾。"

苏子曰:"客亦知夫水与月乎？逝者如斯,而未尝往也㊿;盈虚者如彼,而卒莫消长也�51。盖将自其变者而观之,则天地曾不能以一瞬�52;自其不变者而观之,则物与我皆无尽也�53,而又何羡乎！且夫天地之间�54,物各有主;苟非吾之所有,虽一毫而莫取。惟江上之清风,与山间之明月,耳得之而为声,目遇之而成色,取之无禁,用之不竭,是造物者之无尽藏也�55,而吾与子之所共适�56。"

客喜而笑,洗盏更酌�57,肴核既尽�58,杯盘狼籍�59。相与枕藉乎舟中�60,不知东方之既白�61。

【注释】

①赤壁:长江、汉水流域共有五处叫赤壁的地方。三国时"赤壁之战"的旧址,一般认为是在今湖北嘉鱼县境内;苏轼所游的赤壁,是今湖北黄岗的赤鼻矶,两者并非一地。

②壬戌:宋神宗元丰五年(1082)。

③既望:阴历每月的十六日。既:过了。望:阴历每月十五日。

④苏子:苏轼自称。泛舟:漂荡着船。

⑤兴:起。

⑥举酒属(zhǔ)客:举起酒杯,向客人敬酒。属,祝酒劝饮的意思。

⑦《明月》之诗:指《诗经·陈风·月出》篇。《窈窕》之章:指此诗的第一章,其中有"月出皎兮,佼人僚兮,舒窈纠兮"的句子。窈窕:即窈纠。

⑧少焉:一会儿。

⑨徘徊:踌躇不前的样子(这是把月亮拟人化的说法)。斗、牛:星宿名,即斗宿、牛宿。

⑩白露横江:白茫茫的水气横浮在江上。露:指水气。

⑪纵:听任。一苇:比喻小船。所如:所去之处。如:往,到。

⑫凌:越过。万顷:形容江面宽广。茫然:指江面旷远迷茫的样子。

⑬浩浩乎:水大的样子。凭虚御风:腾空驾风而行。

⑭遗世独立:抛开人世,了无牵挂。

⑮羽化:道家用语,指成仙。登仙:飞入仙境。

⑯扣舷:敲击船边。这是打节拍的意思。

⑰棹(zhào)桨:划船的工具(前推的叫桨,后推的叫棹)。桂兰:都是美称。

⑱击空明:指船桨击打着清澈的江水。空明:水清见底,月照水中宛如透明。沂流光:指船在浮动着月光的水面上逆流而进。

⑲句谓我的情怀啊,深远无穷!

⑳美人:古人常用来作为贤君圣主或美好理想的象征。天一方:指"美人"在遥远的地方。

㉑客:指道士杨世昌,四川绵竹人。识音律,善吹箫。倚歌而和之:按着歌声,吹箫伴奏。

㉒呜呜然:形容箫声的吞吐、凄凉。

㉓如怨如慕:像是哀怨,又像是眷恋。

㉔袅袅:形容声音悠扬不绝。

㉕不绝如缕:余音不断,宛如细丝一般。

㉖句谓箫声使潜伏在深渊里的蛟龙飞舞起来。幽壑(hè):深谷,这里指深渊。

㉗句谓使孤舟上的寡妇哭泣起来。嫠(lí)妇:寡妇。

㉘愀(qiǎo)然:忧愁变容的样子。

㉙正襟危坐:理直衣襟,端坐着。

㉚句谓箫声为什么这样悲凉呢?

㉛"月明星稀"二句是曹操《短歌行》中的诗句。

㉜孟德:曹操的字。

㉝夏口:城名,故址在今武汉市黄鹤山上,相传为三国吴孙权所建。

㉞武昌:今湖北鄂城。

㉟缪(miù):连结,盘绕。

㊱困于周郎:被周郎打败。周郎:即周瑜,三国孙吴的名将。

㊲三句指曹操在荆州降服刘琮、攻占江陵,向东进军赤壁。荆州:郡名,治所在今湖北襄阳。江陵:今属湖北。

㊳舳舻(zhúlú):长方形的大船。千里:形容船多,前后相衔,千里不绝。

㊴酾(shī)酒:斟酒。横槊(shuò):横执着长矛。

㊵一世之雄:一代英雄。

㊶渔樵:打鱼砍柴。江渚:江中的小洲。

㊷句谓与鱼虾作伴,同麋鹿为友。侣:友,这里名词活用作动词。

㊸扁(piān)舟:小船。

㊹匏(páo)樽:葫芦做的酒器。

㊺句谓像蜉蝣那样短促地寄生在天地之间。蜉蝣:昆虫名,夏秋之交生于水边,传说早晨生,晚上死,存活时间很短。

㊻沧海:大海。

㊼须臾:片刻。

㊽两句谓希望同神仙一起游玩,与明月一起长存。挟:挟带。

㊾两句意谓明知道这希望不可能马上实现,只得把表达这种心情的箫声托于悲凉的秋风之中。遗响:余音。

㊿两句谓像江水这样不断地流淌,而实际上并没有流去。斯:这里,指江水。

51两句谓像那月亮时圆时缺,而到底没有一点增减。彼:那里,指月亮。

52两句谓若从变化的一面来看,那么天地间的事物连一眨眼的工夫都不能保持原样。

53无尽:永恒不尽。

�54且夫:发语词,况且。

�55造物者:指大自然。藏(zàng):宝藏。

�56共适:一起来赏玩适意。一本作"共食",共同享用。

�57洗盏更酌:洗杯重饮。

�58肴核:菜肴和果品。

�59狼籍:杂乱。

�60相与枕藉:互相靠着睡觉。枕:枕头;藉:垫褥。这里的"枕藉"作动词用。

�61既白:天色已经发白。

【品评】

元丰三年(1080)苏轼因反对新法被贬到黄州做了闲散的团练副使。这篇赋是在度过两年多苦闷贫困的谪居生活以后写的,它揭示了作者当时复杂矛盾的心情,表达他深刻的人生思考。

本文运用了主客对答体这一赋的传统手法,但已不是简单地借设问以说理,而是用以展示作者自己思想的波折、挣扎和解脱的过程。首段写"苏子"陶醉于清风、明月交织而成的江山美景之中,逗引起"羽化而登仙"的超然之乐;次段写"客"对曹操等历史人物兴亡的凭吊,跌入现实人生的苦闷;末段写"苏子"从眼前水、月立论,阐发"变"与"不变"的哲理,在旷达乐观中得到摆脱。这里,从游赏之乐,到人生不永之悲,到旷达解脱之乐,正是苏轼在厄运中努力坚持人生理想和生活信心的艰苦思想斗争的缩影。

本文的最大特点是"以文为赋",解放赋体,使之兼具诗文之长。散文的笔势笔调,使全篇文情勃郁顿挫,像"万斛泉源"喷薄而出。与骈赋、律赋之类的讲究整齐对偶不同,它的抒写更为自由。如开头一段"壬戌之秋,七月既望,苏子与客泛舟游于赤壁之下。……"全是散句,参差疏落之中却有整饬之致;以下直至篇末,虽都押韵,但换韵较快。而且换韵处往往是文义的一个段落,这就使本篇特别宜于诵读,极富声韵之美。这又体现出韵文文学的长处。

后 赤 壁 赋

是岁十月之望①,步自雪堂②,将归于临皋③。二客从予④,过黄泥之坂⑤。霜露既降,木叶尽脱,人影在地,仰见明月。顾而乐之⑥,行歌相答⑦。

已而叹曰⑧:"有客无酒,有酒无肴;月白风清,如此良夜何⑨?"客曰:"今者薄暮⑩,举网得鱼,巨口细鳞,状似松江之鲈⑪。顾安所得酒乎⑫?"归而谋诸妇⑬。妇曰:"我有斗酒,藏之久矣。以待子不时之须⑭。"

于是携酒与鱼,复游于赤壁之下⑮。江流有声,断岸千尺⑯,山高月小,水落石出。曾日月之几何⑰,而江山不可复识矣。予乃摄衣而上⑱,履巉岩⑲,披蒙茸⑳,踞虎豹㉑,登虬龙㉒,攀栖鹘之危巢㉓,俯冯夷之幽宫㉔。盖二客不能从焉㉕。划然长啸㉖,草木震动,山鸣谷应,风起水涌。予亦悄然而悲㉗,肃然而恐,凛乎其不可留也㉘。返而登舟,放乎中流㉙,听其所止而休焉㉚。时夜将半,四顾寂寥。适有孤鹤,横江东来㉛。翅如车轮,玄裳缟衣㉜,戛然长鸣㉝,掠予舟而西也。

须臾客去,予亦就睡。梦一道士,羽衣蹁跹㉞,过临皋之下,揖予而言曰:"赤壁之游乐乎?"问其姓名,俯而不答。呜呼噫嘻!我知之矣。畴昔之夜㉟,飞鸣而过我者,非子也耶?道士顾笑㊱,予亦惊悟。开户视之,不见其处。

【注释】

①是岁:指宋神宗元丰五年(1082)。

②雪堂：苏轼在黄州时建造的自住的厅堂。因在雪天落成，并四壁绘有雪景，故名。

③临皋：亭名。在今湖北黄岗县南，长江之旁。苏轼家居于此。

④二客从予：两位客人随我同行。

⑤黄泥之坂：即"黄泥坂"，山坡名，是从雪堂到临皋的必经之路。坂：斜坡。

⑥顾而乐之：俯仰环顾，非常快乐。

⑦行歌相答：边走边唱，互相酬答。

⑧已而：过了一会儿。

⑨句谓如何度过这个良夜呢？

⑩薄暮：傍晚。薄：迫近。

⑪松江之鲈：松江（流经今江苏省和上海市一带）盛产四鳃鲈，长仅五六寸，味甚鲜美。

⑫句谓但从什么地方能弄到酒呢？顾：但是。安所：从什么地方。

⑬谋诸妇：和妻子商量这事。诸：之于。

⑭子：您。古时对男子的尊称或通称。不时之须：随时的需要。

⑮复游：这年七月苏轼曾游过赤壁，见前《赤壁赋》，这次是再度游览。

⑯断岸：陡峭的江岸。

⑰曾日月之几何：才隔了几天呀。曾：才，刚刚。

⑱摄衣：撩起衣裳。

⑲履巉（chán）岩：登上险峻的山岩。

⑳披蒙茸：拨开稠密纷繁的山草。

㉑踞虎豹：蹲坐在形似虎豹的山石上。

㉒登虬龙：攀着像虬龙一样弯曲的古木。虬龙，古代传说中一种有角的小龙。

㉓鹘（hú）：一种凶猛的鸟。危巢：高高的鸟巢。

㉔冯夷：水神名。幽宫：深宫。

㉕盖：连接词，有提起下文的作用。

㉖划然:形容长啸的声音。

㉗悄然:忧愁的样子。

㉘句谓感到害怕,不敢停留。

㉙放乎中流:放船到江心。

㉚句谓随它漂流到哪里,就在哪里停泊。

㉛横江东来:横飞过长江,从东而来。

㉜玄:黑色。裳:下裙。缟:白色的丝织品。衣:上衣。

㉝戛(jiá)然:形容鹤叫尖利声。

㉞羽衣:用鸟羽毛制成的衣服。后称道士所穿的衣服为羽衣,这里的道士是鹤化成的,穿羽衣更确切。蹁跹:飘然轻快的样子。

㉟畴昔之夜:指昨天夜里。

㊱顾:回头看。

【品评】

时隔三月,苏轼重游赤壁。一样风月,两种境界。前赋字字秋色,这篇句句冬景,但都具有诗情画意。这篇赋还写了上次没有写到的登山情景,渲染出可惊可怖的气氛,与上次风月水光的安谧幽静,恰成鲜明的对照。

至于后面道士化鹤的幻觉,写得迷离恍惚,带有比前赋更为浓重的虚幻飘渺的色彩,这是作者企图超尘绝俗的思想的曲折反映。

赋体原属韵文系统,从《楚辞》的"骚赋"经两汉的"辞赋"、魏晋时的"骈赋"直到唐代"律赋"的曲折发展,赋体似乎走到了尽头,创作颇为沉寂,形容也趋于偏枯。发展到宋代,逐渐走向散文化,在形体上多用散句,押韵也较随便,特别是吸取散文的笔法气势,清新流畅,别开生面;但仍适当运用传统赋的铺张排比的手法,讲究词采,杂以骈偶韵语,于是成为一种类似散文诗的赋。欧阳修的《秋声赋》就是最早的成功范例。而苏轼的前后《赤壁赋》,更充分发挥诗文兼具之长,亦诗亦文,熔抒情、叙事、写景、说理于一炉,成为光照千古的不朽杰构,标志着散文赋这一新文体的成立和成熟,为赋的继续发展开辟道路。

喜雨亭记^①

亭以雨名,志喜也^②。古者有喜则以名物,示不忘也。周公得禾,以名其书^③;汉武得鼎,以名其年^④;叔孙胜狄,以名其子^⑤;其喜之大小不齐,其示不忘一也。

余至扶风之明年^⑥,始治官舍,为亭于堂之北,而凿池其南,引流种木,以为休息之所。是岁之春^⑦,雨麦于岐山之阳^⑧,其占为有年^⑨。既而弥月不雨^⑩,民方以为忧。越三月乙卯乃雨^⑪,甲子又雨^⑫,民以为未足;丁卯大雨^⑬,三日乃止。官吏相与庆于庭,商贾相与歌于市^⑭,农夫相与忭于野^⑮,忧者以乐^⑯,病者以愈,而吾亭适成。

于是举酒于亭上以属客^⑰,而告之曰:“五日不雨可乎?”曰:“五日不雨则无麦。”“十日不雨可乎?”曰:“十日不雨则无禾。”无麦无禾,岁且荐饥^⑱,狱讼繁兴^⑲,而盗贼滋炽。则吾与二三子,虽欲优游以乐于此亭,其可得耶?今天不遗斯民^⑳,始旱而赐之以雨,使吾与二三子,得相与优游而乐于此亭者,皆雨之赐也。其又可忘邪?

既以名亭,又从而歌之。歌曰:使天而雨珠,寒者不得以为襦^㉑;使天而雨玉,饥者不得以为粟。一雨三日,繄谁之力^㉒?民曰太守^㉓,太守不有。归之天子,天子曰不^㉔。归之造物^㉕,造物不自以为功,归之太空。太空冥冥,不可得而名,吾以名吾亭。

【注释】

①喜雨亭:在凤翔府(今属陕西)城东北。

②志:记。

③据《尚书·微子之命》,周成王的同母弟唐叔,得到一株特异的稻禾(异株而合为一个稻头),献给成王。成王赏赐给周公,周公为了表示对成王的谢意,作《嘉禾》。《嘉禾》为《周书》篇名,今已佚。

④《史记·孝武本纪》载,汉武帝元狩七年(116)六月,汾阳发现宝鼎,奏闻,迎鼎至甘泉宫,改年号为元鼎。

⑤《左传·文公十一年》载狄人侵鲁,鲁文公使叔孙得臣击败狄军。俘获狄军首领侨如,并把叔孙得臣之子宣伯改名侨如,以表彰其功。

⑥扶风:旧郡名,即指凤翔府。明年:第二年,即嘉祐七年(1062)。

⑦是岁:这一年。

⑧雨麦:天上落下麦子。一说播种麦子。岐山:在凤翔东北。阳:指山南。

⑨占:占卜。有年:丰年。年,年成。

⑩弥月:满一个月。

⑪越三月:至三月。乙卯:指阴历三月八日。

⑫甲子:指三月十七日。

⑬丁卯:指三月二十日。

⑭商贾:商人。

⑮忭(biàn):欢欣。

⑯以:因此

⑰属客:向客人敬酒劝饮。

⑱荐饥:连年饥荒。

⑲狱讼:打官司。繁兴:多次发生。

⑳不遗:不遗弃。

㉑襦(rú):短衣、短袄。

㉒繄(yī):语助词,近"维"字义。

㉓太守:指宋选,字子才,荥阳人。嘉祐八年(1063)正月,他罢任,由陈希亮接任凤翔知府。

㉔不:同"否"。

㉕造物：造物主。旧指大自然的主宰者。

【品评】

苏轼在宋仁宗嘉祐六年(1061)十二月到凤翔府任签判。次年春，修治官舍，并作一亭。恰遇久旱得雨，即以"喜雨"命亭，写下了这篇亭记。

文章开头说，"亭以雨名，志喜也"，一语即把命名之由说清，也指明了文章的主旨。以下几段围绕"喜""雨""亭"三层意思，通过分写与合写，实写与虚写加以淋漓尽致的发挥。第一段引用"周公得禾""汉武得鼎""叔孙胜狄"三个历史故事，说明"喜则以名物"的惯例，先单说"喜"意。二、三段才把"喜""雨""亭"三者合说，但前段实写，后段虚拟，前段正叙，后段反问，互相映衬，道尽了喜雨之情。末段歌词，谓从太守、天子、造物主到太空，均不居得雨之功，涉笔成趣，与全文轻松幽默的风格复相谐和，对写透一个"喜"字，是很好的补笔。

此篇题小旨大，字里行间流露出作者对人民生活的深切关怀，却无枯燥说教之感。

文与可画筼筜谷偃竹记①

竹之始生，一寸之萌耳，而节叶具焉②；自蜩腹蛇蚹③，以至于剑拔十寻者④，生而有之也⑤。今画者乃节节而为之，叶叶而累之⑥，岂复有竹乎⑦？故画竹必先得成竹于胸中，执笔熟视，乃见其所欲画者，急起从之，振笔直遂⑧，以追其所见，如兔起鹘落⑨，少纵则逝矣⑩。与可之教予如此。予不能然也，而心识其所以然⑪。夫既心识其所以然，而不能然者，内外不一，心手不相应，不学之过也⑫。故凡有见于中，而操之不熟者，平居自视了然，而临事忽焉丧之，岂独竹乎⑬？子由为《墨竹赋》以遗与可曰："庖丁，解牛者也，而养生者取之⑭；轮扁，斫轮者也，而读书者与之^⑮。今夫夫子之托于斯竹也,而予以为有道者则非耶^⑯？子由未尝画也,故得其意而已。若予者,岂独得其意,并得其法^⑰。

与可画竹,初不自贵重^⑱。四方之人,持缣素而请者^⑲,足相蹑其于门^⑳。与可厌之,投诸地而骂曰："吾将以为袜^㉑！"士大夫传之,以为口实^㉒。及与可自洋州还,而余为徐州。与可以书遗余曰^㉓："近语士大夫：'吾墨竹一派,近在彭城,可往求之。'袜材当萃于子矣^㉔。"书尾复写一诗,其略曰："拟将一段鹅溪绢^㉕,扫取寒梢万尺长^㉖。"予谓与可："竹长万尺,当用绢二百五十匹^㉗,知公倦于笔砚,愿得此绢而已！"与可无以答,则曰："吾言妄矣！世岂有万尺竹哉？"余因而实之^㉘,答其诗曰："世间亦有千寻竹,月落庭空影许长^㉙。"与可笑曰："苏子辩则辩矣^㉚,然二百五十匹绢,吾将买田而归老焉^㉛！"因以所画《筼筜谷偃竹》遗予曰："此竹数尺耳,而有万尺之势。"筼筜谷在洋州,与可尝令予作洋州三十咏^㉜,筼筜谷其一也。予诗云："汉川修竹贱如蓬^㉝,斤斧何曾赦箨龙^㉞,料得清贫馋太守^㉟,渭滨千亩在胸中^㊱。"与可是日与其妻游谷中,烧笋晚食,发函得诗^㊲,失笑喷饭满案。

元丰二年正月二十日,与可没于陈州^㊳。是岁七月七日,予在湖州^㊴,曝书画,见此竹,废卷而哭失声^㊵。

昔曹孟德祭桥公文^㊶,有"车过""腹痛"之语^㊷,而予亦载与可畴昔戏笑之言者,以见与可于予亲厚无间如此也。

【注释】

①文与可：文同（1018—1079）,字与可,梓州永泰（今四川盐亭东）人。因曾任湖州太守,世称文湖州。他是北宋著名画家,擅长墨竹,形成"湖州竹派"。筼筜（yúndàng）谷：在洋州（治所在今陕西洋县）,其地多

竹。文同任洋州知州时常去观赏。箟筜:原为一种大竹名称。偃竹:风中仰斜的竹子。偃:原意仰卧。

②具:具备。

③蜩(tiáo)腹蛇蚹(fù):形容竹笋开始脱壳拔节。蜩:即蝉,蝉后腹上有一条条的横纹。蛇蚹:蛇腹下代足爬行的横鳞。

④剑拔:指竹生长迅速,挺拔有力。十寻:形容竹长得很高,非实数。寻:古代长度单位,一寻等于八尺。

⑤句谓这是自然生长发育的结果呀。

⑥累:添加。

⑦有竹:指具有竹的天然神韵。

⑧振笔直遂:挥笔落纸,一气呵成。遂:成。

⑨兔起鹘落:像兔子惊跑、鹰隼疾落一样迅速。鹘:鸷鸟,一种凶禽。

⑩少纵:稍稍放松。逝:消失。

⑪两句谓我不会这样画,但心里明白应该这样画画的道理。识:懂得。

⑫五句大意谓心里虽有认识,手上却不能表达,这是不学的过失。

⑬五句意谓所以凡是内心有一定见解,而做起来不熟练的人,往往是平时自以为很清楚,而临到做时忽然又不会了,这难道仅仅画竹才是这样吗? 了然:清楚的样子。

⑭《庄子·养生主》载,庖丁为梁惠王解牛,技艺纯熟。庖丁自称掌刀已有十九年,杀过数千头牛,刀刃却如新磨过一般。诀窍在于牛的骨节有空隙(有间),而刀刃很薄几乎没有厚度,"以无厚入有间,恢恢乎其于游刃必有余地矣"(刀刃游行在空隙之中而大有回旋的余地)。梁惠王听后说:"善哉,吾闻庖丁之言,得养生焉(养生之道)。"庖丁:姓丁的厨师。庖:厨师。解牛:分卸牛体。

⑮《庄子·天道》载,轮扁对正在看书的齐桓公说:砍削制造轮子,下手太慢,轮子就太松太滑以致不坚固;下手太快,轮子就滞涩难以插入。不快不慢则正好。而这不快不慢的速度自己内心清楚,却无法表达出来,所以这技艺无法口传给儿子。由此可见,古人所得的"道"是无法传下来

的,借书本而传的只能是些糟粕罢了。齐桓公赞同这个看法。轮扁:名扁,是做轮子的工匠,故称。斫:砍。与:赞同。

⑯这两句谓现在您把这样的道理寄托在竹中,因而我知道你也是深知事物规律的人,难道不是吗? 夫子:指文同。

⑰法:技法,绘画的技法。苏轼是"文湖州竹派"的重要画家。

⑱不自贵重:不以自己的作品为珍贵之物。

⑲缣(jiān)素:白色细绢,可供作画用。

⑳足相蹑:脚互相踩着,比喻登门求画人之多。

㉑吾将以为袜:我将用这些白绢来做袜子。这是文同的气话。

㉒口实:话柄。

㉓遗(wèi):指送信。

㉔以上几句是文同信中的话:"我最近告诉士大夫们,我们墨竹画派中有人(指苏轼)正在彭城,你们可到那里去求画。做袜子的材料当聚集在您那儿。"萃:草丛生,引申为聚集。这里是文同开玩笑,介绍人们向苏轼求画。

㉕鹅溪:在今四川盐亭西北,其地出产名绢"鹅溪绢",宋人常用于绘画。

㉖扫取寒梢:比喻画竹。

㉗匹:量词,古时一匹等于四十尺,二百五十匹正合一万尺。

㉘实之:指苏轼偏偏坐实有万尺之竹。

㉙许:如此。

㉚辩:善辩。

㉛两句谓但有了二百五十匹绢,我就用来买田归居养老了。

㉜尝:曾经。洋州三十咏:歌咏洋州的三十首诗。

㉝汉川:汉水。洋州在汉水上游。

㉞箨(chuǎn)龙:指笋。箨:原指笋壳。

㉟太守:指文同,时任洋州知州。

㊱渭滨千亩:渭水边上千亩竹子。渭水流经陕西,渭滨这里特指洋州。在胸中:双关语。一指吃了笋;一指"成竹在胸"的绘画技法。

㊲发函:打开信封。

㊳陈州:治所在今河南淮阳。

㊴湖州:今属浙江。本年四月,苏轼改任湖州知州。

㊵废卷:放下画卷。

㊶曹孟德:曹操,字孟德。桥公:桥玄,睢阳(今河南商丘)人,曹操旧友。

㊷有"车过"、"腹痛"之语:曹操击败袁绍后,治理睢阳渠,曾遣使用太牢祭祀桥玄,并写祭文说:"从容约誓言:'殂逝之后,路有经由,不以斗酒鸡相沃酹,车过三步,腹痛勿怪。'虽临时戏笑之言,非至亲之笃好,胡肯为此辞乎?"

【品评】

文同是苏轼的从表兄,又是"文湖州竹派"的创立者;苏轼曾从他学画,成为这一画派的重要成员。文同死后,苏轼在晒所藏书画时,偶见文同所赠的筼筜谷偃竹图,不禁感慨万端:追思往事,遂写下这篇记文,以发抒对至亲好友的悼念之情。

散文的特点是"散",也就是笔法自由,剪裁灵活。本文先写文同"成竹在胸"的艺术见解,生动地阐述了我国绘画理论中关于"神似"和"形似"的著名论点,也就是说,艺术家对于客观事物,不应零敲碎打地去追求一枝一叶的简单摹拟,而应该从整体上去突出事物的精神。文中还强调艺术作品要忠于生活,创作灵感的迸发来源于对生活的高度把握和熟练的艺术技巧,这些都是深得艺术奥秘的经验之谈。接着,本文写了与文同之间的戏谑调侃,轻松的戏笑寄托着严肃诚挚的友谊,从中可见彼此间相知相亲之深。而当年的"失笑"与现时的"哭失声"所造成的强烈反差,正显示出苏轼的悲痛之深。文章时而引证别人的诗文,时而记叙与文同的诗歌酬答或来往传语,叙事、议论、抒情交织并出,似乎散漫无章,实际上都是服从于从文同画竹写悼念之情这个主旨。文章从竹的生长写起,艺术见解由画竹而发,互相戏谑也不离竹的话题,处处有"竹",处处活现文同的精神风貌,处处见出两人的情谊。所以,散文的特点虽是"散",更确切地说,应该是形散神不散。

石 钟 山 记①

《水经》云②:"彭蠡之口③,有石钟山焉。"郦元以为④:"下临深潭,微风鼓浪,水石相搏,声如洪钟⑤。"是说也,人常疑之。今以钟磬置水中⑥,虽大风浪不能鸣也,而况石乎?至唐李渤⑦,始访其遗踪⑧,得双石于潭上。"扣而聆之⑨,南声函胡⑩,北音清越⑪,枹止响腾⑫,余韵徐歇⑬",自以为得之矣⑭。然是说也,余尤疑之。石之铿然有声者,所在皆是也⑮,而此独以"钟"名,何哉?

元丰七年六月丁丑⑯,余自齐安舟行⑰,适临汝⑱,而长子迈将赴饶之德兴尉⑲,送之至湖口,因得观所谓"石钟"者。寺僧使小童持斧,于乱石间择其一二扣之,空空焉⑳,余固笑而不信也。至莫夜月明,独与迈乘小舟,至绝壁下。大石侧立千尺,如猛兽奇鬼,森然欲搏人㉑;而山上栖鹘㉒,闻人声亦惊起,磔磔云霄间㉓;又有若老人咳且笑于山谷中者,或曰㉔:"此鹳鹤也㉕。"余方心动欲还,而大声发于水上,噌吰如钟鼓不绝㉖,舟人大恐,徐而察之,则山下皆石穴罅㉗,不知其浅深,微波入焉㉘,涵澹澎湃而为此也㉙。舟回至两山间,将入港口,有大石当中流,可坐百人,空中而多窍㉚,与风水相吞吐,有窾坎镗鞳之声㉛,与向之噌吰者相应㉜,如乐作焉。因笑谓迈曰:"汝识之乎㉝?噌吰者,周景王之无射也㉞;窾坎镗鞳者,魏庄子之歌钟也㉟。古之人不余欺也㊱。"

事不目见耳闻而臆断其有无,可乎?郦元之所见闻,殆与余同^㊲,而言之不详;士大夫终不肯以小舟夜泊绝壁之下,故莫能知;而渔工水师^㊳,虽知而不能言,此世所以不传也。而陋者乃以斧斤考击而求之^㊴,自以为得其实。余是以记之,盖叹郦元之简,而笑李渤之陋也。

【注释】

①石钟山:在今江西湖口县。

②《水经》:我国古代的一部地理书,记述江水河道的分布情况。

③彭蠡:即鄱阳湖,在今江西北部。

④郦元:即郦道元,北魏时范阳涿(今河北涿县南)人。他为《水经》作注,注文详实,文字优美生动,在地理学和文学上都有相当价值。《水经注》计四十卷。

⑤相搏:互相搏击。洪钟:大钟。按,苏轼所引《水经》两句和《水经注》四句,今本均无。系转引自李渤《辨石钟山记》一文。

⑥磬:古代一种用玉或石制成的乐器。

⑦李渤:唐洛阳(今属河南)人,曾任江州(今江西九江)刺史,治理湖水,筑堤七百步。他写过一篇《辨石钟山记》的文章。

⑧遗踪:旧迹。

⑨扣:敲击。聆:听。

⑩南声函胡:南边那块石头的声音含糊不清。函胡:即含糊。

⑪北音清越:北边那块石头的声音清脆响亮。

⑫枹(fú)止响腾:停下鼓槌,响声还在腾播。枹:木制的鼓槌。腾:腾播,传扬。

⑬余韵徐歇:余音久久才静止下来。按,从"扣而聆之"以下五句,均见李渤《辨石钟山记》一文。

⑭之:指石钟山命名的原因。

⑮所在皆是:各处都是这样的。

⑯元丰七年:公元1084年。元丰,宋神宗的年号(1078—1085)。丁丑:古人常以干支纪年月日,元丰七年六月丁丑,是六月初九日(1084年7

月 14 日）。

⑰齐安:即黄州,今湖北黄岗。

⑱适:到,往。临汝:今河南临汝。当时苏轼由黄州团练副使改官汝州。

⑲饶之德兴:饶州府德兴县(今属江西)。尉:县尉,县的副长官。

⑳空空焉:击石声。

㉑森然:阴森森地。搏:扑击。

㉒鹘:鸷鸟,一种凶猛的鸟。

㉓磔磔:鸟鸣声。

㉔或曰:有人说。

㉕鹳鹤:鸟名,像鹤而无红顶,颈长嘴尖,全身灰白,翅尾黑色。在树上结巢。

㉖噌吰:响亮厚重的钟声。

㉗穴罅(xià):洞口和裂缝。

㉘焉:于此。此指穴罅。

㉙涵澹:大水流动的样子。澎湃:波涛奔腾的样子。而为此:而形成了噌吰之声。

㉚窍:小孔。

㉛窾(kuǎn)坎:击物声。镗鞳:钟鼓声。

㉜向:刚才。

㉝识:知道。

㉞无射(yì):春秋时周景王(姬贵)铸造的钟名。

㉟魏庄子:魏绛,春秋时晋国大夫。晋悼公曾赐给他歌钟一肆(十六座钟)。

㊱这句意谓古人把这座山命名为“石钟山”,确有根据,没有欺骗我们啊。不余欺:不欺余。

㊲殆:大概。

㊳渔工:渔夫。水师:船夫。

㊴陋者:见识低下的人,这里指李渤。斧斤:斧头之类的工具。考击:

172

敲击。

【品评】

"记"这种文体原以记叙为主,但宋代散文家却不拘成法,别出机杼,或巧妙地融入记叙以外的成分,如议论、抒情,或适当地吸取其他文体的特点,使杂记文呈现多姿多态的风貌。苏轼在欧阳修、王安石(如本书所选的《游褒神山记》)等基础上,对此更作出突出的贡献。

这篇记是写石钟山命名意义的探求过程的,实是辨误之作,带有议论文的性质。作者既不满郦道远之"简",因为他只说命名之由是"水石相搏,声如洪钟",语焉不详;又指斥李渤之"陋",因为他竟用潭上双石之声来求命名原因。作者亲自进行了一番实地调查,几经曲折,才对这个疑案提出了自己的解答:在郦道元"水石相搏"说的基础上作了具体的说明。虽然后人对苏轼的这个解答也提出过异议(认为因山形如覆盖之钟而得名),但本文所阐明的道理,即"臆断"如何妨碍对事物的正确认识,仍然富有启示意义。同时,对前人成说不迷信、不盲从,必得重新加以检验,这种精神也是十分可贵的。

文章的主旨在明理,但与叙事写景交相映衬抉发,而不是抽象的推理议论。全篇笔意轻灵,文情酣畅。尤其描写石钟山夜景一段,几笔点染,便凸现一个阴森逼人的境界,很见工力。

书蒲永升画后①

古今画水多作平远细皱,其善者不过能为波头起伏,使人至以手扪之②,谓有洼隆③,以为至妙矣。然其品格,特与印板水纸争工拙于毫厘间耳④。

唐广明中⑤,处士孙位始出新意⑥,画奔湍巨浪⑦,与山石曲折,随物赋形⑧,尽水之变,号称神逸。其后蜀人黄筌、孙知微皆得其笔法⑨。始⑩，知微欲于大慈寺寿宁院壁作湖滩水石四堵，营度经岁⑪，终不肯下笔。一日，仓皇入寺⑫，索笔甚急，奋袂如风⑬，须臾而成⑭，作输泻跳蹙之势⑮，汹汹欲崩屋也。知微既死，笔法中绝五十余年。

近岁成都人蒲永升，嗜酒放浪，性与画会⑯，始作活水，得二孙本意，自黄居寀兄弟、李怀衮之流，皆不及也⑰。王公富人或以势力使之，永升辄嘻笑舍去⑱，遇其欲画，不择贵贱，顷刻而成。尝与余临寿宁院水⑲，作二十四幅，每夏日挂之高堂素壁，即阴风袭人，毛发为立。永升今老矣，画益难得，而世之识真者亦少。如往时董羽、近日常州戚氏画水⑳，世或传宝之；如董、戚之流，可谓死水，未可与永升同年而语也㉑。元丰三年十二月十八日夜㉒，黄州临皋亭西斋戏书㉓。

【注释】

①题一作《画水记》。蒲永升：四川成都（今属四川）人，与苏轼同时而稍长，其生平事迹仅见此文。

②扪：摸。

③洼隆：高低起伏。

④特：只是。

⑤广明：唐僖宗（李儇）的年号（880—881）。

⑥处士：有才德的隐居不仕的知识分子。孙位：唐代画家，擅长人物、鬼神、松石、墨竹、鹰犬等，笔势超逸，气象雄放，画水尤为入神。

⑦奔湍：奔腾的急流。

⑧随物赋形：随着碰到的山石形状的不同而得到不同的形态。

⑨黄筌：五代时画家，成都人。他的花鸟画法，被宋朝的国立画院定作"程式"（标准）。孙知微：宋代画家，眉山（今属四川）人。专攻宗教故事画，有"逸格"之称。

⑩始：最初。

⑪营度经岁:经营和酝酿了一年之久。

⑫仓皇:匆匆忙忙。

⑬奋袂:挥臂。袂,衣袖。

⑭须臾:一会儿功夫。

⑮输泻:指水势直奔而下。跳蹙(cù):指水势奔腾紧迫。

⑯性与画会:性情和画完全融合。

⑰黄居寀:黄筌的第三子,继承家传绘画技法,在花鸟、人物及杂画等方面,沿袭和发挥了黄筌的风格。曾在五代后蜀和宋朝做过宫廷画家。李怀衮:宋四川人,擅长花竹翎毛,水石学黄筌笔意。

⑱辄:就。舍去:离去。

⑲尝:曾经。与:给。临:临摹。

⑳董羽:昆陵(今江苏常州)人,曾为南唐和宋朝的宫廷画师,善画龙、水。戚氏:指宋朝人戚文秀,以善画水得名。

㉑同年而语:相提并论。

㉒元丰三年:公元1080年。元丰,宋神宗的年号(1078—1085)。

㉓黄州:州治在今湖北黄岗。临皋亭:在黄岗县南大江边,苏轼贬居黄州时曾家居于此。

【品评】

在这篇谈画的跋文里,作者提出"死水"和"活水"的区别。他认为前人乃至其时董羽、戚文秀等所画之水,大都摹写了"平远细皱""波头起伏"的形貌而已,与"印板水纸"无异,是谓"死水";自孙位、黄筌、孙知微直至蒲永升等画家,则自出新意,"尽水之变",获得了"汹汹欲崩屋"或"阴风袭人,毛发为立"的感受效果,此之谓"活水"。他结合唐宋画水艺术的发展实际,形象地阐发了我国绘画中"形似"和"神似"的理论。也就是说,艺术家不应该满足于对事物外貌的逼真摹写,而应着力于表现事物的神理。这是深得艺术奥秘的,对我国艺术理论和文学理论都有深远影响(诗歌中即有"死法""活法"之说)。

文中还生动地描绘了孙知微创作冲动的情状,提出了创作灵感问题。

灵感具有突发性、不确定性的特点,倏忽而来,瞬息即逝,但并不是完全神秘而不可理喻的。它是艺术家在长期酝酿、艰苦积累、"营度经岁"的基础上,又当精神高度兴奋集中之时的突然爆发,是艺术家"性与画会"、创作潜力的强烈迸射。作为一位大文学家,苏轼本人屡有亲身体会。本文原是信手挥就的"戏笔",记叙议论,交错并出。写孙知微仓皇入寺一段,也堪称神来之笔;写蒲永升画品、人品处,寥寥几语,却呼之欲出,可以看作一幅极省简而又传神的人物素描。本文论画状人,可作一字评:神。

答谢民师书①

近奉违②,亟辱问讯③,具审起居佳胜④,感慰深矣。某受性刚简⑤,学迂材下⑥,坐废累年⑦,不敢复齿搢绅⑧。自还海北⑨,见平生亲旧,惘然如隔世人,况与左右无一日之雅而敢求交乎⑩?数赐见临⑪,倾盖如故⑫,幸甚过望⑬,不可言也。

所示书教及诗赋杂文⑭,观之熟矣。大略如行云流水,初无定质⑮,但常行于所当行,常止于所不可不止,文理自然,姿态横生。孔子曰:"言之不文,行而不远⑯。"又曰:"辞,达而已矣⑰。"夫言止于达意,即疑若不文⑱,是大不然。求物之妙,如系风捕影;能使是物了然于心者⑲,盖千万人而不一遇也,而况能使了然于口与手者乎?是之谓辞达。辞至于能达,则文不可胜用矣⑳。扬雄好为艰深之辞㉑,以文浅易之说㉒;若正言之㉓,则人人知之矣。此正所谓"雕虫篆刻"者㉔,其《太玄》《法言》皆是类也㉕。而独悔于赋,何哉?终身雕篆而独变其音节㉖,便谓之"经",可乎㉗?屈原作《离骚经》,盖风、雅之再变者㉘,虽与日月争光可也,可以其似赋而谓之"雕虫"乎?使贾谊见孔子㉙,升堂有余矣㉚;而乃以赋鄙之㉛,至与司马相如同科㉜。雄之陋如此比者甚众^㉝。"可与知者道,难与俗人言也^㉞",因论文偶及之耳。欧阳文忠公言^㉟:"文章如精金美玉,市有定价,非人所能以口舌定贵贱也。"纷纷多言,岂能有益于左右,愧悚不已^㊱。

所须惠力"法雨堂"字^㊲,轼本不善作大字,强作终不佳,又舟中局迫难写^㊳,未能如教。然轼方过临江^㊴,当往游焉。或僧有所欲记录,当为作数句留院中,慰左右念亲之意^㊵。今日至峡山寺^㊶,少留即去,愈远^㊷。惟万万以时自爱^㊸,不宣^㊹。

【注释】

①题一作《与谢民师推官书》。谢民师:名举廉,新淦(今江西新干)人。宋哲宗元符三年(1100),他在广东做幕僚,遇到苏轼从海南岛赦回,彼此书信往返,结交为友。

②奉违:离别。奉:表示尊敬的用语。

③亟:屡次。辱:辱蒙、辱承的略语,谦词。问讯:写信问候。

④具:完全。审:明白。起居:指日常生活。

⑤受性:秉性。刚简:刚直简慢。

⑥学迂:学问迂阔,不合时宜。

⑦坐废:因事贬职。累(léi):好几年。

⑧复齿搢(jìn)绅:再列入官僚士大夫阶层。搢绅:古代官员的装束,借指官员。搢:插,指插笏(手版,记事用)于带。绅:官员腰间束于衣外的带子。

⑨自还海北:自从渡海北返。

⑩左右:对受信者的敬词。意谓不敢直接干犯对方,而由其左右转致。无一日之雅:平素没有来往。雅:素常。

⑪数赐见临:承蒙您几次来看望我。见:被动词,承受之意。

⑫倾盖如故:一见如故。倾盖:两人乘车偶然相遇,并车对语,彼此的车盖相依而下倾,比喻偶遇之间就如同老友一样。

⑬过望:出于望外。

⑭书教：指书启信函。

⑮初无定质：本来没有一定的形状。

⑯两句谓语言没有文采，传播就不远。原话见于《左传·襄公二十五年》。

⑰辞，达而已矣：文章，只要能够达意就足够了。语出《论语·卫灵公》。

⑱疑若不文：误以为不需要文采。

⑲了然：彻底明白。

⑳两句谓"辞"能够做到达，那么文采（包括各种修辞手段）已经用不胜用了（意思是文采已经很丰富了）。

㉑扬雄：字子云，西汉著名文学家。

㉒文：文饰，遮掩。说：内容。

㉓正言之：直截了当地说出来。

㉔雕虫篆刻：意为雕琢字句。扬雄曾后悔作赋，认为这是小孩子的雕虫小技。（《法言·吾子》："童子雕虫篆刻。"）

㉕《太玄》《法言》：都是扬雄的著作，内容谈哲理和政治，形式模仿《易经》和《论语》。皆是类也：都是这一类雕虫篆刻的东西。

㉖独变其音节：单单改变《太玄》《法言》的句法，使它们散文化而不同于赋的韵文形式。

㉗两句谓便自称《太玄》《法言》是"经书"，这可以吗？

㉘风、雅：《诗经》的组成部分，后来常用以作为《诗经》的代称。再变：指屈原《离骚》继承发扬《诗经》的传统。

㉙贾谊：西汉著名政论家，著有《新书》，也写过赋。

㉚升堂：入门、升堂、入室，比喻学问由浅至深的三种境界。升堂：喻学问已达到相当的深度；升堂有余，已快达到"入室"的极深造诣阶段。

㉛以赋鄙之：指扬雄因为贾谊曾作过赋而轻视他。

㉜至与司马相如同科：竟至于把贾谊和司马相如同等相待。司马相如：字长卿，西汉著名词赋家。同科：等类齐观。

㉝陋：指见识低下。比：类。

㉞两句见司马迁《报任安书》:"可为智者道,难为俗人言也。"

㉟欧阳文忠公:欧阳修,文忠是他的谥号。

㊱愧悚:惭愧和恐惧。

㊲惠力:寺名。谢民师替该寺向苏轼求字。

㊳局迫:局促,狭窄。

㊴临江:即临江军(军,宋朝行政区域名称),今江西清江。

㊵慰左右念亲之意:安慰您对乡亲的思念。

㊶峡山寺:即广庆寺,是古代有名寺庙之一,在今广东清远。

㊷愈远:离您越远。

㊸惟万万以时自爱:请您千万要随时保重自己。

㊹不宣:旧时书信末尾常用套语,不一一陈述的意思。

【品评】

本文作于元符三年(1100),苏轼自海南岛北归常州,途经广东清远时。

在这封回信中,作者表述了自己的艺术主张。一是崇尚"行云流水"的"自然"风格,反对束缚雕饰,又强调"常行于所当行,常止于所不可不止",也就是说,圆活流转,自然真率之美,又必须与艺术规律的"当"相统一。二是与此相联系,他从作家对于客观事物的艺术把握的角度,阐述了"辞达"的内涵:从"了然于心"到"了然于口与手",这就是说,作家首先必须对事物特征具有深刻的观察和全面的认识,然后充分发挥文字的性能,加以准确而形象的表现。作为对立面,他批评了扬雄的文意浅易而辞句艰涩之弊。三是肯定文学作品"如精金美玉",有其独立的自身价值,不由世俗的"口舌"来决定"贵贱"。这就坚持了文学批评的客观的、科学的标准。这封文艺书简,应该看作是苏轼晚年对于自己创作经验的宝贵总结,是很值得珍视的。

作者信笔挥洒,亲切如晤,用语简洁生动,比喻新颖贴切。短短篇幅,即把艺事真谛奥秘抉剔无遗,真非大手笔不办。吕留良云:"论文到精妙处,亦唯东坡能达。"的确如此。

日　喻

　　生而眇者不识日①,问之有目者②。或告之曰:"日之状如铜盘。"扣盘而得其声③,他日闻钟④,以为日也。或告之曰:"日之光如烛。"扪烛而得其形⑤,他日揣籥⑥,以为日也。

　　日之与钟、籥亦远矣,而眇者不知其异,以其未尝见而求之人也⑦。道之难见也甚于日,而人之未达也⑧,无以异于眇。达者告之,虽有巧譬善导⑨,亦无以过于盘与烛也。自盘而之钟,自烛而之籥,转而相之⑩,岂有既乎⑪?故世之言道者,或即其所见而名之,或莫之见而意之,皆求道之过也⑫。然则道卒不可求欤⑬?苏子曰⑭:道可致而不可求⑮。何谓致?孙武曰⑯:"善战者致人,不致于人⑰。"子夏曰⑱:"百工居肆,以成其事,君子学以致其道⑲。"莫之求而自至,斯以为致也欤⑳!

　　南方多没人㉑,日与水居也,七岁而能涉㉒,十岁而能浮㉓,十五而能没矣。夫没者岂苟然哉㉔?必将有得于水之道者㉕。日与水居,则十五而得其道;生不识水,则虽壮,见舟而畏之。故北方之勇者,问于没人,而求其所以没㉖,以其言试之河,未有不溺者也。故凡不学而务求道,皆北方之学没者也。

　　昔者以声律取士㉗,士杂学而不志于道;今也以经术取士㉘,士知求道而不务学。渤海吴君彦律㉙,有志于学者也,方求举于礼部㉚,作《日喻》以告之。

【注释】

　　①生而眇者:天生的瞎子。眇:瞎一只眼睛。这里泛指瞎子。

180

②之:指太阳的形状。

③扣:敲。

④他日:后来有一天。

⑤扪:摸。

⑥揣:摸索。籥(yuè):一种似笛的管乐器。

⑦以:因为。

⑧达:懂得,明白。

⑨巧譬:巧妙的比喻。导:开导,指点。

⑩转而相之:一个譬喻连着一个譬喻地辗转相比。

⑪既:完。

⑫四句谓所以一般论"道"的人,或是只就他所见的那一部分而称之为道,或是根本未曾见"道"而只凭主观的臆测,这都是硬求"道"的弊病。

⑬卒:终于,毕竟。

⑭苏子:苏轼自称。

⑮致:使其自至。求:强求。

⑯孙武:春秋时期著名的军事学家,著有《孙子》,是著名的兵书。

⑰这两句引自《孙子·虚实篇》,意谓善于打仗的人使别人不自觉地落入自己的罗网,而不使自己被别人牵制。致:招致。

⑱子夏:孔子的弟子。

⑲这几句引自《论语·子张》,意谓工匠们只有住在自己的工场,才能把活干好;君子只要不断地学习,就能自然而然地得到"道"。

⑳斯以为:这就是所谓。

㉑没人:能潜水的人。

㉒涉:步行渡河。

㉓浮:浮水。

㉔岂苟然哉:难道是偶然的吗？苟:随便。

㉕水之道:水性。

㉖句谓请教潜水的方法。

㉗以声律取士:唐朝和宋初都用诗赋取士。

㉘以经术取士:自王安石变法以后,改用经述取士。苏轼以为这样形成了知识分子只读经书,空求仁义之道而不讲求广泛的学习。

㉙渤海:旧郡名:郡治在今山东阳信县南。吴彦律,名琯,苏轼知徐州时,吴为监酒正字。曾与苏轼交往唱和。

㉚求举:应试。礼部:管理教育、考试的中央机关。

【品评】

此文题一作《日喻说》,实系韩愈《杂说》一类作品,其特点是借喻论证,托事说理抒感。它不同于一般议论文中的作为修辞手段的片断比喻,也不同有一定故事或情节的寓言,而是用比喻来建构通篇的论说结构,从喻体引发到本论,由此及彼,联想自然,推论合理。这种写法在韩愈以后的散文史中已形成系列(如本书所选的《爱莲说》等),极大地提高了说理文的形象性和说服力。苏轼此文即以"盲人议日"和"北人学没"两个比喻来组织全篇,借以阐明"道可致而不可求"和"学以致其道"两点见解。首先应该说明,本文含有对王安石变法中改革科举制度的指责。王安石以经术取士,取代以往的以诗赋取士,自有其合理的根据;但作为封建官僚选拔的具体制度,其间的是非优劣颇难遽下判断。苏轼是主张维护原来的考试科目的,但在本文中,却同时批评两者的弊端:一个是"士杂学而不志于道",一个是"士知求道而不务学",态度较为辩证公允。然而,本文提出的两点见解,其意义大大超出了这一具体论争,而涉及关于"道"的本体特征的深刻思想。

"道"是中国古代哲学中的基本概念,它是人们对于自然或社会发展的总的认识和最高概括,有时也专指孔孟之道。作者继承先哲所谓"道可道,非常道""道不可言,言而非也"的看法,认为"道"是难以言传的,至理妙道存在于言语迹象之外。从根本上说,语言作为表达媒介不能完全再现道的真相,因而单靠"达者"的"巧譬善导"也是无法勉强求得的,而只能在实践中去体认领悟,使其自然而然地获得。

苏轼的论述触及"道"的无限性和模糊性的本体特征,似有一些神秘色彩;但他同时认为,"道"并不是不可知的,通过"学",即长期不断地亲身实践,是能够逐步掌握"道"的奥秘的,充分肯定实践对认识的关键作用。

两个著名的比喻,也超出论"道"的范围而产生独立形象的意义。"盲人识日"突出强调了耳目见闻直接感受客观事物的重要性,"识日"必须用眼,要知梨子的滋味必须亲口一尝;也巧妙地说明只求一点、不及其余的方法,将会导致何等荒谬的结论。"北人学没"又生动地阐发了客观事物必须在亲身实践中才能领会和掌握,光凭一点理论知识,仍然是要碰壁的。这在认识论上都对人们具有普遍的启迪作用。

记承天寺夜游①

元丰六年十月十二日②,夜解衣欲睡;月色入户,欣然起行,念无与为乐者③。遂至承天寺,寻张怀民④。怀民亦未寝,相与步于中庭。

庭下如积水空明⑤,水中藻、荇交横⑥,盖竹柏影也。

何夜无月,何处无竹柏,但少闲人如吾两人者耳⑦。

【注释】

①承天寺:故址在今湖北黄岗县南。

②元丰六年:公元1083年。元丰:宋神宗的年号(1078—1085)。

③句谓想到没有可与自己一起领略这月夜乐趣的人。

④张怀民:即张梦得,清河人,当时亦贬居黄州。

⑤如积水空明:月光宛如一泓积水那样清澈透明。

⑥藻、荇(xìng):两种水草名。

⑦闲人:指清闲少事而能从容赏景的人。苏轼当时贬官为黄州团练副使,是有名实的官;加以官衔上有"本州安置"的字样,更近于流放。既无一定的职务,所以称为"闲人"。

【品评】

　　苏轼有许多随笔式的散文,大都从日常生活片断的记叙中,坦率地表现了落拓不羁、随缘自适的个性。它们在艺术上的显著特色,是用少到不能再少的文字,鲜明地而又仿佛极不经意地渲染出一种情调或一片心境。这对以后明朝的小品文的发展,起过很大作用。这篇八十四字的短记,就是其中的一个典型例子。

　　此文俨然也是先叙事、继写景、结抒慨,具有一般杂记文的规格,但这样冷静乃至冷漠的分析,未必符合作者写作和读者欣赏时内心的律动。不错,不少论者指出其中"庭下"三句景物描写的入神,但类似描写在作者的《月夜与客饮杏花下》之类作品中也有("褰衣步月踏花影,炯如流水涵青苹"),未必获得在此文中的艺术效果。这篇短记激动人们之处在于认识了一个既寂寞又自悦、遭际困于他人而在精神生活上超出常人的灵魂。胸怀大志却落得有闲之身固然引起千愁万恨,但正是"闲人"才是无主江山的真正主人,多少佳景胜概被"忙人"匆匆错过。"庭下"三句正是在这个意义上取得了诗意和哲理,使人玩味不尽。平心而论,苏轼所写之地,景物实很平常,几乎随处可见,但他在平常景物中发现了美,或领悟到人生的某些哲理,使人们认识到发现这种自然美和人生哲理的心灵的丰富性。这是不少读者喜爱乃至偏爱他这类作品的重要原因。

苏辙（1039—1112）

字子由，号颍滨，眉州眉山（今属四川）人。宋仁宗嘉祐时，与兄苏轼同时考中进士。神宗时，与王安石政见不合，出任河南府推官，并屡遭贬谪。哲宗时，旧党执政，他官至尚书右丞、门下侍郎等显职。晚年又遭贬谪。他与父兄合称"三苏"，同入"唐宋八大家"之列。世称"小苏"。其文含蕴澹泊而又清秀奇拔。有《栾城集》。

上枢密韩太尉书①

太尉执事②：辙生好为文，思之至深，以为文者气之所形；然文不可以学而能，气可以养而致③。孟子曰："我善养吾浩然之气④。"今观其文章宽厚宏博，充乎天地之间，称其气之小大⑤。太史公行天下⑥，周览四海名山大川，与燕赵间豪俊交游⑦，故其文疏荡⑧，颇有奇气。此二子者岂尝执笔学为如此之文哉⑨？其气充乎其中而溢乎其貌，动乎其言而见乎其文，而不自知也⑩。

辙生十有九年矣，其居家所与游者，不过其邻里乡党之人⑪，所见不过数百里之间，无高山大野可登览以自广⑫。百氏之书虽无所不读⑬，然皆古人之陈迹，不足以激发其志气。恐遂汩没⑭，故决然舍去，求天下奇闻壮观，以知天地之广大。过秦汉之故都⑮，恣观终南嵩华之高⑯，北顾黄河之奔流，慨然想见古之豪杰。至京师仰观天子宫阙之壮⑰，与仓廪府库城池苑囿之富且大也⑱，而后知天下之巨丽。见翰林欧阳公⑲，听其议论之宏辩，观其容貌之秀伟，与其门人贤士大夫游，而后知天下之文章聚乎此也。

185

太尉以才略冠天下,天下之所恃以无忧,四夷之所惮以不敢发⑳,入则周公、召公,出则方叔、召虎㉑,而辙也未之见焉。且夫人之学也,不志其大㉒,虽多而何为? 辙之来也,于山见终南嵩华之高,于水见黄河之大且深,于人见欧阳公。而犹以为未见太尉也。故愿得观贤人之光耀㉓,闻一言以自壮,然后可以尽天下之大观而无憾者矣。

辙年少,未能通习吏事。向之来,非有取于斗升之禄㉔,偶然得之,非其所乐。然幸得赐归待选㉕,使得优游数年之间㉖,将归益治其文㉗,且学为政。太尉苟以为可教而辱教之㉘,又幸矣㉙。

【注释】

①韩太尉:韩琦,时任枢密使。太尉:秦汉时官名,是全国军事首脑。枢密使相当于太尉,故称。

②执事:左右的人。旧时信中常用作对对方的尊称,表示不敢直指。

③三句谓我认为文章是气的表现;但文章不是通过学习就能写好的,而气经过修养却是能获得的。

④浩然之气:指刚正不阿之气。

⑤称(chèn):符合。小大:指大小的程度。

⑥太史公:指西汉著名史学家司马迁,曾任太史令,自称太史公。

⑦燕赵:战国时两国名,这里借指现在的河北、山西一带。

⑧疏荡:指文风疏放洒脱、跌宕多姿。

⑨岂尝:何曾。

⑩几句谓他们二人的"气"充满在心中,就会表露在外表上,发而为言语,表现为文章。自己是不知不觉而然的。中:内心。

⑪乡党:本乡本土。古代以一万二千五百家为乡,以五百家为党。

⑫自广:扩大自己的胸襟。

⑬百氏:指诸子百家。

⑭汩没:埋没。

⑮指秦都城咸阳(今属陕西)、西汉都城长安(今陕西西安)、东汉都城洛阳(今属河南)。

⑯恣:尽情。终南:山名,在今陕西南部。嵩:中岳嵩山,在今河南登封北。华:西岳华山,在今陕西华阴。

⑰宫阙:宫殿。阙原指宫廷外面的望楼。

⑱苑囿:种植花木、畜养禽兽的园子。

⑲翰林欧阳公:欧阳修,曾任翰林学士。

⑳四夷:指边境各少数民族。惮:畏惧。发:侵扰。

㉑二句指韩琦兼有将相才能。入:在朝。周公、召公,均为周初大臣,武王之弟。辅助幼主成王,政绩卓著。出:出守边疆。方叔、召虎,周宣王时名臣,都曾征战有功。

㉒不志其大:不在大处上着眼。

㉓光耀:指人的风采。

㉔二句谓以前来此,并非为了取得区区官俸。向:以前。

㉕赐归待选:诏令回家,等待考选。

㉖优游:空闲。

㉗益治:更加研究。

㉘苟:如果。辱教:屈尊指教。辱:谦词。

㉙幸:幸运。

【品评】

这是初出茅庐的苏辙写给声位隆重的韩琦的一封求见信。这本属"干谒"文字,但却一扫此类文字中所常见的阿谀献谄、低声下气的鄙薄不堪之状,而是自抒志向、意气风发,并提出了重要的文论思想,无论就内容而言,或就文势而言,都足以名世。

作者沿承古人论文重气的传统,认为文章是"气"的表现。同时他又给"气"赋予了新的内涵:所谓"气"是人的修养、气质和精神力量的总和,是可以"养而致"的。接着详细阐述了如何"养气"的两条途径:一是侧重内在的自我修养,如孟子的"善养吾浩然之气";一是侧重于外境的阅历交游,如司马迁的"周览四海名山大川",与"豪俊交游"。在这两者中,作者更偏重于后者。作者以"养气"为中介,把写作与社会生活相联系,这是"养气说"的重要发展。此信由此也成为苏辙文论思想的一个重要文献。

此信在文势上有两个特点。一是纡徐曲折,饶有余味。作者先就文章与养气关系说起,中叙自己为了养气治文已游览了名山大川,拜见了京华人物,独以未见韩琦为憾。最后才点明主旨,方吐求见之语。起笔远,推进缓,一波三折,然后委婉见旨。

此信的内容是论气,而信本身亦即奇气灌注,盛气逼人,这是此信在文势上的另一特点。信中提及孟子、司马迁,明为取譬,实是取则,暗以自许。作者游历的是名山大川,愿结交的是欧阳修、韩琦等时彦,既赞誉了对方,又显示出自己的胸襟博伟、意气英迈。而作者求见,不是为了猎取功名利禄,而是为了养气治文,自占高标。所以虽是求见求教,但意气无所屈抑,于从容含蕴中,充溢着一股疏宕之气。苏轼曾评论其弟为文特征:"汪洋澹泊,有一唱三叹之声,而其秀杰之气,终不可没。"于此文中可窥一斑。

黄州快哉亭记①

江出西陵②,始得平地。其流奔放肆大③,南合湘沅④,北合汉沔⑤,其势益张⑥。至于赤壁之下⑦,波流浸灌⑧,与海相若⑨。清河张君梦得谪居齐安⑩,即其庐之西南为亭⑪,以览观江流之胜,而余兄子瞻名之曰快哉。盖亭之所见,南北百里,东西一舍⑫,涛澜汹涌,风云开阖⑬。昼则舟楫出没于其前,夜则鱼龙悲啸于其下⑭。变化倏忽⑮,动心骇目,不可久视。今乃得玩之几席之上,举目而足⑯。西望武昌诸山⑰,冈陵起伏,草木行列⑱,烟消日出，渔夫樵父之舍，皆可指数^⑲，此其所以为快哉者也。至于长洲之滨^⑳，故城之墟^㉑，曹孟德、孙仲谋之所睥睨，周瑜、陆逊之所骋骛^㉒。其流风遗迹^㉓，亦足以称快世俗^㉔。

昔楚襄王从宋玉、景差于兰台之宫^㉕，有风飒然至者^㉖，王披襟当之曰^㉗："快哉此风，寡人所与庶人共者耶^㉘？"宋玉曰："此独大王之雄风耳，庶人安得共之？"玉之言盖有讽焉^㉙。夫风无雌雄之异，而人有遇不遇之变^㉚。楚王之所以为乐，与庶人之所以为忧，此则人之变也，而风何与焉^㉛？士生于世，使其中不自得，将何往而非病^㉜？使其中坦然，不以物伤性，将何适而非快^㉝？今张君不以谪为患，窃会计之余功^㉞，而自放山水之间^㉟，此其中宜有以过人者^㊱。将蓬户瓮牖无所不快^㊲，而况乎濯长江之清流，揖西山之白云^㊳，穷耳目之胜以自适也哉^㊴？不然，连山绝壑^㊵，长林古木，振之以清风^㊶，照之以明月，此皆骚人思士之所以悲伤憔悴而不能胜者^㊷，乌睹其为快也哉^㊸？

元丰六年十一月朔日赵郡苏辙记^㊹。

【注释】

①快哉亭：在黄州（治所在今湖北黄冈）城南。

②江：长江。西陵：西陵峡，长江三峡之一，西起湖北巴东，东至宜昌，全长一百多公里。

③句指水流迅急、浩大。

④湘沅：湘江、沅江，均北流入洞庭湖，注入长江。

⑤汉沔：即汉水。汉水上游的一段称沔水。源出陕西宁强，东南流至湖北武汉，注入长江。

⑥张：大。

⑦赤壁：指赤鼻矶，在今黄冈西北，并非三国赤壁之战的旧址。但下文混称之。

189

⑧浸灌：灌注。

⑨相若：相似。

⑩清河：古郡名，治所在今河北清河。齐安：古郡名，即黄州。

⑪即：就着。

⑫一舍：古时以三十里为一舍。

⑬风云开阖：指风云时散时聚，变幻不定。阖：通"合"。

⑭鱼龙：指鱼类。

⑮倏(shū)忽：迅急。

⑯二句谓现在能在亭中的几旁席上赏玩江景，举目一望，就能看到全景。

⑰武昌：指今湖北鄂城，与黄冈隔长江相望，并非今日武昌。

⑱行列：一行行排列着。

⑲指数：用手指一一点数。

⑳长洲：水中长条形的陆地。

㉑故城：指邾城，战国时楚宣王所建，遗址在黄冈西北，今呼女王城（或禹王城）。隋唐时始改置黄州，州治移至今黄冈。

㉒二句谓此地曾是曹操（字孟德）、孙权（字仲谋）窥伺欲得的地方，也是周瑜、陆逊驰骋争战的所在。睥睨：斜视。这里引申为侧目窥察。周瑜、陆逊：吴国名将。聘骛：往来奔跑的样子。

㉓流风：前代流传下来的良好风尚。

㉔称快世俗：为社会时尚所称快。

㉕此事出于宋玉所撰《风赋》。楚襄王：战国时楚国国君。从：侍从，指楚襄王由宋玉、景差二人侍从。宋玉、景差：楚国人，辞赋家。兰台：楚国宫苑，旧址在今湖北钟祥。

㉖飒然：风声。

㉗披襟当之：解开衣襟迎着风。

㉘寡人：国君自称，谦词。庶人：平民。共：共享，共有。

㉙句谓宋玉的话里大概有讽喻的意思。

㉚遇：遇合，旧时指得到上级的赏识。变：不同。

㉛句谓跟风又有什么关系。与:参与。

㉜二句谓假使他心中没有自得之乐,那么他将去何处而不感到忧怨?病:忧怨。

㉝适:到。

㉞窃:这里是偷闲、利用之意。会计:办理钱谷赋税等财务。余功:余暇。

㉟放:纵情。

㊱句谓他心中该是有超过常人识见的地方。

㊲将:即使。蓬户瓮牖(yǒu):用蓬草编成门,用破瓮当作窗,形容住所简陋。

㊳揖:这里是拱手相对之意。西山:一名樊山,在鄂城西。

㊴穷:穷尽。胜(shèng):美景。自适:自我满足。

㊵绝壑:险峻的山谷。

㊶振:摇动,这里指"吹"。

㊷骚人:诗人。思士:有忧思的人。胜(shēng):担,任。与上文"耳目之胜"的"胜"音义均不同。

㊸句谓哪里看得出这里快乐的呢?

㊹元丰六年:公元1083年。元丰:宋神宗的年号。赵郡:苏辙祖籍为赵郡栾城(今河北赵县)人。

【品评】

　　这也是一篇抒写贬谪心态的亭阁记。快哉亭的建造者张梦得、命名者苏轼谪居黄州,而作者时亦贬官筠州(治所在今江西高安),文章的着眼点很自然地落在如何看待这共同的遭遇这上。作者因景生意,通过对亭名"快哉"之义的抉发,着重宣扬了一种随缘自适的人生观,既藉以誉人慰人,也用来自慰自勉。这番由"快哉"一词的出处所引发的议论,是从外境与心境关系切入的。作者认为外境本无忧乐,而随人的心境之变而变。接着从正反两面进行说明:内心自得者,无往而不适,身居劣境,一样怡然而乐;不自得者,即使面对清风明月,也会不胜悲悼憔悴。这番议论,宏阔旷放而又具现实性。因为在困厄之时,这种不以物伤性的处世原则,是保持内心平宁的有效武器。这正是作者所追求的人生境界。

在议论中,穿插了对张梦得能随遇而安的赞美,巧妙地绾合了题意;而对苏轼的称赏,则以全文解释"快哉"的来由和内涵来达到的。因为苏轼是命名者,苏辙对乃兄的理解,显示了两人在这个问题上的心心相印。三人(尤其是苏氏兄弟)患难与共,志趣相投,无疑在这凶险叵测的宦海仕途中,平添了一份默契和温馨,令后世读者感佩羡慕不已。

议论是本文的重点,而叙事绘景之处,笔力亦不弱。文章紧紧扣住"快哉"两字,着力渲染亭子周围足以快意的胜景古迹。劈头写江流出峡后,水势三变而愈为壮阔浩大,在托出亭子时,已饱蓄着峭劲奔放的痛快之意,顺势写及亭名为"快哉"。而后的赏景吊古,进一步畅抒"快哉"之情,分别结以"此其所以为快哉者也""亦足以称快世俗"。"快哉"一意贯穿全文,熔叙事、写景、议论于一炉,笔势明快洒脱、雄健酣畅。

晁补之（1053—1110）

字无咎,号归来子,济州钜野(今属山东)人。宋神宗元丰时进士。历任著作佐郎、吏部员外郎、礼部郎中和扬州、齐州等地方官。后遭贬谪,退居故里。他工书画,善诗词文,其文清峻典雅、好奇务深,早年即受知于苏轼,为"苏门四学士"之一。有《鸡肋集》《晁氏琴趣外编》等。

新城游北山记①

去新城之北三十里,山渐深,草木泉石渐幽。初犹骑行石齿间②,旁皆大松,曲者如盖③,直者如幢④,立者如人,卧者如虬⑤。松下草间有泉,沮洳伏见⑥,堕石井⑦,锵然而鸣⑧。松间藤数十尺,蜿蜒如大蚿⑨。其上有鸟,黑如鸲鹆⑩,赤冠长喙⑪,俯而啄,磔然有声⑫。稍西一峰高绝,有蹊介然⑬,仅可步。系马石嘴⑭,相扶携而上,篁筱仰不见日⑮,如四五里,乃闻鸡声。有僧布袍蹑履来迎⑯,与之语,愕而顾,如麋鹿不可接⑰。顶有屋数十间,曲折依崖壁为栏楯⑱,如蜗鼠缭绕乃得出⑲,门膴相值⑳。既坐,山风飒然而至,堂殿铃铎皆鸣㉑。二三子相顾而惊㉒,不知身之在何境也。且莫㉓,皆宿。

于时九月㉔,天高露清,山空月明,仰视星斗皆光大㉕,如适在人上㉖。窗间竹数十竿相摩戛㉗,声切切不已。竹间梅棕森然㉘,如鬼魅离立突鬓之状㉙,二三子又相顾魄动而不得寐㉚。迟明皆去㉛。

既还家数日,犹恍惚若有遇,因追记之。后不复到,然往往

193

想见其事也。

【注释】

①新城:今属浙江富阳。北山:官山,在新城北。

②骑行:骑马而行。石齿:指路面有突出的齿状碎石。

③盖:车盖。盖柄弯曲,故形容曲松。

④幢:古代旗子一类的东西。

⑤虬:传说中一种有角的小龙。形容盘曲的松树。

⑥沮洳(jùrù):低湿的地方。伏见:指泉流忽隐忽现。

⑦句指泉水流入石井。

⑧锵然:象声词。

⑨蜿蜒:曲折绵长的样子。蚖(yuán):即蝮蛇。

⑩鸲鹆(qúyù):即八哥。

⑪喙(huì):鸟嘴。

⑫磔然:鸟鸣声。

⑬句谓有一条界线分明的小径。介然:界线分明的样子。

⑭石嘴:石角。

⑮箪筱(xiǎo):竹。

⑯布袍蹑履:穿着袍子、鞋子。

⑰句谓僧人如鹿一般不与外人交接。麇:鹿的一种。

⑱栏楯(dùn):栅栏。直为栏,横为楯。

⑲如蜗鼠缭绕:像蜗牛、老鼠那样弯曲而行。

⑳相值:相对。

㉑铎:大铃。

㉒二三子:同行的几位朋友。

㉓且:将。莫:通"暮"。

㉔于时:时值。

㉕光大:指星既亮且大。

㉖适:正,刚。

㉗摩戛：摩擦相击。

㉘棕：棕榈。森然：阴森森的样子。

㉙离立突鬓：两两并立、鬓发怒张的样子。

㉚魄动：心惊。

㉛迟明：天将明末明之时。

【品评】

　　此文中的"北山"与柳宗元《永州八记》中的诸景一样都是人迹罕至之处，文章也深受柳文的影响，从语言的凝练简洁到风格的峭刻峻拔，无不肖似。然而两者形似质异。柳文以意驭景，意主景宾。幽邃冷寂的景观处处烙上了主观情感的印记，映照出一个物我相融的心灵世界，读后有意在笔先的感觉。而晁氏此文则是景主意宾，虽然其主观感受（惊怖之感）被渲染到极点，但终不过是外在景物的自然引发。所以文章也侧重于对景物的摹刻和对恐怖氛围的烘托上。这也是全文最为精彩的地方。

　　作者的摹写抓住了北山幽僻冷峭、令人神凄骨寒的特点，绘形绘色，如在目前。前一段北山之游，按行进方式分三层。第一层是石径"骑行"。只写怪松、鸣泉、虬藤、黑鸟四物，已酝酿出诡怪之意。第二层是小蹊步行。则竹篁茂密蔽日，僧人见人而惊，又生荒外绝世之感。第三层崖壁间攀行，如蜗如鼠。山顶静坐，唯闻风声铃声。真是渐行渐幽，步步逼向惊惧，其层次清晰可按。最后一段山上投宿，状写秋夜，更为狞厉，照应并强化了恐怖的感受。刻肖传神的状景绘物，使此文在山水游记中自占一席之地。

李格非

　　字文叔,济南(今属山东)人。生卒年不祥。宋神宗熙宁时进士。历任礼部员外郎、提点东京刑狱等官。后因列入元祐党籍而被罢官。他工于词章,笔力健迈,陵轹直前,文章曾受到苏轼的称赏。著作颇丰,现仅存《洛阳名园记》。

书《洛阳名园记》后①

　　洛阳处天下之中,挟殽、渑之阻②,当秦、陇之襟喉③,而赵、魏之走集盖四方必争之地也④。天下常无事则已;有事,则洛阳先受兵⑤。予故尝曰:"洛阳之盛衰,天下治乱之候也⑥。"

　　方唐贞观、开元之间⑦,公卿贵戚开馆列第于东都者⑧,号千有余邸⑨。及其乱离⑩,继以五季之酷⑪,其池塘竹树,兵车蹂践,废而为丘墟;高亭大榭⑫,烟火焚燎,化而为灰烬,与唐共灭而俱亡,无余处矣。予故尝曰:"园圃之废兴,洛阳盛衰之候也。"

　　且天下之治乱⑬,候于洛阳之盛衰而知⑭;洛阳之盛衰,候于园圃之废兴而得;则《名园记》之作,予岂徒然哉⑮?

　　呜呼!公卿大夫方进于朝⑯,放乎一己之私以自为⑰,而忘天下之治忽⑱,欲退享此乐⑲,得乎?唐之末路是矣⑳。

【注释】

　　①书后:即跋,又称后记、后序,置于正文后面的文辞。
　　②挟:靠着。殽(Yáo):山名,主峰在今河南灵宝东南。渑池:古时"九塞"之一,在今河南渑池。阻:险阻。

196

③当：正处于。秦：指秦地，今陕西一带。陇：指今陕西西部和甘肃一带。襟喉：衣襟和咽喉，比喻地势险要。

④赵、魏：指赵地和魏地，今河北、山西、河南接邻地区。走集：原指边境上的堡垒，常地处险要，是往来的必经之地，故称"走集"。这里指洛阳是通往赵魏的要冲。

⑤受兵：遭逢战事。

⑥候：征兆，标志。

⑦方：当。贞观：唐太宗的年号。开元：唐玄宗的年号。

⑧开、列：建造，设置。东都：唐代以洛阳为东都（陪都）。

⑨号：号称。邸：官员的住宅。

⑩乱离：指遭乱而流离失所。

⑪五季：五代，即梁、唐、晋、汉、周。酷：指兵祸惨重。

⑫榭：建造在高台上的敞屋。

⑬且：相当于"那么"之意。

⑭候：作动词用，象征，预兆。

⑮句谓我难道是白白写作吗？意指是别有寄托的。

⑯进：进用。

⑰放：放纵。自为：为所欲为。

⑱治忽：指国事的好坏。忽：怠忽，轻慢。

⑲退：退隐不做官。

⑳句谓唐朝灭亡时的情况就是这样的。

【品评】

作者曾著《洛阳名园记》一卷，记述北宋洛阳十九座花园的情况。此文即为其跋记。但它与其说是阐述写作旨意的后记，毋宁说饱含忧患意识的政论文。本是游观之属的园池亭榭，在作者看来却关系至大，其兴废系乎都市的盛衰、国运的治乱，并用前代惨痛事实告诫沉湎于享乐的"公卿大夫"。因小及大，目光如炬，对于目前殆危国势有着清醒的认识和深深的担忧。二十多年后，北宋覆灭，洛阳陷落，繁丽的花园也随之灰飞烟

197

灭。作者的忧虑不幸而成现实,他的告诫最终于国事无补。难怪南宋不少人读此文,为之流涕不已。

从洛阳建筑的盛衰来窥测国家的兴亡,并非肇始于此文。北朝杨衒之的《洛阳伽蓝记》,早已借寺庙的兴废寄托对故朝崩溃的哀悼。但杨氏是于乱后残毁的洛阳追记前盛,李氏则于盛时的洛阳预测后事,两者异曲同工,都赋予洛阳象征国运盛衰的这一特殊的历史内涵。

文章立论的角度是因小及大,而结构却是由大及小。先论洛阳与国家之间的兴衰关系,进而论及园圃与洛阳之间的兴衰关系,然后揭出写作目的和对公卿大夫的告诫。逐层推理,逻辑严密,兼用大段的排比、复叠,文势畅达。语言也省净利落,结尾戛然而止,健拔有力。

李清照（1084—1152后）

　　自号易安居士，济南（今属山东）人。她为李格非之女，自幼即受到良好的教育，文名早著。十八岁与太学生赵明诚结婚，夫妇志趣相投，相得与乐。金人南侵，举家渡江逃亡，赵明诚随即病逝，她辗转避乱，晚境凄苦。能诗善文，尤长于词，是我国杰出的女词人，有《漱玉词》。今人辑有《李清照集》。

《金石录》后序①

　　右《金石录》三十卷者何②？赵侯德父所著书也③。取上自三代④，下迄五季⑤，钟、鼎、甗、鬲、盘、彝、尊、敦之款识⑥，丰碑、大碣，显人、晦士之事迹⑦，凡见于金石刻者二千卷⑧，皆是正伪谬⑨，去取褒贬，上足以合圣人之道，下足以订史氏之失者⑩，皆载之，可谓多矣。呜呼！自王播、元载之祸⑪，书画与胡椒无异；长舆、元凯之病⑫，钱癖与传癖何殊。名虽不同，其惑一也⑬。

　　余建中辛巳⑭，始归赵氏⑮。时先君作礼部员外郎，丞相时作吏部侍郎⑯。侯年二十一，在太学作学生⑰。赵、李族寒，素贫俭。每朔望谒告出⑱，质衣⑲，取半千钱，步入相国寺⑳，市碑文果实归㉑，相对展玩咀嚼，自谓葛天氏之民也㉒。后二年，出仕宦，便有饭蔬、衣练㉓，穷遐方绝域㉔，尽天下古文奇字之志㉕。日就月将㉖，渐益堆积。丞相居政府㉗，亲旧或在馆阁㉘，多有亡诗、逸史，鲁壁、汲冢所未见之书㉙，遂尽力传写，浸觉有味㉚，不能自已。后或见古今名人书画，三代奇器，亦复脱衣市易。尝记崇宁间㉛，有人持徐熙牡丹图㉜，求钱二十万。当时虽贵家子弟，求二

199

十万钱,岂易得耶。留信宿㉝,计无所出而还之。夫妇相向惋怅者数日。

后屏居乡里十年㉞,仰取俯拾㉟,衣食有余。连守两郡㊱,竭其俸入,以事铅椠㊲。每获一书,即同共勘校,整集签题㊳。得书、画、彝、鼎㊴,亦摩玩舒卷,指摘疵病,夜尽一烛为率㊵。故能纸札精致㊶,字画完整,冠诸收书家。余性偶强记㊷,每饭罢,坐归来堂烹茶㊸,指堆积书史,言某事在某书、某卷、第几叶、第几行,以中否角胜负㊹,为饮茶先后。中即举杯大笑,至茶倾覆怀中,反不得饮而起。甘心老是乡矣㊺!故虽处忧患困穷,而志不屈。

收书既成,归来堂起书库大橱,簿甲乙㊻,置书册。如要讲读,即请钥上簿,关出卷帙㊼。或少损污,必惩责揩完涂改,不复向时之坦夷也㊽。是欲求适意而反取憀栗㊾。余性不耐,始谋食去重肉,衣去重采㊿,首无明珠、翠羽之饰,室无涂金、刺绣之具。遇书史百家,字不刓缺、本不讹谬者㈤,辄市之,储作副本。自来家传《周易》《左氏传》,故两家者流㈥,文字最备。于是几案罗列,枕席枕藉,意会心谋,目往神授㈦,乐在声色狗马之上㈧。

至靖康丙午岁㈨,侯守淄川㈩,闻金寇犯京师,四顾茫然,盈箱溢箧,且恋恋,且怅怅,知其必不为己物矣。建炎丁未春三月⑰,奔太夫人丧南来。既长物不能尽载⑱,乃先去书之重大印本者,又去画之多幅者,又去古器之无款识者。后又去书之监本者⑲,画之平常者,器之重大者。凡屡减去,尚载书十五车。至东海⑳,连舻渡淮㉑,又渡江,至建康㉒。青州故第,尚锁书册什物,用屋十余间,期明年春再具舟载之㉓。十二月,金人陷青州,凡所谓十余屋者,已皆为煨烬矣㉔。

建炎戊申秋九月,侯起复知建康府㉕。己酉春三月罢㉖,具舟上芜湖㊿。入姑孰㊿，将卜居赣水上㊿。夏五月，至池阳㊿。被旨知湖州㊿，过阙上殿㊿。遂驻家池阳，独赴召。六月十三日，始负担舍舟，坐岸上，葛衣岸巾㊿，精神如虎，目光烂烂射人，望舟中告别。余意甚恶㊿，呼曰："如传闻城中缓急㊿，奈何？"戟手遥应曰㊿："从众。必不得已，先弃辎重，次衣被，次书册卷轴，次古器，独所谓宗器者㊿，可自负抱，与身俱存亡，忽忘也！"遂驰马去。涂中奔驰，冒大暑，感疾。至行在㊿，病痁㊿。七月末，书报卧病。余惊怛㊿，念侯性素急，奈何病痁；或热，必服寒药，疾可忧。遂解舟下，一日夜行三百里。比至，果大服柴胡、黄芩药㊿，疟且痢，病危在膏肓㊿。余悲泣仓皇，不忍问后事。八月十八日，遂不起。取笔作诗，绝笔而终，殊无分香卖履之意㊿。

葬毕，余无所之㊿。朝廷已分遣六宫㊿，又传江当禁渡㊿。时犹有书二万卷，金石刻二千卷，器皿、茵褥㊿，可待百客㊿，他长物称是㊿。余又大病，仅存喘息。事势日迫。念侯有妹婿任兵部侍郎，从卫在洪州㊿，遂遣二故吏，先部送行李往投之㊿。冬十二月，金寇陷洪州，遂尽委弃。所谓连舻渡江之书，又散为云烟矣！独余少轻小卷轴书帖，写本李、杜、韩、柳集㊿，《世说》《盐铁论》㊿，汉唐石刻副本数十轴，三代鼎鼐十数事㊿，南唐写本书数箧，偶病中把玩，搬在卧内者，岿然独存㊿。

上江既不可往㊿，又虏势叵测㊿，有弟远㊿，任敕局删定官㊿，遂往依之。到台㊿，守已遁㊿。之剡㊿，出陆㊿，又弃衣被。走黄岩㊿，雇舟入海，奔行朝㊿，时驻跸章安㊿，从御舟海道之温㊿，又之越㊿。庚戌十二月㊿，放散百官㊿，遂之衢㊿。绍兴辛亥春三月㊿，复赴越，壬子㊿，又赴杭。

先侯疾亟时㊿，有张飞卿学士，携玉壶过视侯，便携去，其实珉也㊿。不知何人传道㊿，遂妄言有颁金之语㊿。或传亦有密论列者⑱。余大惶怖,不敢言,亦不敢遂已⑲,尽将家中所有铜器等物,欲赴外廷投进⑳。到越,已移幸四明㉑。不敢留家中,并写本书寄剡。后官军收叛卒取去,闻尽入故李将军家。所谓"岿然独存"者,无虑十去五六矣㉒!惟有书画砚墨可五七簏㉓,更不忍置他所。常在卧榻下,手自开阖。在会稽㉔,卜居土民钟氏舍。忽一夕,穴壁负五簏去㉕。余悲恸不得活,立重赏收赎。后二日,邻人钟复皓出十八轴求赏,故知其盗不远矣。万计求之,其余遂不可出。今知尽为吴说运使贱价得之㉖。所谓"岿然独存"者,乃十去其七八。所有一二残零不成部帙书册,三数种平平书帙,犹复爱惜如护头目,何愚也耶!

今日忽阅此书,如见故人。因忆侯在东莱静治堂㉗,装卷初就,芸签缥带㉘,束十卷作一帙。每日晚吏散,辄校勘二卷,跋题一卷。此二千卷,有题跋者五百二卷耳。今手泽如新㉙,而墓木已拱㉚,悲夫!

昔萧绎江陵陷没,不惜国亡,而毁裂书画㉛;杨广江都倾覆,不悲身死,而复取图书㉜:岂人性之所著,死生不能忘之欤㉝?或者天意以余菲薄㉞,不足以享此尤物耶㉟?抑亦死者有知,犹斤斤爱惜,不肯留在人间耶?何得之艰而失之易也?呜呼!余自少陆机作赋之二年,至过蘧瑗知非之两岁㊱,三十四年之间,忧患得失,何其多也?然有有必有无,有聚必有散,乃理之常。人亡弓,人得之㊲,又胡足道?所以区区记其终始者㊳,亦欲为后世好古博雅者之戒云。

绍兴二年玄黓岁壮月朔甲寅易安室题㊴。

【注释】

①《金石录》:书名,赵明诚撰。收集汇录了镌刻在古代青铜器和石

碑上的文字资料。后序:《金石录》书已前有赵明诚自序,李清照此序,放在书后。

②右:"以上"的意思。

③侯:旧时对州郡地方长官的尊称,赵明诚曾任几处知州,故称。德父:赵明诚的字。

④三代:指夏、商、周。

⑤五季:五代,即梁、唐、晋、汉、周。

⑥这些都是商周青铜器的名称。钟:古代乐器。鼎:古代炊器。甗(yǎn):古代炊器,分上下两层,上层蒸物,下层煮物。鬲(lì):鼎类的炊器。盘:盛水的器具。匜(yí):舀水的器具。尊:酒器。敦(duì):盛食物的器具。款识(zhì):铭刻的文字。

⑦大碣:大石碑。显人:声位显赫之人。晦士:不为人所知之人。

⑧卷:这里相当"幅""件"之意。

⑨是正:校订。

⑩史氏:历史学家。

⑪王播:字明扬,唐文宗时尚书左仆射。生平没有藏书画的事,亦没有遇祸,疑当作王涯。王涯,字广津,唐文宗时宰相,酷爱书画,收藏甚富,后来全被抄没。元载:字公辅,唐代宗时的宰相,后因罪抄家,仅胡椒就有八百石。

⑫长舆:和峤的字,晋人,性悭吝,人称"钱癖"。元凯:杜预的字,晋人,注《春秋左传》等书。他曾对晋武帝说:"臣有《左传》癖!"

⑬二句谓收藏的名称不一样,但痴迷的本质是一样的。这是反话,表示感慨激愤之意。

⑭建中辛巳:宋徽宗建中靖国元年,公元1101年。

⑮归:出嫁。

⑯丞相:指赵明诚之父赵挺之,曾任尚书右仆射兼中书侍郎,相当于宰相。

⑰太学:官立的最高学府。

⑱朔:阴历每月初一。望:阴历每月十五。谒告:请假。

⑲质：典当。

⑳相国寺：在今河南开封。

㉑市：买。

㉒葛天氏：传说中远古帝王名，代指生活纯朴悠闲的远古时代。

㉓练：这里指粗糙的丝帛。一作"练"，即粗布。

㉔穷：尽，这里是走遍之意。遐方绝域：遥远的边地。

㉕古文：指秦以前的文字。奇字：指异体字。

㉖句谓日有所成，月有所得。

㉗句指宋徽宗崇宁二年（1103）赵挺之任中书侍郎。政府：指中书省，全国最高行政机构。

㉘馆阁：收藏图书、编修国史的机关。

㉙句指罕见的书籍秘本。鲁壁：汉武帝时，鲁恭王捣毁孔子故宅墙壁，发现《古文尚书》等书。汲冢：晋武帝时，汲郡（今河南汲县）人盗战国魏襄王墓，得到竹书十车。

㉚浸：渐渐。

㉛崇宁：宋徽宗的年号（1102—1106）。

㉜徐熙：五代南唐大画家，擅长花鸟画。

㉝信宿：连宿两夜。信：再宿。

㉞屏居：隐居。

㉟句谓仰头取低头拾，形容节俭，博取无遗。

㊱句指赵明诚任莱州（今山东掖县）、淄州（今山东淄博）知州。

㊲铅椠（qiàn）：指校勘、刻版、著述。铅：粉笔，用以改正错字。椠：没有写过字的书板。

㊳句谓整理收集、题上书名。

�39彝：古代祭器的总称。

�40率：标准。

�41纸札：纸张。

�42偶：偶然，谦词。强记：记忆力很强。

�43归来堂：在青州（今属山东）赵明诚家中。

㊹角：比赛。

㊺老是乡：终老于这种环境里。

㊻簿甲乙：编制目录。

㊼二句谓就领出钥匙（开橱）、登记书目后领出书籍。

㊽向时：以前。坦夷：随随便便。

㊾句谓本想追求快意，却反而心存顾忌受到拘束。憀栗（liáolì）：严肃拘谨。

㊿重肉：两种以上的荤菜。重采：两件以上的锦衣绣服。

�51刓（wán）缺：残缺。

�52两家者流：指有关《周易》《左传》的各种注疏书。

�53二句谓意与书会，心与书合，目所视是书，精神所注也是书。形容人对书籍的极度爱好，已达到彼此精神相通的境界。

�54声色：音乐和女色。狗马：代指玩好之物。

�55靖康丙午：即靖康元年（1126）。靖康：宋钦宗的年号。

�56淄川：即淄州，今山东淄博。

�57建炎丁未：即建炎元年（1127）。建炎：宋高宗的年号（1127——1130）。

�58长物：多余的东西。

�59监本：国子监印行的书，称监本。因公开出售，较为普通易得。

�60东海，古郡名，辖区在今江苏东北及山东南部一带。

�61连舻：大船前后衔接，指船多。

�62建康：今江苏南京。

�63具舟：备船。

�64煨烬：火灰。

�65建炎戊申：即建炎二年（1128）。起复：又被任用。

�66己酉：即建炎三年（1129）。

�67芜湖：今属安徽。

�68姑孰：溪名，在今安徽当涂。

�69卜居：选择居处。赣水：赣江，在今江西。

⑦池阳:今安徽贵池。

⑦湖州:今属浙江。

⑦句谓至京晋见皇帝。

⑦葛衣:葛布衣服。岸巾:把头巾推后,露出额顶。表示穿戴随便。

⑦句谓我的心绪不好。

⑦缓急:偏意复词,指紧急事变。

⑦戟手:竖起食指、中指来指人,其形如戟(古时一种兵器)。一般形容怒骂之态,这里是加强语气的动作。

⑦宗器:祠堂里祭祀和陈设的礼器。

⑦行在:皇帝外出时临时的驻所,这里指建康。

⑦病疟:患疟疾。

⑧惊怛(dá):惊恐忧伤。

⑧柴胡、黄芩药:均属寒性药。

⑧膏肓:心膈之间。中医认为这里是药力达不到的。

⑧句谓没有留下安排家事的遗嘱。分香卖履,曹操临死前,令把剩余的香料分给众夫人;又让她们学制鞋带卖钱。

⑧之:往。

⑧分遣六宫:指把后妃们遣散到安全的地方。宋高宗建炎三年(1129)七月,陆祐太后率六宫逃往洪州(今江西南昌)。

⑧江:指长江。

⑧茵:垫子。

⑧待:招待。

⑧句谓其他顶用的东西与上述器物数目略同。

⑨从卫:侍从保卫皇室。

⑨部送:护送。

⑨写本:抄写本。李、杜、韩、柳集:指李白、杜甫、韩愈、柳宗元的集子。

⑨《世说》:《世说新语》,刘义庆著。《盐铁论》:汉朝桓宽著。

⑨鼐:大鼎。事:件。

�95岿然：单独的样子。

�96上江：这里指江西一带。今"上江"指安徽一带，"下江"指江苏一带。

�97叵：不可。

�98有弟迒：作者之弟李迒。

�99敕局删定官：官名，负责编定政府诏令的机构中的官员。

�100台：台州，今浙江临海。

�101守：指台州知州晁公为。

�102剡（Shàn）：今浙江嵊县。

�103陆：一作"睦"，今浙江建德。

�104黄岩：今属浙江。

�105行朝：即上文的"行在"。

�106驻跸：皇帝临时居地。章安：镇名，在今浙江临海东南。

㊐温：温州，今属浙江。

㊐越：越州，今浙江绍兴。

㊐庚戌：建炎四年（1130）。

㊐句谓下诏让百官自由择地居住，不必跟随皇帝。

㊐衢：衢州，今属浙江。

㊐绍兴辛亥：即绍兴元年（1131）。绍兴：宋高宗的年号（1131—1162）。

㊐壬子：绍兴二年（1132）。

㊐疾亟：病危。

㊐珉：像玉的石头。

㊐传道：谣言。

㊐句谓于是就有人乱说赵明诚把玉送给金人。颁：赐予。

㊐句谓或传说有人秘密向朝廷告发此事。论列：议论、列举罪状，弹劾。

㊐已：罢休。

㊐外廷：朝廷，与"内廷"相对而言。

⑫幸:皇帝到某处,称"幸"。四明:明州,今浙江宁波。

⑫无虑:大概。

⑫可:大约。

⑫会稽:今浙江绍兴。

⑫穴壁:掘壁(偷盗)。

⑫吴说:字傅朋,当时名画家,曾任福建路转运判官。

⑫东莱:莱州,今山东掖县。

⑫芸签:书签。古时藏书多用芸草驱蠹虫,故称。缥带:束书用的浅青色的带子。

⑫手泽:指赵明诚的墨迹。

⑬句谓坟上的树木已粗壮到要用手合抱。意思是去世很久。

⑬三句指梁元帝萧绎在北魏攻陷梁都江陵时,烧毁了图书十四万卷。

⑬三句指隋炀帝杨广出游江都时,为部将宇文化及所杀。据载他临死前曾烧书三十七万卷。复取:再取,这里指焚烧。

⑬二句谓难道人心中所执着的东西,无论生死都不会忘吗?著:附着。

⑬菲薄:微不足道。

⑬尤物:优异之物。

⑬二句谓作者嫁与赵明诚的十八岁到写此序时的五十二岁。陆机,字士衡,晋朝文学家,相传他二十岁作《文赋》。蘧瑗:字伯玉,春秋卫国大夫。五十岁自知四十九时之非。后世即用"知非之年"代称五十岁。

⑬二句语出《孔子家语》。相传楚恭王丢失一张名弓,侍从们欲去寻找,楚王阻止道:"楚人失之,楚人得之。"孔子听说后,认为楚王胸襟还不够大,应该说:"人遗弓,人得之。"这里借以表示自己所得或为人所得,没有什么两样。这是作者无可奈何的自慰语。

⑬区区:爱而不舍的样子。

⑬即公元1132年夏历八月初一。玄黓(yì),古时以干支纪年,太岁在壬称"玄黓",绍兴二年干支为壬子,故称。壮月,八月的别称。朔甲寅,初一日。查绍兴二年八月初一日的干支是戊子,疑有脱误。另据宋刊

本洪迈《容斋四笔》卷五等书记载,此序应作于绍兴四年,咬符合李清照生平。易安室:李清照的居室名。这里是"易安室主人"的意思。

【品评】

这篇序文除了开头说明《金石录》一书的内容和目的外,主要可分两大部分。前一部分是写作者夫妇如何节衣缩食收集金石典籍,以及沉浸其中的乐趣,调子是欢快的;后一部分写在金兵南下以后的逃亡生活中,收藏的文物如何屡遭厄运,充满了悲惨低沉的情思。最后以抒发感慨作结。全文大致以事件发生的先后为次序,逐层写来,文字简洁朴实,而其内蕴却大大超出一般书序的范围。

序文是围绕金石资料和文献典籍的"得难失易"的思想线索来写的,这样才能和书序切题;但是,此点与作者的生活和命运有着密切的关联,其中凝结着她对往日美满和谐生活的温馨追忆和遭遇变故后辛酸痛楚的感受,反映出作者生活史和感情史的巨大转折;而作者生活和感情的巨变又与南渡前后整个时代、政局息息相关,因而"金石存亡——身世巨变——时代动乱"这三个层面实是合而为一的,文物的历史映照出人的历史,而个人的命运又折射出时代的命运,这使文章在清晰脉络之中而显得意蕴深沉。而最后一段关于得失聚散,"乃理之常"的感慨,又把这一切提高到普遍性的人生哲理的思考,增加了本文的思想深度。

文章夹叙夹议,一路信笔挥洒,纯用白描手法。而对典型细节,却不惜辞繁,肆意点染,使文情酣畅,摇曳多姿。如夫妇质衣换钱,展玩碑文,咀嚼果实,尽力传写,摩玩舒卷,特别是归来堂猜书角胜斗茗一段,犹如传神阿睹,活画出一幅夫妇陶醉学术文化、乐在其中的行乐图,一股墨香书卷之气扑面而来;后幅写在金石图书的被弃、被焚的背景中,赵明诚的临行嘱咐,表示了宗器文物"与身俱存亡"的决心,仓促间夫妻一问一答,神情腔吻宛然。前后幅喜悲互衬。对比强烈,尤具震撼人心的力量。这些对细节的精心选择和描摹,不仅叙出李、赵二人的生平行迹(《宋史》中二人均无传),而且刻画了他们的性格志趣和音容笑貌,使这篇序具有传记文学的特色和性质。

清人李慈铭曾评本文云："叙致错综,笔墨疏秀,萧然出畦町之外。予向爱诵之,谓宋以后闺阁之文,此为观止。"肯定了本文的独创性及其在中国妇女文学中的特殊地位,是有见地的。

刘子翚(1101—1147)

字彦冲,自号病翁,建州崇安(今属福建)人。曾任兴化军(治所在今湖北光化西)通判。后退居屏山讲学,被称为屏山先生。朱熹少时曾从其受学。能诗,颇有感慨时事之作。有《屏山集》。

试梁道士笔

善将不择兵,善书不择笔①,顾所用如何耳②!南渡以来③,毛颖乏绝④,幔亭黄冠以笔遗予⑤,玉表霜里⑥,视之皆触藩之柔毳也⑦。束缚精妙,驱使如意,亦管城之亚匹焉⑧。因念神州赤县半没埃秽中⑨,或言南兵剽轻不足仗者⑩,而春秋吴、楚之霸⑪,六朝晋、宋之捷⑫,不闻借锐于他方⑬,选徒于外境⑭。昔人云:"京口酒可饮,兵可用⑮。"岂用之自有道邪⑯?书生过计⑰,推此理于试笔之间,庶几魏飙之裔⑱,不得专美于旧谈⑲,组练之军⑳,或有为于今日。

【注释】

①二句谓善于带兵的人用不着挑选士兵,善于写字的人用不着挑选毛笔。

②顾:但看。

③南渡:指公元1127年,金兵攻占北宋首都汴京(今河南开封),宋高宗率群臣渡江,定都临安(今浙江杭州)。

④毛颖:指毛笔。

⑤幔亭:山峰名,在福建武夷山。黄冠:道士的代称,这里指梁道士。

211

遗：送。

　　⑥玉表霜里：形容笔毛内外洁白。

　　⑦触藩：指羊抵擦篱笆，这里代指羊。柔毳(cuì)：柔软的细毛。

　　⑧管城：上好毛笔的别称。韩愈《毛颖传》把毛笔拟人化，并说秦始皇把毛笔封为管城(实指笔管)，号为"管城子"。亚匹：相配、匹敌。亚：次，引申为俦匹。

　　⑨句指北中国被女真族占领。神州赤县：中国的别称。战国齐人邹衍创立"大九州"之说，把中国称为赤县神州。

　　⑩剽轻：剽悍而易动好乱。

　　⑪春秋时，吴楚(地在湘、鄂、皖、江、浙一带的两个国家)曾先后称霸一时。

　　⑫六朝时，东晋和刘宋均建都在今江苏南京，曾屡次打败入侵的北方少数民族统治者。

　　⑬锐：精兵劲卒。

　　⑭徒：士兵。

　　⑮昔人：指东晋大将桓温。其语出《晋书·郗超传》。京口：现在江苏镇江。

　　⑯道：方法。

　　⑰过计：多虑。

　　⑱狻麑(jùnnuò)之裔：指毛笔。狻麑：两种兔子。

　　⑲旧谈：前人以毛笔为题的文章，如韩愈《毛颖传》等。

　　⑳组练："组甲被练"的简称，军士所穿的两种衣甲，引申为精壮的军队。

【品评】

　　这则杂感式的短文，从一支毛笔谈起，联想到用兵救亡的大事，旨在表达作者奋起抗战、收复中原失地的坚决意志和对国家命运的深切关怀。

　　作者暗以反驳南方笔、兵不如北方笔、兵之旧说，作为立论的出发点。首先提出"善将不择兵，善书不择笔"的论点，着重举出古人用南兵战胜北兵之例,强调兵不必选择,关键在于"善用";其次,用梁道士所送南方之佳笔,暗示南方亦有精兵锐卒,进一步强调了南兵的"可用"。总此两条,顺势推出了只要有抗战的决心,就无不胜之理("或有为于今日")的结论。

全文以择笔、用笔比喻择兵、用兵,笔为喻体,兵为本体;但文章开头以"善将不择兵"兴起"善书不择笔",却是笔为主,兵为宾,以照应"试笔"题意。中间以"因念"一词领起,由试笔推想用兵,转入阐发抗战的本旨。行文中喻体、本体,主宾互换,而又转接自然,不露痕迹。

陆游（1125—1210）

字务观,号放翁,越州山阴(今浙江绍兴)人。一生主张抗击金兵,恢复中原。早年应省试,为第一;次年应礼部试,却为秦桧所黜。后长期遭排挤。中年入蜀,投身军旅,对其创作产生深刻影响。晚年罢职还乡,间或出任地方官。在乡村躬耕著书,仍关注国家命运。他是著名爱国诗人,现存诗作九千余首,为宋人之冠。其诗各体兼备,七律更胜;风格多样,以壮阔豪迈为主。并擅词文。其中志铭记序一类作品,超迈简洁,尤能体现其散文成就。有《剑南诗稿》《渭南文集》等。

姚平仲小传[①]

姚平仲,字希晏,世为西陲大将[②]。幼孤,从父古养为子[③]。年十八,与夏人战臧底河[④],斩获甚众,贼莫能枝梧[⑤]。宣抚使童贯召与语[⑥],平仲负气不少屈[⑦],贯不悦,抑其赏。然关中豪杰皆推之[⑧],号"小太尉"。睦州盗起[⑨],徽宗遣贯讨贼,贯虽恶平仲[⑩],心服其沉勇,复取以行。及贼平,平仲功冠军[⑪],乃见贯曰:"平仲不愿得赏,愿一见上耳。"贯愈忌之。他将王渊、刘光世皆得召见,平仲独不与[⑫]。钦宗在东宫知其名,及即位,金人入寇,都城受围,平仲适在京师,得召对福宁殿,厚赐金帛,许以殊赏。于是平仲请出死士斫营擒虏帅以献[⑬]。及出,连破两寨,而虏已夜徙去。平仲功不成,遂乘青骡亡命,一昼夜驰七百五十里,抵邓州[⑭],始得食。入武关[⑮],至长安[⑯],欲隐华山[⑰],顾以为浅[⑱],奔蜀,至青城山上清宫[⑲],人莫识也。留一日,复入大面山[⑳],行二百七十余里,度采药者莫能至㉑,乃解纵所乘骡,得石穴以居。朝廷数下诏物色求之㉒,弗得也。乾道、淳熙之间㉓,始出,至丈人观道院㉔,自言如此。时年八十余,紫髯郁然㉕,长数尺,面奕奕有光,行不择崖堑、荆棘㉖,其速若奔马;亦时为人作草书,颇奇伟,然秘不言得道之由云。

【注释】

①姚平仲:北宋末年名将。

②世:世世代代。西陲:西部边疆。

③从父:伯父或叔父。古:姚古,北宋末名将。汴京危急,曾率部驰援。

④夏人:西夏党项人。臧底河:指臧底河城,宋夏于宋徽宗政和时曾在此一战。

⑤枝梧:抵挡。

⑥童贯:北宋著名奸恶宦官。曾任陕西、河东、河北宣抚使,负责西北和北部地区军事。

⑦负气不少屈:自恃意气,不肯屈居事人。

⑧关中:今陕西中部一带。推:推崇。

⑨睦州盗:指方腊起义军。睦州:治所在今浙江建德。

⑩恶:讨厌。

⑪功冠军:功劳为全军之首。

⑫不与:不在其内。

⑬斫营:袭击敌营。

⑭邓州:今河南邓县。

⑮武关:在今陕西商南县西北。

⑯长安:今陕西西安。

⑰华山:在今陕西华阴。

⑱句谓只认为(华山)不够幽深。

⑲青城山:在今四川灌县西南,山顶有上清宫。

⑳大面山：为青城山主峰。

㉑度：猜测。

㉒物色：寻找。

㉓乾道：宋孝宗的年号（1165—1173）。淳熙：宋孝宗的年号（1173—1189）。

㉔丈人观道院：青城山有丈人峰，丈人观道院即在此峰。

㉕郁然：浓密的样子。

㉖崖堑：山崖和山沟。

【品评】

　　"小传"不像正式传记那样要概述传主一生的行事大节，面面俱到，而是要突出重点，摹刻出人物最具特色、最显风采的一面。在这篇不足四百字的传记中，作者突出了姚平仲的传奇色彩，简要地记叙了这位名将不平凡的一生。

　　围绕传主的传奇性，作者作了多角度、多层次的描绘和渲染。首先通过大胜夏兵、豪杰敬重、权奸嫉恨而又不得不倚重其力等描写，既强调其骁勇善战的特点，又从侧面点出遭际的坎坷，给读者一个不同凡响的初步印象。其次，晋见钦宗，誓死斩敌，必欲力挽狂澜；功不成后，便遁入深山，隐居长达数十年。从叱咤风云的猛将到避居绝境的隐士，强烈的形象反差又给人物增添了浓厚的传奇色彩。最后，写传主年虽老而面有神光，攀崖走壁，健步如飞，书法奇伟，在这位隐士身上犹见当年的豪气。而一句"秘不言得道之由"，则给人物又蒙上一层神秘的面纱。

　　作者在刻画传主的经历、才能、性格的不平凡时，表达了由衷的敬佩之情，同时也揭露出当时权宦弄权误国、忠臣良将备遭排挤的黑暗现象。联系作者自身的遭际，他撰写此传当是有感而发的。

跋李庄简公家书①

　　李丈参政罢政归乡里时②，某年二十矣。时时来访先君③，剧谈终日④。每言秦氏,必曰"咸阳⑤",愤切慨慷,形于色辞。

一日,平旦来⑥,共饭,谓先君曰:"闻赵相过岭⑦,悲忧出涕。仆不然⑧,谪命下,青鞵布袜行矣⑨,岂能作儿女态邪?"方言此时,目如炬,声如钟,其英伟刚毅之气,使人兴起⑩。

后四十年,偶读公家书,虽徙海表⑪,气不少衰;丁宁训戒之语,皆足垂范百世⑫。犹想见其道"青鞵布袜"时也。淳熙戊申五月己未⑬,笠泽陆某书⑭。

【注释】

①李庄简公:李光,字泰发,上虞(今属浙江)人。宋徽宗时进士。宋高宗时,任吏部尚书、参知政事等职,因与秦桧政见不合,被罢职。死后谥庄简。

②丈:对男性长辈的尊称。参政:参知政事的简称。

③先君:指陆游亡父陆宰。

④剧谈:畅谈。

⑤二句谓每次提及秦桧,必称做"咸阳"。咸阳是秦朝国都,这里代指秦桧姓氏,表示愤恨,不愿直呼其姓。

⑥平旦:早晨。

⑦赵相:赵鼎,字元镇。宋徽宗时进士。宋高宗时任同中书门下平章事兼枢密使等职,立志恢复中原,与秦桧不合,被贬至岭南。

⑧仆:男性自称,谦词。

⑨鞵:鞋。

⑩句谓让人振奋。

⑪海表:海外,指琼州(今属海南岛)。

⑫垂范百世:为后代留下典范。

⑬淳熙戊申五月己未:即淳熙十五年五月二十四日,公元 1188 年 6 月 20 日。

⑭笠泽:太湖。陆游祖籍甫里(今江苏吴县角直),靠近太湖,故称。

一说,笠泽为吴淞江(古称松江),流经吴县,陆游亦可自称籍贯为笠泽。

【品评】

陆游此跋的用意,与他的《姚平仲小传》相同:都为抗敌的仁人志士写照立传,抒发自己的崇仰之心和报国之志。所以文虽短小而气势旺盛,精神贯注,富有感染力。比如描写少时亲见李光慷慨陈说"岂能作儿女态邪"的情形,作者结以"使人兴起",此并非泛语,正是他自身感情投入参与的表现。

此跋在叙写这位愤切国事的抗金名臣时,避开其重大行迹,专择细节琐事,突出一个"气"字,串连起其生平两件小事(言秦氏、评赵相)和晚年家书,寥寥几笔,其英伟刚毅的形象,鲜明生动,呼之欲出,达到了很高的文字功力。

朱熹（1130—1200）

　　字元晦，号晦翁，徽州婺源（今属江西）人。宋高宗绍兴时进士。曾任知南康军（治所在今江西星子），恢复白鹿洞书院，并订立学规。后又任漳州（今属福建）知州、焕章阁待制侍讲等职。卒谥"文"。他集宋代理学之大成，著述甚丰，创立"闽学"流派。其文与曾巩相近，长于议论，思致周密，简健有力。有《朱文公文集》《朱子语类》等。

送郭拱辰序①

　　世之传神写照者②，能稍得其形似，已得称为良工。今郭君拱辰叔瞻，乃能并与其精神意趣而尽得之，斯亦奇矣。

　　予顷见友人林择之、游诚之③，称其为人，而招之不至。今岁惠然来自昭武④，里中士夫数人⑤，欲观其能⑥，或一写而肖，或稍稍损益⑦，卒无不似，而风神气韵，妙得其天致⑧。有可笑者：为予作大小二象，宛然麋鹿之姿，林野之性⑨，持以示人，计虽相闻而不相识者，亦有以知其为予也。

　　然予方将东游雁荡⑩，窥龙湫，登玉霄以望蓬莱⑪，西历麻源⑫，经玉笥⑬，据祝融之绝顶⑭，以临洞庭风涛之壮，北出九江⑮，上庐阜⑯，入虎溪，访陶翁之遗迹⑰，然后归而思自休焉。彼当有隐君子者，世人所不得见，而予幸将见之，欲图其形以归。而郭君以岁晚思亲⑱，不能久从予游矣。予于是有遗恨焉。因其告行⑲，书以为赠。淳熙元年九月庚子晦翁书⑳。

【注释】

　　①郭拱辰：字叔瞻，三山（今福建福州）人。朱熹门生，善画。

②传神写照者:指人物肖像画家。

③林择之:林用中,字择之,古田(今属福建)人,朱熹门生。游诚之:游九言,字诚之,建阳(今属福建)人,张栻门生。官至知光化军(治所在今湖北光化西)。

④今岁:指宋孝宗淳熙元年(1174)。惠然:敬词,这里指惠临、光顾的意思。昭武:即邵武,今属福建。

⑤里中:闾里之中,指本地。

⑥能:技能,本领。

⑦损益:删削和增添几笔,指修改。

⑧天致:天然的意态情趣。

⑨麋鹿之姿,林野之性:比喻自然天真的状貌,纯朴率真的性格。

⑩雁荡:山名,在浙江乐清县境,有大小龙湫。

⑪玉霄:峰名,在浙江天台西北,为桐柏山九峰之一。望蓬莱:指望海。蓬莱:与方丈、瀛洲并为古代传说中海上的三座仙山。

⑫麻源:地名,在今江西南城西。

⑬玉笥:山名,在湖南湘阴东北。

⑭祝融:衡山七十二峰之一。

⑮九江:亦名浔阳江,是长江的一段,流经今江西九江市一带。

⑯庐阜:庐山。山中有东林寺,虎溪即在其寺前。

⑰陶翁:指陶渊明,浔阳柴桑(今九江市西南)人。柴桑有其故居。

⑱岁晚:一年将尽。

⑲句谓趁他来向我辞行之机。

⑳九月庚子:即九月十六日。

【品评】

从表面上看,此序的内容、结构相当单纯,似乎可以一览而尽,无奥折曲衍之处。文章先是从虚实两面赞扬郭拱辰的画艺高超,传神入妙;继而叙及自己将远游,欲邀郭同行,发挥其一技之长;最后以郭氏思亲将归不能从行为憾,从而表示了惜别之意,归结到送别这一题旨上。单就这一层来看,本文已是文简意足,可算作是一篇刻画生动、笔致隽永、有情有感的赠序。

但此文似乎别有深意,可堪玩索。文中数次提及隐逸之事,恐怕不是无谓的闲笔。首先郭氏给作者画像,画出其"宛然麋鹿之姿,林野之性",暗示作者有隐士的风度;其次作者拟游名山,这也是追踪隐逸、放身世外的表现;又提及欲"访陶翁之遗迹",而陶渊明自古就有"隐逸之宗"的称号;他邀约郭氏同行,是请其为屏居山中的隐士画像留世;并宣称游山归来,将准备退休。这层若隐若现的向往隐逸的意思,贯穿在作者对郭氏画技的称美和邀游不成的惋惜之中,向人们展露出在送别惜别后面的某种较为深层的心态。

至于朱熹对隐逸的向往,难道仅仅是一种兴趣好尚吗?清代林云铭认为朱熹是别有所怀的。朱熹所拟就的游历路线,实为南宋东西北三方的疆域极限,暗示了版图的狭小;隐士实为生不逢时的贤人,而朱熹对他们的认同和追寻,则表示他对现实的不满。因而文章"语虽壮而实悲"。从朱熹平生的为人和政治倾向来看,这种分析不无道理,可备一说。

文天祥(1236—1283)

　　字宋瑞,又字履善,自号文山。吉水(今江西吉安)人。宋理宗宝祐时状元。历任湖南提刑、赣州知州等职。元兵渡江后,他从赣州率部入卫京师,任右丞相、枢密使,积极组织抗元。后兵败被俘,囚拘大都(今北京)三年,最后从容就义,至死不屈。他是著名的民族英雄,其诗文也多以救国复兴的内容为主,慷慨激昂,气贯长虹。有《文山先生全集》。

《指南录》后序①

　　德祐二年正月十九日②,予除右丞相兼枢密使③,都督诸路军马④。时北兵已迫修门外⑤,战、守、迁皆不及施⑥。缙绅、大夫、士萃于左丞相府⑦,莫知计所出。会使辙交驰⑧,北邀当国者相见⑨。众谓予一行为可以纾祸⑩。国事至此,予不得爱身,意北亦尚可以口舌动也⑪。初,奉使往来无留北者⑫,予更欲一觇北⑬,归而求救国之策;于是辞相印不拜⑭。翌日,以资政殿学士行⑮。

　　初至北营⑯,抗辞慷慨,上下颇惊动。北亦未敢遽轻吾国。不幸吕师孟构恶于前⑰,贾余庆献谄于后⑱,予羁縻不得还⑲,国事遂不可收拾。予自度不得脱⑳,则直前诟虏帅失信㉑,数吕师孟叔侄为逆㉒,但欲求死,不复顾利害。北虽貌敬,实则愤怒。二贵酋名曰"馆伴"㉓,夜则以兵围所寓舍,而予不得归矣。

　　未几,贾余庆等以祈请使诣北㉔。北驱予并往,而不在使者之目㉕。予分当引决㉖,然而隐忍以行,昔人云:"将以有为

222

也"㉗。至京口㉘,得间奔真州㉙,即具以北虚实告东西二阃㉚,约以连兵大举㉛。中兴机会,庶几在此。留二日,维扬帅下逐客之令㉜。不得已,变姓名㉝,诡踪迹㉞,草行露宿,日与北骑相出没于长淮间㉟,穷饿无聊,追购又急㊱,天高地迥,号呼靡及㊲。已而得舟,避渚洲,出北海,然后渡扬子江,入苏州洋,展转四明、天台,以至于永嘉㊳。

呜呼!予之及于死者,不知其几矣㊴。诋大酋当死㊵;骂逆贼当死㊶;与贵酋处二十日,争曲直㊷,屡当死;去京口,挟匕首以备不测,几自刭死㊸;经北舰十余里㊹,为巡船所物色㊺,几从鱼腹死㊻;真州逐之城门外,几彷徨死;如扬州㊼,过瓜洲、扬子桥㊽,竟使遇哨,无不死;扬州城下,进退不由㊾,殆例送死㊿;坐桂公塘土围中�51,骑数千过其门,几落贼手死�52;贾家庄几为巡徼所陵迫死�52;夜趋高邮�53,迷失道,几陷死�54;质明�55,避哨竹林中,逻者数十骑�56,几无所逃死;至高邮,制府檄下�57,几以捕系死;行城子河�58,出入乱尸中,舟与哨相后先�59,几邂逅死�60;至海陵�61,如高沙�62,常恐无辜死;道海安、如皋�63,凡三百里,北与寇往来其间�64,无日而非可死;至通州�65,几以不纳死�66;以小舟涉鲸波出�67,无可奈何,而死固付之度外矣。呜呼,死生昼夜事也�68,死则死矣,而境界危恶,层见错出,非人世所堪。痛定思痛,痛何如哉�69!

予在患难中,间以诗记所遭,今存其本不忍废�70,道中手自抄录。使北营,留北关外�71,为一卷;发北关外,历吴门、毗陵�72,渡瓜洲,复还京口,为一卷;脱京口,趋真州、扬州、高邮、泰州、通州,为一卷;自海道至永嘉,来三山�73,为一卷。将藏之于家,使来者读之,悲予志焉。

呜呼,予之生也幸,而幸生也何为�74?所求乎为臣,主辱臣死,有余戮�75,所求乎为子,以父母之遗体,行殆而死,有余责�76。

将请罪于君,君不许;请罪于母,母不许;请罪于先人之墓。生无以救国难,死犹为厉鬼以击贼,义也。赖天之灵,宗庙之福,修我戈矛㉗,从王于师,以为前驱㉘,雪九庙之耻㉙,复高祖之业㉚。所谓"誓不与贼俱生",所谓"鞠躬尽力,死而后已",亦义也。嗟夫,若予者,将无往而不得死所矣㉛!向也使予委骨于草莽,予虽浩然无所愧怍,然微以自文于君亲,君亲其谓予何㉜!诚不自意返吾衣冠,重见日月,使旦夕得正丘首㉝,复何憾哉!复何憾哉!

是年夏五,改元景炎㉞。庐陵文天祥自序其诗㉟,名曰《指南录》。

【注释】

①《指南录》:文天祥诗集名。宋恭帝德祐二年(1276),元兵进逼南宋首都临安(今浙江杭州)。文天祥奉命赴元营谈判,遭扣押。后乘隙逃归福州。此集便是他出使、被扣和逃归途中的纪行诗集。后序:此集前面有《自序》《后序》两篇,本文即为《后序》(不在诗集之末)。

②正月:原文作"二月",实误。今据《指南录·自序》订正。

③除:被任命。

④都督:统领监督。路:宋朝大行政区名。

⑤修门:国都的城门。

⑥句谓无论抗战、守城或迁都,都来不及进行了。

⑦缙绅:做官的人。萃:会集。左丞相府:即左丞相吴坚家中。

⑧句谓恰好双方使节往来频繁。辙:车印,代指车子。

⑨北:指元人、元军。当国者:执政的人。

⑩句谓众人都认为我出使一次可以解除祸患。

⑪句谓估计元人也还是可以用言语打动的。

⑫无留北者:没有被扣留在元地的。

⑬一觇(chān):暗中察看一下。

⑭不拜：不接受官职。

⑮句谓以资政殿学士名义出发。资政殿学士，宋朝所设一种荣誉官衔，授予大臣。

⑯北营：指当时元军统帅伯颜的军营。

⑰吕师孟本为宋朝兵部尚书，为叛将吕文焕之侄，文天祥曾上书要求斩他。他曾在德祐元年（1275）出使元军求和，愿向元称侄纳币。此次文天祥在元营中谈判，相持不下时，吕师孟却带来降表。构恶：做坏事。

⑱贾余庆本是宋朝的同签书枢密院事、知临安府。与文天祥一起出使元营，暗与元军统帅伯颜商定宋朝投降之事，并唆使元军扣留文天祥。献谄：讨好。

⑲羁縻：扣押。

⑳度：猜想，估计。

㉑虏帅失信：伯颜放回贾余庆等人，却单独扣留了文天祥。文天祥当场责骂伯颜失信。

㉒吕师孟叔侄：吕师孟之叔吕文焕原为宋朝襄阳守将，时已降元。

㉓贵酋：高级头目。馆伴：陪伴外国使臣的接待人员。

㉔二句指德祐二年二月元兵占领临安，宋帝降元，并派贾余庆为"祈请使"赴大都。祈请使：求和的专使。

㉕句谓不算使者之列。

㉖分当：本当。引决：自杀。

㉗"将以有为也"一语，原系唐朝名将南霁云所说（参见韩愈《张中丞传后叙》），意谓忍辱留生，是为了有所作为。

㉘京口：今江苏镇江。

㉙得间：趁机。真州：治所在今江苏仪征。

㉚东西二阃：指淮东、淮西制置使（主管边防军务的长官）李庭芳和夏贵。阃：在朝廷外统管军事的将帅。

㉛句指约定李庭芝、夏贵和真州守将苗再成联兵攻元。

㉜当时李庭芝听信谣言，以为文天祥是元人派来说降的，便密令苗再成处死文天祥。维扬帅：李庭芝驻扎在扬州，故称。下逐客之令：即借指

李庭芝的密令。

㉝苗再成不忍杀文天祥,便放走了他。文天祥东行时,自称"刘洙"。

�34句指行动秘密。

�35长淮:淮河流域,这里指淮东路(今江苏中部一带)。

�36追购:指元人对文天祥的悬赏缉捕。

�37二句谓天高地远,呼叫不应。

�38避渚洲等六句是文天祥南行的路线。他避开长江中已被元军占领的沙洲,便绕道走淮海,从长江口渡江,从海上到宁波、天台,最后到温州。渚洲:长江中的沙洲。北海:淮海,是东海的里海。苏州洋:长江口外偏南的一片海面。四明:明州,治所在今浙江宁波。永嘉:今浙江温州。

�39二句谓我面临死亡不知有多少次了。

㊵诟:辱骂。大酋:指伯颜。

㊶骂逆贼:指痛骂吕文焕、吕师孟叔侄。

㊷曲直:是非。

㊸自刭:刎颈自杀。

㊹句谓从北军战船旁经行了十多里。

㊺物色:搜寻。

㊻从鱼腹死:指投水死。

㊼如:到。

㊽瓜州:在今江苏扬州南四十里。扬子桥:地名,在扬州南。

㊾不由:不能自主。

㊿句谓几乎等于去送死。例:类乎。

51桂公塘:小丘名,在扬州城外,山腰有土围墙。

52"贾家庄"六句指文天祥在贾家庄遇到宋朝骑兵,他们挥刀欲砍,文天祥贿以钱财才免遭毒手。贾家庄:在扬州城北门外。巡徼:指宋朝的巡逻兵。陵迫:欺侮。

53高邮:今属江苏。

54陷死:陷入敌手而死。

55质明:黎明。

�56逻者:指元军巡逻兵。

�57句谓李庭芝的制置府发下命令。即指李庭芝误信文天祥已降元的谣言,发出缉捕命令。

58城子河:在高邮附近。

59句谓所乘之船与元军哨兵险些遭遇。

60邂逅:不期而遇。

61海陵:今江苏泰县。

62高沙:在高邮西南城子河滨。

63海安、如皋:均今属江苏。

64寇:土匪。

65通州:今江苏南通。

66不纳:不准入城。

67涉鲸波出:指出海。鲸波:大浪。

68句谓生死是早晚间事,随时有死的可能。

69二句谓事后追思当时所受的痛苦,又是怎样的痛苦啊!

70本:底稿。

71北关外:指临安北门外明因寺,文天祥初即在此与伯颜谈判。

72吴门:吴县,今江苏苏州。毗陵:今江苏常州。

73三山:指福州市南有闽山、越王山、九仙山等三座山。这里代指福州。

74二句谓我能逃生很幸运的,但活下来又是为了什么呢?

75三句谓求做忠臣的话,国君受辱,臣子就该效死;我不死是有余罪的。戮:罪。

76三句谓求做孝子的话,把父母留给自己的身体去冒极大的危险而死,是要受到重责的。

77句谓整治我的武器。语出《诗经·秦风·无衣》。

78二句谓跟随国君投身军旅,去做前锋。

79九庙:指被破坏的皇室宗庙。

80高祖:指宋朝开国皇帝太祖赵匡胤。

○31句谓任何地方都可能是我死的场所。

○32四句谓以前如果我抛尸在荒草丛中,虽然光明正大,无惭愧之处,但在君王父母面前,无法文饰自己的过失,君王父母又会怎样说我呢?微:无。

○33三句谓真没想到我能再穿上宋朝官服,重见宋帝,能够死在故国。日月:指宋帝。正丘首:古代传说狐狸在外死去,必把头对着洞穴所在的山丘,表示对老巢的依恋。引申为死于故国、故乡。

○34宋端宗在公元1276年夏五月即位,改元景炎。

○35庐陵:古郡名,即吉州吉水,今江西吉安。

【品评】

用"文如其人"来评文天祥此文,是再恰当不过了。此文通篇突出地表达了作者的坚定信念和巨大毅力。作者的悲剧遭遇是双重的:既有来自敌人的悬购追捕,又有来自我方内部的误解和误伤。因此,这非同寻常的九死一生的经历,越发昭示出他信念的崇高和毅力的非凡。

文章三次重复南下路线,但每次作用各异。《指南录》是纪行诗集,第三次所叙只是客观地介绍四卷诗编次的起讫地点;第一次用于记述南逃过程的大要,属于总写;第二次则是特写,最为详尽也最为重要。与众多地名相结合的种种死境,成了作者渲泄悲愤情怀的爆发点,也是人们窥视其高尚情操、坚贞心灵的窗口。这三次记叙,由于作用、目的不同,表达方式也随之有异,语气有缓有急,自叙出使元营、不幸被拘、真州脱逃、辗转而至永嘉、福州的始末,显示出这位民族英雄的如日月经天的一身正气、至死不渝的爱国忠心、救亡图存的报国宏愿。全文在朴实的记事中,涌动着一股真情激流,是一曲用血泪凝成的悲壮的爱国之歌,足以垂范后世,浩气永存。

文章最令人过目难忘的是"呜呼!予之及于死者,不知其几矣"领起的第四段,一连列举18种面临死亡的险境。且叙且议,悲愤沉郁之情充溢其中;句式全用并立排比句,或长或短,每句大都以"死"字煞尾,具有紧迫而不可稍顿的前驱力和一气呵成的凌厉文势,犹如奇峰突起,飞瀑自天而降,万派奔腾齐注,构成了全文的高潮,主观感情色彩有浓有淡,造成了低、高、低的曲折起伏的行文节奏。总之,这三次重复,说明它对作者的刺激之强和痛苦之烈,也给读者以深刻的印象。

谢翱（1249—1296）

字皋羽,晚号晞发子,福州长溪(今福建霞浦)人。宋末著名的爱国志士。元军南下,文天祥起兵,他散家财募集乡兵,投入文天祥部下,任咨议参军。宋亡后,他坚不仕元,与一批遗民诗人组成具有浓厚政治色彩的诗社,互相唱和,抒发亡国之痛。后漫游两浙,病死于杭州。他是宋末代表作家。其诗沉郁悲愤,散文则效法柳宗元,风格峭劲。有《晞发集》。

登西台恸哭记①

始,故人唐宰相鲁公开府南服②,余以布衣从戎③。明年,别公漳水湄④。后明年,公以事过张睢阳庙及颜杲卿所尝往来处⑤,悲歌慷慨⑥,卒不负其言而从之游⑦。今其诗具在,可考也。

余恨死无以藉手见公⑧,而独记别时语,每一动念,即于梦中寻之。或山水池榭⑨,云岚草木⑩,与所别之处及其时,适相类⑪,则徘徊顾盼,悲不敢泣。又后三年⑫,过姑苏⑬。姑苏,公初开府旧治也⑭,望夫差之台而始哭公焉⑮。又后四年⑯,而哭之于越台⑰。又后五年及今⑱,而哭之于子陵之台。

先是一日,与友人甲、乙若丙约⑲,越宿而集⑳。午雨未止,买榜江涘㉑。登岸,谒子陵祠;憩祠旁僧舍,毁垣枯甃㉒,如入墟墓㉓。还,与榜人治祭具㉔。须臾雨止,登西台,设主于荒亭隅㉕;再拜,跪伏;祝毕㉖,号而恸哭者三㉗,复再拜,起。又念余弱冠时㉘,往来必谒拜祠下。其始至也,侍先君焉㉙。今余且老,江山人物,眷焉若失㉚。复东望,泣拜不已。有云从西南来,澒洞浡

230

郁^③,气薄林木^③,若相助以悲者。乃以竹如意击石^③,作楚歌招之曰^③:"魂朝往兮何极^③?暮归来兮关塞黑^③,化为朱鸟兮有咮焉食^③?"歌阕^③,竹石俱碎,于是相向感唶^③。复登东台^④,抚苍石,还憩于榜中。榜人始惊余哭,云:"适有逻舟之过也^④,盍移诸^④?"遂移榜中流,举酒相属^④,各为诗以寄所思。薄暮,雪作风凛,不可留,登岸宿乙家,夜复赋诗怀古。明日,益风雪^④,别甲于江。予与丙独归。行三十里,又越宿乃至。其后,甲以书及别诗来,言:"是日风帆怒驶^④,逾久而后济^④;既济,疑有神阴相以著兹游之伟^④。"予曰:"呜呼!阮步兵死^④,空山无哭声且千年矣!若神之助,固不可知;然兹游亦良伟。其为文词,因以达意,亦诚可悲已。"予尝欲仿太史公,著《季汉月表》,如《秦楚之际》^④。今人不有知予心,后之人必有知予者。于此宜得书^⑤,故纪之,以附季汉事后。

时,先君登台后二十六年也。先君讳某^⑤,字某。登台之岁在乙丑云^⑤。

【注释】

①西台:指东汉隐士严子陵的钓鱼台,即下文所称"子陵之台",在今浙江桐庐。

②始:当初。唐宰相鲁公:本指唐朝宰相颜真卿,他曾抗击安禄山叛乱,后被封为鲁郡公。这里借指宋朝宰相文天祥。开府南服:文天祥景炎元年(1276)七月在南剑(今福建南平)建立府署,聘选僚属。南服:南方。

③布衣:平民。

④景炎二年(1277),文天祥率部赴漳州(今属福建)作战,作者在漳江边与文天祥分别。湄:水滨。

⑤祥兴元年(1278)十二月,文天祥兵败被俘。次年,被押往大都,路过张巡庙和颜杲卿作战过的地方。以事:忌讳之辞,指文天祥被俘北行。

张睢阳,指唐代名将张巡,曾在睢阳(今河南商丘)抗击安禄山,后城破被俘,慷慨殉难。后人在睢阳立庙纪念张巡等人。参见韩愈《张中丞传后叙》。颜杲卿,安禄山叛乱时,他任常山(今河北正定)太守,城陷被俘,痛骂不屈,被割去舌头。

⑥文天祥北上,曾有《睢阳》《颜杲卿》等诗,吊唁张、颜,并表示殉国决心。

⑦卒:终于。从之游:指文天祥追随张巡、颜杲卿殉国而死。

⑧句谓文天祥死时我恨找不到机会见他。藉:凭借。

⑨榭:建筑在高台上的敞屋。

⑩云岚:云气。

⑪句谓恰好相似。

⑫即元世祖至元十九年十二月(1282年1月),文天祥于是年就义。

⑬姑苏:今江苏苏州。

⑭德祐元年(1275),文天祥被任命浙西江东制置使兼江西安抚大使知平江府事,驻守吴县(今江苏苏州)。

⑮夫差之台:即姑苏台,在苏州姑苏山上。夫差:春秋时吴国国王。

⑯即元世祖至元二十三年(1286)。

⑰越台:越王台,在今浙江绍兴稽山,为春秋战国时越王勾践所建。

⑱即元世祖至元二十七年冬(1291年初)。

⑲友人甲、乙若丙:谢翱朋友吴思齐、严侣和冯桂芳。谢翱为避免元朝统治者的迫害,不敢直书姓名,故用代称。若:和。

⑳越宿:过了一夜。

㉑买榜:雇船。江涘(sì):江边。

㉒句谓倒毁的墙、干枯的井。甃(zhòu),井里用砖砌的墙,代指井。

㉓墟墓:废墓。

㉔榜人:船夫。

㉕主:牌位。

㉖祝:祷告。

㉗句谓多次悲声痛哭。

㉘弱冠：二十岁左右。古代男子年满二十举行冠礼，以示成年。

㉙先君：指作者亡父谢钥。

㉚此句是悲痛宋朝江山人物的沦亡。眷：反顾，依恋。

㉛浑浥浮郁：形容云气的润湿和蕴积。

㉜薄：逼近。

㉝如意：原为搔痒用器，后演变为玩赏之物，用竹、玉、骨等制成，头部制成灵芝或云叶形状，柄稍弯曲。此处作为唱歌时打节拍的工具。

㉞作楚歌：指模仿《楚辞》的声调和形式。招：招魂。

㉟何极：到哪里为止。

㊱关塞：关口。

㊲句谓文天祥的灵魂化为南方的鸟形星宿，虽有嘴但能吃什么？言外之意，宋朝已沦亡，不能为文天祥立庙祭祀。朱鸟：南方七个星宿之总称。咮：鸟嘴。

㊳歌阕：歌毕。

㊴感喟(jiè)：叹惜。

㊵东台：与西台相对。

㊶逻舟：指元朝巡逻船。

㊷盍：何不。

㊸相属：互相敬酒。

㊹益：更加。

㊺怒驶：急驶。

㊻句谓过了很长时间，才渡过了河。

㊼句谓怀疑暗里相助来表彰我们此游的壮伟。

㊽阮步兵：阮籍，魏晋名士，任步兵校尉。在魏晋易代之际，曾驾车外出，随意奔驰，到无路可走时，便恸哭而返。

㊾予尝三句指司马迁在《史记》中作《秦楚之际月表》，因世事纷纭，瞬息万变，所以按月纪事。宋亡之际，各地抗元斗争风起云涌；谢翱又不愿用元朝"正朔"来纪年，所以想仿效司马迁作《月表》。季汉：汉末，这里假托前朝，实指季宋(宋末)。

㊿宜得书：应该记录下来。

�51讳某：即名某。古时父名要避讳。

�52乙丑指宋度宗咸淳元年（1265），这是谢翱随父初登西台的时间，距此次登台（1291）已有 26 年。

【品评】

作者曾是文天祥的部下，对他的人格和气节深为景仰。在这篇登台哭祭的文章中，作者抒发了追悼文天祥的悲痛欲绝之情，也融注着对故宋的坚贞和忠诚。

本文写于至元二十七年冬，离文天祥就义已整整有八年了。《礼记·檀弓上》有语："朋友之墓有宿草而不哭焉。"然而作者于至元十九年始哭于姑苏，至元二十三年再哭于越台，至今三哭于钓台（即西台）。"哭"，正是本文的主旨所在，也是贯穿全文的"文眼"。在文中，作者对"哭"的时间、地点、情景、场面和心理活动，一一作了细致真实的描绘。这里，有哭拜仪式的详细记述："再拜，跪伏，祝毕，号而恸哭者三，复再拜，起。"这种"琐笔"并不令人觉得繁细可厌，反而显得庄严肃穆以及感情的凝重真挚。又有自然景象的烘托：一则说，"有云从西南来，滃泪涔郁，气薄林木，若相助以悲者"；二则说，"是日风帆怒驶，逾久而后济；既济，疑有神阴相以著兹游之伟。"这种写云写风的"染笔"，迷离仿佛，却渲染出人神共悲、普天同悼的悲剧气氛。尤其是用竹如意击石，作楚歌一段，"歌阕，竹石俱碎"，达到了感情的高潮。这是"特笔"，内心的不平用不平常的方式来发泄，有力地体现了他对文天祥哀悼痛惜之情，不仅没有随时间的推移而减弱、淡薄，面是愈加深厚和强烈了。

作者在写作本文时，元朝统治已经逐渐趋于稳定，所以本文在不少地方不免隐约其辞。比如以唐宰相颜真卿借指文天祥，以季汉借指宋末，均托言前朝；用甲乙丙代称朋友，隐蔽了同祭者。这种写法在理解上固然增加一些困难，然而在文情上反而平添一种深沉压抑的气氛，跟当时的祭奠之情复又谐和。另外全文不称元朝年号，唯书甲子，这自然表明作者与元朝不共戴天的民族立场，是别有深意的。